SEJA BEM-VINDO, LEITOR INCAUTO!

Publisher *Artur Vecchi*
Edição *Duda Falcão*
Revisão *Duda Falcão*
Revisão Posfácio *Camila Villalba*
Projeto gráfico *Roberta Scheffer*
Diagramação *Luciana Minuzzi*
Ilustrações *Fred Macêdo*
Colorização da capa *Robson Albuquerque*
Foto do autor *Roberta Scheffer*

F 178

Falcão, Duda
Mausoléu / Duda Falcão. – 2. ed. – Porto Alegre : Avec, 2022.

ISBN 978-85-5447-104-0

1. Contos brasileiros I. Título
CDD 869.93

Índice para catálogo sistemático:
1. Contos: Literatura brasileira 869.93

Ficha catalográfica elaborada por Ana Lucia Merege CRB-7 4667

2ª Edição, 2022
1ª Edição, Argonautas Editora, 2013
Impresso no Brasil / Printed in Brazil

AVEC EDITORA
Caixa postal 7501
CEP 90430 - 970
Porto Alegre - RS
www.aveceditora.com.br
contato@aveceditora.com.br
@aveceditora

MAUSOLÉU

DUDA FALCÃO

AVEC EDITORA
PORTO ALEGRE
2022

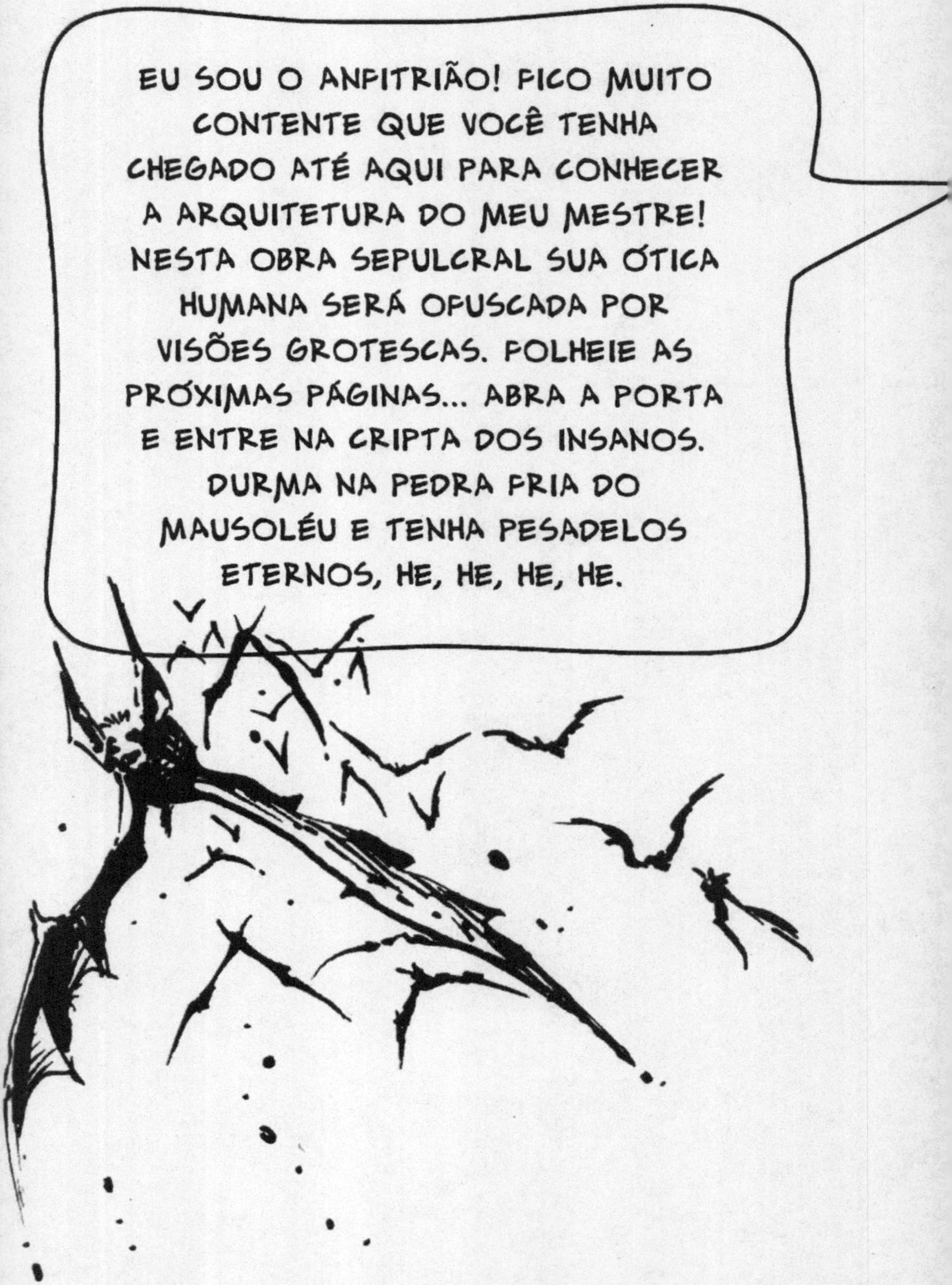
EU SOU O ANFITRIÃO! FICO MUITO CONTENTE QUE VOCÊ TENHA CHEGADO ATÉ AQUI PARA CONHECER A ARQUITETURA DO MEU MESTRE! NESTA OBRA SEPULCRAL SUA ÓTICA HUMANA SERÁ OFUSCADA POR VISÕES GROTESCAS. FOLHEIE AS PRÓXIMAS PÁGINAS... ABRA A PORTA E ENTRE NA CRIPTA DOS INSANOS. DURMA NA PEDRA FRIA DO MAUSOLÉU E TENHA PESADELOS ETERNOS, HE, HE, HE, HE.

FRED MACEDO

PREFÁCIO......9

MAUSOLÉU......11

MUSEU DO TERROR......21

RELÍQUIA......25

A PENA DO CORVO......29

ASAS NEFASTAS......34

O TOTEM DO GATO PRETO......39

ESPÍRITO DO TOTEM......42

MASSACRE NA CARAVELA......46

EMPLUMADO......50

PROLE APRISIONADA......54

VAMPIROS ESCRAVOCRATAS......58

ANTIGOS......62

MOSCAS, RATOS E BARATAS......73

ONDA ATÔMICA......75

SONDA......79

SOMOS......83

FANTASMAS DO TEMPO......86

TEORIA E PRÁTICA......95

HORROR NO ESPELHO......100

SEM CONTROLE......101

SEM LEMBRANÇAS DAQUELE INVERNO......102

OS DRAGÕES DAS TERRAS DE LYU 122

DAMA DO ESCURO......126

DESPILE......132

MÁSCARAS......140

O ESCOLHIDO......149

MISSA DIABÓLICA......152

RITO NECROMANTE: CRIAR ZUMBI......161

RÉU......165

PASSAGEM......169

CAMPO DE MARTE......172

BISÃO DO SOL POENTE......182

O LITRO DE DIAMANTES......201

O SERVIÇO......211

O MAL NÃO TEM ROSTO......217

HUMANOS, MONSTROS E MÁQUINAS......232

POSFÁCIO......261

CESAR SILVA é publicitário, cartunista e editor. Como contista participou das antologias *Dinossauria Tropicalia* (GRD, 1994), *Outras Copas, Outros Mundos* (Ano-Luz, 1998), *Vinte Anos no Hiperespaço* (Virgo, 2003), e *Rumo à Fantasia* (Devir, 2009). Como cartunista, participou dos livros *Humor Brasil 500 Anos* (Virgo, 2000; prêmio HQMix), *2001: Uma Odisseia no Humor* (Virgo, 2001) e *Humor pela Paz* (Virgo, 2002; prêmio HQMix), entre outros. Mantém desde 2010 o blogue *Mensagens do Hiperespaço* (mensagensdohiperespaco.blogspot.com).

O HOMEM QUE CONSTRUIU SEU PRÓPRIO MAUSOLÉU

por Cesar Silva
2013

A FICÇÃO FANTÁSTICA BRASILEIRA TEM NA FORMA CURTA SUA MAIS BEM-ACABADA TRADUÇÃO. Um dos motivos é porque sempre foi difícil para o autor popular chegar à publicação de romances; então, a publicação de contos e folhetins em jornais e revistas era uma possibilidade muito mais viável. Mesmo nos anos recentes, ainda são os contos, reunidos em seletas de diversas temáticas, que têm permitido que um grande número de autores experimentem as dores e as delícias da arte literária.

Que não se enganem os leitores, contudo: escrever um conto não é mais fácil que escrever um romance. Cada formato tem sua linguagem e estrutura, que precisam ser trabalhadas devidamente para atingir a excelência. Só é mais fácil de publicar.

Por isso, é comum que autores novos, antes de se aventurarem na produção de textos longos, trabalhem algum tempo na forma curta. Aos leitores parece também agradar um volume com várias narrativas, pois a publicação de coletâneas tem sido intensa nos últimos anos. E disso se aproveitou Duda Falcão, jovem autor porto-alegrense que, desde 2005, tem frequentado as mais diversas coletâneas temáticas organizadas pelas editoras brasileiras.

Duda Falcão é professor, graduado em História e mestre em Educação. Ao lado de César Alcázar, outro escritor gaúcho, fundou a Editora Argonautas, com o firme propósito de contribuir para o crescimento da literatura fantástica brasileira. A dupla foi além da simples atividade editorial e associou-se a outros autores para promover o congresso literário Odisseia de Literatura Fantástica de Porto Alegre, realizado em 2012 e 2013 com grande sucesso.

A paixão declarada de Falcão é pelo período *Weird* da ficção fantástica, que leva esse nome devido à revista *Weird Tales*, publicada nos EUA. O periódico ajudou a estabelecer as fundações da ficção fantástica através da publicação de autores como Robert E. Howard, H. P. Lovecraft, Fritz Leiber, Theodore Sturgeon, Robert Bloch, Clark Ashton Smith, August Derleth e Thomas Ligotti, entre outros, num estilo que navega livremente entre os gêneros, indo da fantasia à ficção científica regadas com doses generosas de horror sobrenatural.

Essa é a textura que também caracteriza a ficção curta de Duda Falcão apresentada nesta coletânea: nada menos que 36 contos, a maior parte deles publicada em antologias de editoras como Andross, Estronho, All Print, Multifoco e Literata, entre 2009 e 2012, bem como em fanzines e na série *Sagas*, principal projeto editorial da Argonautas. A variedade de temas também é grande, passando por zumbis, fantasmas, vampiros, bruxas, faroeste, mitologia indígena, jornada pós-apocalíptica, guerreiros pré-históricos, fantasia medieval e muitas outras.

Podem ser lidos aqui alguns dos textos com os quais o autor se revelou, como "Emplumado" e "Museu do Terror", este fazendo parte de uma série de histórias publicadas originalmente na Internet.

Os contos também revelam a admiração do autor pela obra de Edgar Allan Poe, homenageado em diversos textos, e pela literatura gótica de Mary Shelley e John Polidori, citados textualmente no conto "Humanos, Monstros e Máquinas". A coletânea conta ainda com uma boa quantidade de textos inéditos.

É este o *Mausoléu* que Duda Falcão construiu para si mesmo, devidamente povoado por seus próprios pesadelos que, a partir de agora, vão também assombrar as noites dos valentes que se aventurarem em seus meandros.

Recomendo que levem uma lanterna. Boa sorte!

MAUSOLÉU

O CHEFE PEDIU PARA QUE EU BUSCASSE UMA MERCADORIA EM GRAMADO. Saltei da cadeira e saí da frente do computador no mesmo instante. Meus olhos piscavam de sono, tínhamos almoçado no *Prato Feito*. A comida era barata e boa. Peguei um CD do Ozzy para me manter acordado. Pisaria fundo no acelerador. O carro da empresa aguentava bem o tranco.

Liberdade por algumas horas, num dia ensolarado, era tudo o que eu precisava. Já estava cansado daquele ar de monotonia do escritório. Infelizmente, lembrei-me da dica de um amigo que alguns dias antes mencionara um atalho que levava até a serra gaúcha. Tratava-se de uma estrada de chão batido que encurtava o percurso e o tempo de viagem em meia hora. Uma "travessia milagrosa" como ele próprio relatara.

A estrada alternativa iniciava ao lado de uma quitanda velha e caindo aos pedaços. Segui pelo caminho que atravessava uma zona rural. Lembro que naquele momento tocava *No More Tears*, por isso aumentei o som. Deixei as janelas abertas para sentir a brisa do campo. Não havia trânsito.

No início, eu não soube identificar o cheiro desagradável que começava a invadir minhas narinas. A cada meio minuto que passava, ficava mais intenso e insuportável. Eu me perguntava o que podia ser tão podre. Parei o carro e uma curiosidade repentina me fez abrir a porta. Desci. Não sei dizer por que, fiquei parado olhando a paisagem. Conforme os minutos foram passando, comecei a achar aquele odor aprazível.

Dos dois lados da estrada, havia cercas de arames farpados protegendo propriedades privadas. No lado direito, podia se enxergar até o horizonte um extenso pasto verde repleto de vacas que o ruminavam. Do outro lado, um espesso grupamento de araucárias parecia uma espécie de muro natural contra invasores. Tive a sensação de que o aroma provinha de algum lugar do terreno arborizado.

Como se tivesse sido arrebatado por um transe, pulei a cerca e me embrenhei entre as árvores. Segui adiante. Percebi que logo teria um ataque asmático devido à dificuldade que estava tendo em respirar. Eu parecia desconectado do restante do mundo. Não existia motivo real para me deixar perder por aquela fragrância. Ao mesmo tempo em que destilava contaminação, também me inebriava. Minhas pernas adquiriam autonomia guiando-me pelo local à procura de algo desconhecido.

O vento movimentava as umbelas daquela espécie arbórea como se fossem cabeleiras desgrenhadas. Pude perceber que os troncos secos e ocos abrigavam aranhas e lacraias maiores do que as comuns. Pássaros não cantavam e nem mesmo se atreviam a passar por aquele refúgio esquecido. Minhas botas pisavam a terra fofa e preta. Tive a impressão de que o solo estava repleto de minhocas gordas. Folhas e gravetos secos gemiam sob minhas pegadas. O céu começava a se tornar negro e soturno. Um temporal se anunciava para completar o cenário da minha excursão sem sentido. A tarde passou a pertencer ao reino das sombras. Havia esquecido meu compromisso de trabalho. Continuaria meu trajeto até o fim.

A queda de temperatura foi imediata. Isso não era incomum no inverno serrano. Mas eu viera preparado. Além da roupa básica, usava um blusão pesado e uma manta para me proteger do frio.

Desci um pequeno declive e continuei em linha reta. Alguns metros depois, saí em uma clareira. Logo adiante, havia um muro de pedra repleto de musgos esverdeados e dois portões enferrujados. Um deles estava firme e o outro pendia para frente sustentado apenas por uma corrente que os unia.

Aproximei-me fechando meus punhos sobre as grades de ferro. Minhas pernas fraquejaram quando percebi que tinha encontrado um cemitério. Por um segundo, pensei ter visto um menino me encarar por entre os túmulos e correr para trás de uma lápide. Um nevoeiro gelado escorria pelo terreno que supostamente deveria ser sagrado.

Para passar pelo vão que havia entre os portões, eu me agachei. Assim que coloquei meus pés naquele território, o vento não só soprou com força como castigou meu rosto com poeira e folhas, anunciando as primeiras gotas de chuva. Segui pelas fileiras desordenadas de lápides lascadas e rachadas, ornadas com musgo negro e flores selvagens. Os nomes inscritos bailavam em minha retina. A data das mortes variava desde os anos quarenta até a década de noventa.

O fedor aumentou como se eu estivesse presenciando um banquete de urubus sobre um amontoado de carne decomposta. Avistei mais uma vez o garoto. Gritei ordenando que ele ficasse onde estava. Ele me obedeceu. Logo em seguida, movimentou o braço e apontou na direção de um mausoléu que se erguia imponente no meio da floresta.

O breu daquela tarde e a chuva dificultavam minha visão. Eu não conseguia definir as feições do garoto. Mas sabia que ele era negro. Por sua estatura, deduzi que devia ter no máximo uns dez anos de idade. De forma inesperada, quando nos encaramos, pude ver em seus olhos vítreos imagens. Era como se eu pudesse enxergar suas lembranças...

Vi duas crianças brincando. Elas corriam atrás de galinhas. Uma mulher de meia-idade, encostada na porta dos fundos de um casebre gritou: "Deixem as penosas em paz! Olha o chinelo!". A mãe empunhava a sandália e a balançava de forma ameaçadora na direção dos pequenos. Voltou para a cozinha para continuar sua fornada de pães. As crianças fizeram como a mãe mandou, parando de importunar as aves. Cruzaram a cerca e foram brincar do outro lado da estrada.

— Mana, eu tive uma ideia! — exclamou o menino.

— Lá vem bobagem — disse Janaína.

— Lembra-se daquele vizinho asqueroso que falou mal da mamãe?

— Lembro.

— Vamos pregar uma peça naquele bobão.

— Não, Taú. O papai vai nos dar uma surra.

— Ninguém vai saber. É só uma brincadeirinha. Vem comigo.

Taú disparou rápido como uma flecha e sua irmã o acompanhou. Logo chegaram próximo a uma mansão. Não tinha ninguém no pátio. Janaína perguntou assim que retomou o fôlego:

— O que vamos fazer?

— Primeiro vamos invadir o quintal. Eu já te conto meu plano.

— Não, eu não quero, Taú. Pensei que pudéssemos aprontar alguma daqui de fora. Ele tem muitos filhos e netos. Se nos pegarem, vão nos bater!

— Não seja medrosa. Essa hora não tem ninguém em casa. Todos dizem que eles estão construindo uma casa pra mortos na floresta de araucária.

— Como é uma casa pra mortos?

— Não sei como é, mas sei para o que serve. Quando morrerem, todos eles serão lacrados em gavetas ou emparedados.

A menina ficou quieta deglutindo a informação. Taú pulou a mureta e esperou pela irmã. Ela o acompanhou até os fundos do casarão.

— Ninguém lava roupas por aqui! — praguejou Taú ao ver o varal vazio. — Queria pegar cada peça de roupa daquele velho boca suja e jogar todas na lama!

— Calma, Taú. É melhor a gente voltar pra casa. Não há nada que possamos fazer.

— Será que não? — o menino foi até a porta dos fundos e testou o trinco para ver se estava aberta.

Janaína nem respirava de tanta tensão quando viu a porta se abrir.

Os dois entraram pela cozinha. O tique-taque de um relógio era constante e perturbador. A casa estava escura, com todas as janelas cerradas. Sobre a mesa, viram sujos talheres e louças.

— Eu vou embora daqui, Taú. Vem comigo!

— Então vai embora, sua medrosa. Vai logo!

— Eu vou falar tudo pro papai. Ele vai dar uma surra daquelas em ti.

— E em ti também se contar que viemos aqui.

Janaína disparou dali sem se despedir.

— Não tem problema. Eu posso aprontar sozinho.

Taú, ao adentrar a sala, avistou um enorme relógio de parede. Devia ser um objeto de valor. Ele não pensou duas vezes. Aproximou-se do relógio e começou a empurrá-lo com a intenção clara de fazê-lo desabar. No entanto, não foi o que aconteceu. Ao afastar o artefato da parede, descobriu uma passagem. Viu que havia degraus que conduziam para o subsolo.

Nesse momento, o menino foi surpreendido por vozes e passos. A família tinha chegado. Sem pensar nas consequências, entrou no esconderijo e puxou o relógio de modo que voltasse à posição original. Agora podia escutar a conversa dos proprietários:

— Quando completarmos o ritual, o Poderoso das Profundezas concederá eternidade à nossa família. O tempo não impedirá que dominemos a morte. Iniciem os preparativos. Somente as crianças não beberão do sangue da virgem. Todos os adultos devem descer para consumar o plano. Logo serão seis da tarde, hora em que as sombras já dominam a luz. Momento exato do nosso sucesso.

Aquela voz rasgada pertencia ao velho patriarca da família. Taú desde pequenino soube o que significava sangue, era um menino arteiro, vivia esfolando os joelhos e os cotovelos. Para ele, sangue e dor significavam a mesma coisa. Nunca bebera sangue de coisa alguma, devia ser nojento, um verdadeiro pecado. Ainda mais se fosse o sangue de Maria, a única virgem da qual ele já tinha ouvido falar. Percebeu que suas pernas fraquejavam, tremiam de medo.

Passos se aproximaram do relógio. Taú correu escadaria abaixo. Quase caiu devido à escuridão que dominava o local. Atrás de si, notou que se insinuava uma claridade. Olhou para a passagem e viu um dos filhos do velho malcriado empunhando um lampião. Por sorte, não fora visto e teve a oportunidade de encontrar um esconderijo revelado pela luz. Escondeu-se atrás de caixas e entulhos.

O filho do patriarca, depois de descer todos os degraus íngremes, iluminou a parede oposta aos entulhos onde se ocultara Taú. Só então, o menino enxergou uma mulher nua e acorrentada. Seus braços estavam estendidos para o alto, algemas a prendiam numa corrente fixada no teto.

Quando o homem se aproximou da prisioneira, recebeu uma cusparada no rosto.

— Infeliz! Por que tu não me libertas? — sua voz estava fraca.

— Teu destino é conosco. Tu serás a fonte da nossa eternidade.

— Louco. Tu nunca dizes nada que seja lógico.

— Não amola! — o carrasco acertou um soco no rosto da garota deixando-a inconsciente.

Taú engoliu em seco a vontade de gritar um desaforo. Outras pessoas começaram a descer para o porão. O ritual teria início. Todos vestiam roupões negros com bordados em vermelho. Carregavam velas negras em castiçais.

O filho mais velho do patriarca largou o lampião num canto da sala e retirou do próprio manto uma faca. Com a arma afiada, abriu um corte no ventre da garota desacordada. Ela soluçou sem forças para reagir. As mulheres da família banharam suas mãos no sangue virginal e desenharam um símbolo complexo no chão. Em seguida, o carrasco libertou a torturada das algemas, colocou-a sobre o símbolo místico e cortou os pulsos enchendo uma taça com o sangue dela.

Taú queria sair correndo porta afora, mas eles acabariam lhe pegando e talvez fizessem o mesmo com ele. Esperou com o horror estampado no rosto e lágrimas nos olhos inocentes.

— Aceite em nome da nossa família esse sacrifício! Seja nosso guia na eternidade, ó Poderoso das Profundezas.

O pior cheiro possível de podridão infestou o lugar e o relógio bateu seis da tarde. O velho bebeu do cálice e o passou para os outros participantes. Em seguida, cortou a veia jugular da jovem virgem com uma faca de pedra.

O relógio ainda tocava quando Taú, feito um leão, deixou o seu esconderijo para bater no velho patriarca. O menino derrubou o inimigo colocando os joelhos sobre os ombros dele e começou a espancar seu nariz. O sangue espirrava tamanha a violência do ataque. Logo a visão do menino ficou turva. Percebeu então que uma faca qualquer o perfurara as costas. Uma, duas, três estocadas, foi tudo o que conseguiu contar até desfalecer.

Tudo escureceu.

Era como se o tempo tivesse dado um salto. Um dos filhos do patriarca colocava o corpo do menino, aos pedaços, dentro de um saco e o enterrava num terreno qualquer. A visão acabara... Voltamos ao cemitério. Então escutei a voz de Taú:

— Tu poderias libertar minha amiga?

— Eu... Eu não entendo o que está acontecendo. Como eu poderia salvar alguém?

— Preciso da tua ajuda. Já te mostrei como as coisas aconteceram. Apenas uma vez por ano, tenho a chance de libertar a alma dela e acabar com o velho patriarca.

Só para garantir que não estava delirando, tentei agarrar o menino. Ou era um autêntico fantasma, ou eu teria de visitar um manicômio em breve. Minhas mãos passaram pelo seu corpo etéreo.

— Satisfeito? — ele indagou com seriedade. — Não temos tempo. Quando bater as seis, eles vão te pegar se ainda estiver aqui dentro.

— Ninguém vai me pegar. Estamos sozinhos aqui.

— Venha antes que seja tarde. Acompanhe-me.

Eu o segui. Não queria ser atormentado por um camarada de outro mundo por não lhe obedecer.

— Entre no Mausoléu — ordenou Taú.

Com dificuldade, empurrei a pesada porta da edificação suntuosa. Lá dentro estava escuro, apenas a pouca luminosidade do final da tarde me orientava. Notei vários túmulos. O menino me indicou um deles.

— Abra. Ela está neste.

Uma laje tampava a cripta. Quando empurrei pela primeira vez, creio que não usei força suficiente, pois nem se moveu. Na segunda tentativa, esforcei-me ao máximo, até que começou a deslizar produzindo um ruído incômodo. Logo escorregou de seu leito e foi se espatifar contra o chão.

O fedor que emanou do túmulo fez minha cabeça girar. Finalmente, eu encontrara a origem daquele cheiro que me enfeitiçara e me atraíra naquela jornada sem sentido. Repousava em seu interior um esqueleto em traje de gala esfarrapado. Mesmo morto, parecia me fitar com as covas orbitais ocas. Sua anatomia era uma aberração, possuía chifres de carneiro na testa e cascos de bode formavam seus pés.

— É o patriarca.

— Mas tu não disseste que aqui encontraríamos a tua amiga?

— Tire-o do caixão. Tu encontrarás abaixo dele um fundo falso.

Agarrei, não sem asco, o esqueleto demoníaco do patriarca e o joguei na pedra fria do Mausoléu. A coisa se partiu em pedaços. Puxei uma tampa de madeira e encontrei o corpo da jovem assassinada no ritual. Seu corpo havia se preservado novo, imaculado, não tinha o aspecto pútrido de um cadáver.

— Como é possível que o corpo dela esteja assim?

— Ela simboliza ao mesmo tempo juventude e eternidade. Sua alma é mantida confinada nesse corpo para gerar energia. Precisamos libertá-la.

— Diga-me como?

— Devemos levar o corpo para fora do cemitério. A energia que produz dá vida maligna a esse lugar. Ande logo! O patriarca e a família dele vão despertar!

— O morto não pode reviver! Ele não passa de carcaça assim como todos os outros que estão aqui enterrados.

Ding-dong. Bateu um relógio ensurdecedor. Ding-dong. Somente quando o relógio tocou é que vi sua silhueta no fundo do mausoléu.

— Seis horas da tarde... As portas do inferno estão abertas. Pegue o corpo dela. Seja rápido. Temos de sair daqui — vociferou o menino.

Carreguei o corpo como se fosse um saco de cimento. Fora da edificação, resolvi olhar para trás. Enxerguei uma fumaça densa e esverdeada saindo lá de dentro. Incentivado por Taú, arrisquei correr mesmo transportando aquele peso morto. À minha volta, o cenário parecia dançar feito um pesadelo. O cheiro podre, mais uma vez se manifestou, porém com uma intensidade que eu não sentira antes. Agora vinha das entranhas da terra. Náuseas me assolaram, enquanto tentava me equilibrar cambaleante. O mundo sob meus pés tinha aspecto de que podia se desmanchar. Era como se vermes gigantes cavassem túneis profundos.

Vapores brotavam do solo. Esqueletos começaram a se materializar daquela matéria gasosa. Logo estavam completos. Prontos para interceptar minha passagem. Tudo acontecia muito rápido. Mais uma vez, olhei para trás parando de correr. Do mausoléu, levantou o esqueleto recomposto do velho patriarca. Ele apontou para mim:

— Como ousa pisar em nosso solo sagrado, mortal desprezível? — perguntou a criatura. — E ainda mais, queres levar nossa maior riqueza, a virgem que serve aos nossos propósitos? Ela é nosso combustível. Ficará conosco para sempre!

Outros esqueletos saíram de dentro da edificação. A família do velho estava se reunindo para um passeio noturno.

Eu estava paralisado. Pronto para desistir da fuga. Foi quando Taú assoprou em meu rosto um bafo gélido que me fez recobrar um pouco da sanidade e o espírito de sobrevivência.

— Pare de escutar o velho. Se ficar aqui, ele vai engolir tua alma! Corra!

— De novo o menino metido! Na única noite do ano em que podemos sair de nossas covas, tu tens que nos assombrar?

— Enquanto tu não fores definitivamente para o inferno, serei a pedra no teu sapato — olhou pra mim e alertou mais uma vez. — Corre, antes que seja tarde!

Voltei a correr. Precisava sair daquele reduto amaldiçoado. Ao lado de cada cripta, havia um esqueleto vestido com roupas esfarrapadas. O céu talvez tenha se apiedado de mim. A chuva ficara violentíssima. A água que despencava das alturas era tão forte que chegava a desmanchar aquelas criaturas frágeis recém-compostas. Percebi que elas não eram invencíveis apesar do aspecto hediondo.

— Peguem o intruso! — ordenava o diabólico patriarca.

Um dos esqueletos que se aproximou para me agarrar levou uma cotovelada no queixo. Outro tocou meu ombro. Pude sentir o calafrio da morte percorrendo toda a minha espinha. Continuei correndo, deixando meus vagarosos perseguidores para trás. Minha bota desgastada traiu meus movimentos, escorreguei na lama que se formou, caí de costas, e o corpo sem vida da garota alojou-se por cima de mim. O ar por instantes abandonou meus pulmões. Foi quando um deles conseguiu me alcançar. Com seus dentes podres, mordeu minha orelha. Empurrei-o com toda a força que meus músculos ainda possuíam. Meu rosto foi banhado de sangue. Aquele maldito levara consigo uma parte da minha orelha. Consegui levantar e agarrar o corpo da garota pela cintura. Estava muito perto de escapar. Larguei-a para poder passar pelo vão entre os dois portões de ferro. Fora do cemitério, eu comecei a puxá-la pelos braços. A liberdade para ela se aproximava, até que um dos familiares do patriarca agarrou um dos seus pés. Tive a impressão de que o esqueleto abrira um sorriso de triunfo para mim, zombando da minha tentativa.

— Não desista — disse Taú. — Veja!

O menino até que tinha alguma habilidade fantasmagórica. Ele levantou um dos braços e com a força do pensamento evocou um relâmpago que acertou em cheio o esqueleto que impedia a realização da minha tarefa. Logo em seguida, veio o som do trovão ao mesmo tempo em que eu puxava o corpo para fora daquela necrópole imunda.

Eu estava sentado com o corpo da garota em meus braços. Diante dos meus olhos, ela se desintegrou como se nunca houvesse existido. Um dos esqueletos pulou o muro e foi incinerado quando tocou o solo além das cercanias do cemitério. Todos os malditos familiares se reuniram em volta do patriarca quando se aproximou do portão.

— Fantasma intrometido! Você nos aprisionou aqui! — disse o líder da família.

O patriarca não imaginava que algo pior estava para acontecer com eles. A terra tremeu violentamente. Uma cratera se abriu entre o mausoléu e o grupo que encarava o menino e eu. De abismos infernais e insondáveis, surgiu uma coisa. Aquele que através de um pacto demoníaco tinha imortalizado esses monstros.

— Preparem-se os dois! O Poderoso das Profundezas não vai poupá-los! — sentenciou o velho dos cornos de carneiro.

Algo indescritível, fétido e gorduroso emergia. Sua massa corporal disforme apresentava diversas bocas repletas de dentes afiados e uma série de olhos esbugalhados e vermelhos. Tinha quatro tentáculos em vez de braços. Na ponta deles, havia garras que beliscavam ameaçadoras o ar como se fossem tesouras.

— Mestre, acabe com eles! — Exigiu o velho dirigindo-se à criatura.

— Há, há, há! — a coisa era capaz de gargalhar. — Tu és um idiota! Sem a alma da menina aprisionada, é hora de levar todos comigo!

A criatura se calou e rugiu furiosa. Com suas garras, estraçalhou a família e o patriarca. Em seguida, devorou-os sugando suas essências podres para o seu estômago imundo. Não deixou que sobrasse nenhum deles. Logo se retirou para o seu lar nas profundezas sem olhar para mim ou Taú. O mausoléu desabou fechando com seus escombros a toca do Poderoso das Profundezas.

Enfim, o fedor de podridão deu lugar ao aroma da chuva tempestuosa. A terra estava sendo lavada daquela imundície.

— Conseguimos, meu amigo! — disse para Taú.

Só então, percebi que ele não estava mais comigo. Havia desaparecido. Coloquei a mão sobre a minha orelha machucada. A dor fazia latejar minha cabeça inteira. Caminhei a esmo durante horas até que encontrei uma rodovia movimentada.

Aos poucos, comecei a retomar as preocupações do cotidiano capitalista. Meu chefe daria um chute na minha bunda. Afinal, eu tinha perdido o carro da empresa e não concluíra meu trabalho. Se eu contasse a história verdadeira, eles me mandariam prender em uma camisa de força, não havia jeito de manter meu emprego. Voltei para Porto Alegre de carona desejando nunca mais pegar atalhos.

MUSEU DO TERROR

DEMORARAM QUASE QUINZE DIAS PARA MONTAR TODO O PARQUE. Finalmente, na sexta-feira, a bilheteria abriu. Filas e mais filas se formaram para os brinquedos e as atrações principais. Isolado, em um extremo do quarteirão, ficava o Museu do Terror, que não acumulava visitantes em sua entrada.

Uma menina puxando pelo barbante um balão de gás em forma de coração pediu ao pai que a levasse naquele brinquedo. O pai disse que aquele não era um lugar para se visitar, nem mesmo era um brinquedo. E, além do mais, deveria ser um tanto mórbido. A menina perguntou o que era mórbido. Bateu pé, quase esperneou. Queria entrar. Estava resoluta em sua decisão.

O pai preferiu não discutir e nem explicar o significado da palavra que ela não conhecia. Apenas acatou, faria a vontade da filha, afinal só encontrava a menina aos finais de semana. Durante os outros dias, ela ficava com a mãe. Queria ser um bom pai no fim das contas.

Uma velha gorda, com um dragão tatuado no ombro, carimbou as mãos dos dois. Agora teriam livre acesso ao brinquedo. Pai e filha entraram depois de empurrarem uma espessa cortina de pano. O lugar era amplo e mantinha-se na penumbra. Luminárias estavam estrategicamente instaladas sobre dezenas de caixas de vidro. O tamanho das caixas variava de acordo com o objeto que ostentavam. Todas tinham uma placa de metal contendo algum texto informativo. Diferentes, porém, de quaisquer textos encontrados em museus tradicionais. Às vezes, as plaquetas apresentavam apenas o nome, a origem ou um dado relevante sobre a coisa em exposição. No geral, resumiam-se a mensagens curtas e incompletas.

Os dois caminharam até a caixa mais próxima. Solícito, o pai leu para a filha. A menina ainda não estava na escola, mesmo assim já sabia juntar as sílabas e compreender parte do que permanecia gravado na plaqueta.

— *Artefato: A Pata do Macaco. Origem: Índia. Concede três desejos a três pessoas diferentes. Cuidado com o que você deseja!*

— Posso fazer um pedido, papai?

— Não, filha! Não perca o seu tempo. Além do mais, você acha que essa coisa seca, com garras e pelos nos trará sorte? Eu sei o que você quer. Quer um pacote de pipoca doce, não é mesmo? Não precisa pedir. Eu comprarei. Tudo bem?

— Tá bom. Olha aquela coisa na outra caixa, papai — a menina cheia de ânimo apontou para um canto.

Era um gato preto mumificado. Na placa não havia qualquer informação além do nome do felino: *Pluto*.

— Pobre gatinho, papai. Ele não tem um dos olhos.

— Bizarro o bichano — murmurou o pai.

Mais adiante, os dois encontraram uma caixa de tamanho médio vazia.

— Por que não tem nada aí dentro, papai?

— Vou ler o que diz aqui. *Criatura: O Horla. Origem: Possivelmente extraterrena. Capturado no Brasil. Alimenta-se da essência vital dos humanos. Necessita beber água constantemente.*

— Hi, hi, hi. Esqueceram de colocar o boneco aí dentro!

— Lembraram de deixar a vasilha com água. Acham que sou idiota. Vou pegar nosso dinheiro de volta! — reclamou o pai.

Uma vitrina feita junto a uma das paredes de madeira comportava uma máquina complexa. Continha uma cama de metal acoplada a circuitos, fios e chaves de alta voltagem. O pai leu a plaqueta:

— *Artefato: Máquina do Dr. Frankenstein. Criada em 1816. Cuidado: A tempestade é capaz de conceder a vida. O homem não deve almejar os poderes de Deus.*

— E quem teria capacidade para tanto? — o pai ironizou o alerta.

Foram em frente. Os passos do pai pesavam sobre as tábuas que rangiam. Os pezinhos da menina, no entanto, pareciam plumas deslizando no assoalho encerado.

— Um caderno velho — disse a menina indicando outra caixa.

— *O diário de Renfield. O documento que Bram Stoker não teve acesso.*

— Quem é Stoker, papai? — a menina apertava e sacudia os dedos fortes dele para que respondesse a pergunta.

— Não faço a mínima ideia. Tem um livro de verdade ali. Talvez possamos saber quem é o autor.

O livro tinha aspecto antigo. Estava aberto. A capa era de couro, as páginas amarelas graças à ação do tempo exibiam letras e uma quantidade indecifrável de símbolos gravados com uma tinta vermelha.

— *Livro: Necronomicon. Escrito por volta do século VIII depois de Cristo. Autor: Abdul Alhazred, o Árabe Louco. Cuidado: portas para outras dimensões podem ser abertas a partir de rituais profanos. O inferno é o menor dos seus males.*

Um frio estranho percorreu a espinha da menina. Ela tremeu e se agarrou com mais força na mão e no braço do pai. Inferno era uma palavra que conhecia e da qual não gostava.

Ao lado daquela caixa de vidro, havia outra. Continha uma garrafa de bojo largo e pescoço comprido. Uma rolha a mantinha fechada. Um líquido escuro e esverdeado repousava em seu interior. O pai leu o texto:

— *Peça: Fórmula do Dr. Jekyll. Cuidado: Não beba. O outro se instalará em sua alma.* Chega, filha. Vamos embora. Esse lugar está me cansando. Todo mundo sabe que o Dr. Jekyll não passa de um personagem. Uma invenção de algum escritor lunático. Não acredite nessas coisas. Tudo aqui dentro é falso. Estou precisando de ar.

— Pai, vamos ver só mais um. Só mais um.

— O último, então. Ali tem outra cortina e não é a saída.

— Tá escrito na placa em cima da porta — a menina demorou um pouco para juntar as sílabas — Te...rror...Su...pre...mo!

O pai ficou curioso, o que poderia ser pior do que aquele amontoado de bugigangas espalhadas em uma sala escura e pouco ventilada? A menina o puxou pela mão. Em seguida, empurraram a cortina adentrando no pequeno e abafado aposento contíguo. À direita deles, havia uma única caixa de vidro. Essa era a sua legenda: *Réplica: Little Boy. Lançada em 06 de agosto de 1945 sobre Hiroshima.*

Na parede da esquerda, fotos e mais fotos, que ele nunca tinha visto, em preto e branco referentes à explosão provocada por Little Boy o aterrorizaram. O homem colocou a palma da mão sobre os olhos da filha e a carregou dali. Alguns instantes depois, o sujeito agradecia inconscientemente a Deus por poder respirar mais uma vez o ar puro e fresco da rua.

— O que aconteceu? — quis saber a menina apreensiva.

— Vamos a um brinquedo mais legal — o pai desvirtuou o assunto. Queria afastar todo aquele terror de sua retina.

— Eu quero ir à roda gigante.

— Seu pedido é uma ordem — tentou descontrair.

— Você não tá esquecendo uma coisa?

— O quê?

— Minha pipoca doce.

Os dois passearam o dia inteiro pelo parque. O pai guardou trancafiada a lembrança do Museu do Terror em um canto bem obscuro da memória. Preferia nunca mais lembrar aquele momento.

Publicado pela primeira vez em *Pacto de Monstros. Rio de Janeiro: Editora Multifoco, 2009, p. 127-131.*

RELÍQUIA

O MUSEU DO TERROR, MONTADO EM UM PARQUE DE DIVERSÕES, DIVIDIA ESPAÇO COM OUTRAS ATRAÇÕES INTERESSANTES: MONTANHA-RUSSA, RODA-GIGANTE, CARRINHOS DE CHOQUE, BANCAS DE TIRO AO ALVO E ATÉ MESMO DE BEIJOS PAGOS. Na inauguração, o museu recebeu poucos visitantes. No segundo dia, o proprietário resolveu andar entre seus valiosos objetos e conversar com os clientes. Queria entender por que as pessoas se interessavam tão pouco por aquelas obras raras. Só às onze da manhã, a funcionária da bilheteria vendeu o primeiro ingresso.

Um menino magrela, ruivo e com sardas no rosto entrou no museu. O ambiente imerso na penumbra fez com que seus passos fossem cautelosos. Viu um gato empalhado exposto dentro de uma caixa de vidro. Havia uma plaqueta de metal com um nome inscrito: *Pluto*. Antes que pudesse seguir adiante, percebeu que um homem alto, de barba espessa, cabelos negros e compridos se aproximava.

O menino gostava de conversar, por isso perguntou, sem receio de parecer mal-educado:

— De onde veio esse gato? — vivaz, ele demonstrava curiosidade.

— Não é uma história muito longa — disse o homem. — Creio que posso responder sua pergunta se você tiver um pouco de tempo disponível.

— Não tenho nada melhor pra fazer. Meu pai está lá fora. Preferiu ficar conversando com a nova namorada.

— Você tem sorte, não é sempre que relato minhas aventuras. Sou o proprietário de todos esses objetos em exposição — o homem fez um movimento com os braços indicando o ambiente amplo e repleto de relíquias.

— Por que você coleciona essas coisas velhas e estranhas?

— Não são coisas velhas. São objetos antigos de imenso valor literário e cultural. Vê ali? — o homem apontou para um canto. — É a máquina do tempo de H. G. Wells. Mais adiante, podemos ver o velocino de ouro, a caixa de pandora e o cubo dos cenobitas. Naquele pedestal, está *Stormbringer*, a famosa espada negra da saga de Elric de Melniboné, escrita por Moorcock.

— Não sei de quem se trata. Estou interessado na história do gato. Você vai me contar ou não? — o menino se mostrou impaciente.

— Tudo bem. Hoje estou disposto. Mas se quiser que eu vá até o fim, aprenda a escutar e não me interrompa, certo?

O menino fez um sinal afirmativo com o polegar. Não disse palavra alguma. Apenas esperou que o relato se iniciasse. Ele adorava gatos, tinha três em casa, um persa de pelo amarelado, outro branco e uma gata siamesa.

— Eu trouxe Pluto de um livro. Resgatei o pobre bichano de um conto de Edgar Allan Poe, *O gato preto*. Você já leu? Espero que ao menos tenha ouvido falar desse grande mestre das letras.

O semblante do menino demonstrava desconhecimento, mesmo assim queria ouvir o que o homem tinha a dizer. A voz do proprietário do museu era cativante, tranquila e sincera, sem que algum motivo racional pudesse ser atribuído a esse fato.

— Eu vigiava a casa desse pobre e infeliz gato. O dono dele era uma pessoa cruel, sem escrúpulos, acredite em mim. Eu ainda não tinha noção da parte do conto em que meu servo acabaria me lançando. O demônio que mantenho preso em uma gaiola gosta de dificultar meus empreendimentos.

Com dedos ágeis, o menino rasgou o papel de um chiclete e começou a mascar a guloseima, sem desviar o olhar do homem. Guardou o lixo no bolso, procuraria uma lixeira depois.

— Passadas algumas horas, sem perceber movimento algum dentro da casa, decidi entrar.

— Mesmo sem ser convidado?

— Por favor, não interrompa! — o proprietário do museu foi rude.

— Desculpe — a face do menino ruborizou.

— Ao mesmo tempo em que decidi invadir a casa, chegaram os policiais. Tive de esperar. Eles bateram à porta. Aí tive certeza de que se tratava do final do conto. Logo o proprietário da casa os atendeu e permitiu que o grupo entrasse. Tenho a impressão de que você ainda não leu essa história. Por isso, vou pular o desfecho para contar como encontrei o gato. Tudo bem?

O silêncio pareceu uma resposta afirmativa para o proprietário do museu. Ele continuou o relato:

— Depois que os policiais partiram com um homem algemado, atravessei a rua. Finalmente, entraria na casa, não fosse pelo fato de ver Pluto sair por uma janela e seguir o grupo.

O chiclete se transformou em um pequeno balão de ar e explodiu. O menino recolheu os fragmentos grudados na boca e no rosto formando uma massa compacta. Em seguida, levou-a de volta à mastigação incessante.

— Fui atrás do gato preto, era tudo o que me interessava. Pluto olhou para trás somente uma vez. Seu único olho me fitou, parecia me convidar para que eu fosse testemunha de seu ato. Em um miado agudo, afiado, penetrante e intenso, ele iniciou o ataque. Os pelos negros se eriçaram dando uma impressão de maior volume ao pequenino corpo. Parecia se tratar de um gato selvagem, louco, com raiva, sedento por sangue e vingança. Um verdadeiro gato do inferno. O bichano alcançou, em um pulo preciso, a cabeça do homem algemado, seu dono cruel e assassino. Com as patas de garras afiadas, grudou-se à cabeça e aos cabelos do desafeto. Em poucos segundos, rasgou a pele do rosto, a boca e furou os olhos daquele que um dia fora seu dono.

A mastigação do chiclete foi suspensa. O menino boquiaberto e de olhos arregalados diante do relato mal conseguia respirar. As palavras do proprietário do museu eram tão sinceras e reais que o menino quase podia enxergar a brutal cena do ataque do gato.

— Sem defesa, o homem caiu de joelhos. Em desespero, tentava agarrar a criatura para se livrar dela. Mas de nada adiantava, o felino parecia escorregar de suas mãos. Os policiais atônitos, quase sem reação diante de tal selvageria, demoraram para agir. A lamúria de dor do homem e o grito infernal e de triunfo de Pluto agitaram a rua. Às janelas dos prédios e das casas, as pessoas se amontoaram querendo saber o que acontecia. Apontavam para a luta que se desenrolava. Gritavam de pânico e horror. Nunca haviam visto um gato cometer tal atrocidade. Enfim, com os cassetetes em riste, os policiais começaram a espancar o animal. Ao mesmo tempo em que acertavam Pluto, atingiam também o desprotegido e desgraçado homem. O felino preto largou sua vítima ensanguentada no chão. Os guardas continuaram batendo no monstro de quatro patas até ele conseguir escapar correndo por baixo das pernas de um dos agressores. Na ânsia de socorrer a vítima, agora com um dos olhos furados e o outro escorrendo da cova orbital, deixaram o gato fugir. Observei a rota de fuga utilizada por Pluto. Fui atrás dele. Quando pensei que não encontraria mais o gato, depois de tê-lo perdido dobrando uma esquina, eis que vejo rastro de sangue e o encontro escondido ao lado de uma lata de lixo. Sem forças para reagir, Pluto deixou que eu o pegasse. Voltei para o museu o mais rápido possível. Corri da rua em que me encontrava em direção a um beco. Na parede de um prédio velho, estava a porta tridimensional mágica que ligava o mundo real em que vivemos com o mundo literário. Nos meus braços, repousava a relíquia do conto de Edgar Allan Poe. Utilizando meus conhecimentos de veterinária, curei Pluto. Ele viveu comigo até a velhice. Depois que morreu, resolvi fazer uma homenagem ao bichano e ao mestre Poe. Empalhei o gato e o coloquei em exposição no museu.

— Como faço para entrar numa história dessas? — perguntou o menino, reanimado, depois de saber que o gato havia sobrevivido àquela cena de terror.

— Não posso ensiná-lo a viajar por mundos paralelos. Mas tenha certeza de que é mais simples do que você imagina. Leia um livro. Leia um livro que você participará da história.

Três pessoas entraram no museu. O proprietário olhou para elas e disse ao menino que voltara a mascar o chiclete, já sem gosto:

— Preciso atender outros clientes, meu amigo. Fique à vontade para conhecer os artefatos do museu.

O proprietário contou muitas histórias durante aquele dia. Estava bem-humorado e disposto. Isso era algo raro.

Publicado pela primeira vez em *Poe 200 Anos: Contos inspirados em Edgar Allan Poe. São Paulo: Editora All Print, 2010, p. 51-55.*

A PENA DO CORVO

COMPRO A PENA POR UM PREÇO RIDÍCULO. Qualquer um que soubesse da sua verdadeira importância nunca a teria vendido. Para um cidadão comum, poderia parecer algo caríssimo, mas, para mim que sou dono de uma pequena fortuna, o valor é irrisório.

O contrabandista garante que a relíquia pertencera ao renomado poeta. Em meu desvario, acredito e, sem pestanejar, visto o pesado casaco de lã que deixara sobre a cadeira. Abandono o escuro e fétido bar em que nos encontramos. Se o bandido estiver me enganando, juro que contrato um matador de aluguel para ensinar-lhe uma lição.

Assim que volto para minha luxuosa residência, protegida por antigos salgueiros e um muro alto de tijolos vermelhos, tranco-me no escritório para não ser incomodado por funcionários.

Sozinho e febril, mergulho a ponta da pena do corvo em um pote de tinta preta. Em seguida, começo a escrever em uma folha em branco. Sinto-me um monge medieval escrevendo com tecnologia tão ultrapassada. Pelo que se afirma em nosso seleto círculo, o famoso escritor utilizou a pena para criar textos que antes nunca fora capaz. Sua imaginação e criatividade não encontraram mais limites depois de usá-la. Meus pares atribuem à pena um caráter mágico.

Ainda sem saber como funciona exatamente, deixo a mente divagar para que o artefato guie minha mão. Inicio apenas com palavras soltas sem tentar explicar sua existência sobre o papel: Maeltzel, Maelstrom, Pfall, pêndulo, diabo, Metzengerstein, carta, mistério, Wilson, manuscrito, Berenice, gato, barril, casa. Cada palavra parece conter um universo, uma história a ser contada. Não demoro para identificar a origem desses vocábulos nos títulos dos contos de Poe. Tento ignorar se as escrevo por ser um conhecedor do poeta e meu subconsciente de forma mecânica trabalha sozinho ou se é a pena que me induz a escrevê-las. A dúvida não me impede de prosseguir. Minha curiosidade é maior do que qualquer outro sentimento ou sensação.

Continuo aquele estranho processo. As palavras começam a se ordenar em frases prontas. Percebo imediatamente que são construções do imaginativo escritor do século XIX. Por um momento, estremeço. Deito a pluma sobre a mesa. É como se a pena escrevesse sozinha e precisasse somente da força que tenho nas mãos, da vitalidade que possuo no corpo e na alma.

A razão e a loucura, às vezes, tornam-se conceitos tão próximos que já não sou capaz de diferenciar entre uma e outra. Durante quanto tempo procurei por esse objeto? Desde que entrei na Ordem, nos idos de minha tenra juventude. Meus confrades seriam capazes de matar-me para possuir essa relíquia. O destino a colocou em meu poder; portanto, devo domá-la, assim obterei suas benesses e não arcarei com sua maldição.

Pergunto-me se não foi a pena do corvo que proporcionou o intelecto diferenciado do escritor. Desse modo, meus camaradas estariam certos ao comentar que o objeto teria trazido ao mestre, além do talento, sua ruína. Nesse caso, a pena é um instrumento do mal, capaz de corromper os sujeitos. Talvez, projetado por algum ente demoníaco, verdadeiro adversário da humanidade. Falaram-me que o artefato estaria protegido por rituais sangrentos, tão antigos quanto o tempo em que ainda se pintavam hieróglifos em papiros.

Por um lado, a pena do corvo liberta as palavras mais precisas do escritor e as arranja de forma ordenada nas orações, nos parágrafos, no enredo e na trama. Por outro, é sorrateira, engana o infeliz que acredita escrever por vontade própria. Relega o usuário ao esquecimento em vida, aprisiona-o em uma masmorra de tormento e indiferença. Leva à decadência e à degeneração. Possui uma aura escura que induz ao infortúnio e à tristeza. A pena do corvo, ao mesmo tempo em que concede as virtudes das belas letras, também leva à degradação do humano.

Pressinto que o artefato é pior do que qualquer outro vício. Já não consigo parar de escrever, faz horas que estou em frente à mesa, sem me alimentar ou pensar em fazer outra coisa. Levanto, o máximo que consigo fazer é abrir uma garrafa de vinho e sorver seu conteúdo em poucos minutos revigorando-me para o ato da escrita. Empunho o objeto mais uma vez como se fosse uma arma capaz de retirar minha própria vida. Escrevo ou ela escreve? Não há mais importância em determinar quem é o autor. Certo é que tenho prazer em redigir. Somente por isso já valeria um pacto com o próprio diabo. Lembro-me instantaneamente de um dos contos de Poe... A pena escreve... Eu escrevo... São e não são ideias minhas... O título delineia-se em uma das tantas folhas brancas dispostas sobre a mesa: *Velho coxo do colarinho engomado*. A primeira frase se constrói diante de meus olhos:

"Eu, dois garotos e uma menina deixamos nossas casas no meio da noite".

Depois da frase de abertura, o primeiro parágrafo segue assim:

"A lua cheia ajudava a iluminar a escuridão. Não havia luz elétrica naquela parte da cidade e as pilhas para lanternas eram caras. Por isso, levávamos lampiões. Exceto um dos meninos que se considerava mais corajoso do que todos. Vestíamos roupas pesadas para nos proteger do vento frio que assolava o sul do país".

Os parágrafos seguintes se sucedem nesta ordem:

"Em poucos minutos chegamos à ponte. Uma ponte coberta que permitia cruzar o caudaloso rio da região e se proteger de alguma chuva inesperada. Fomos até lá para averiguar a veracidade da lenda que nossos pais contavam. Diziam que um velho coxo, de vez em quando, aparecia em um canto escuro da ponte. Começamos a travessia da precária construção e, no momento em que nossos lampiões iluminaram seu interior, vimos o tal homem. Ele mancava. Tive a impressão de ver cascos no lugar de pés. Pensei em fugir, mas não conseguia me mexer, meu sangue gelou nas veias. Ele vestia um traje preto, elegante e com o colarinho branco bem engomado. Disse, com um sorriso tinhoso no rosto:

— Já que vieram me conhecer, vamos apostar uma corrida.

Acho que meu amigo não se deu conta do que era aquela coisa. Sempre se achara muito corajoso e esperto:

— Ora, não me faça rir. Ganho de você com um pé nas costas — gargalhou.

— O que você apostaria?

— Qualquer coisa... Até minha cabeça com o demônio!

— Quem chegar primeiro do outro lado é o vencedor. Vamos?

Meu amigo começou a correr. O velho coxo tinha os movimentos lerdos e desajeitados. Foi vencido com facilidade pela agilidade do garoto. Eu e os outros parecíamos congelados, não conseguimos evitar a tragédia. Sem dúvida, aquele estranho só podia ser o diabo disfarçado de gente. Como todos sabem, o capeta é trapaceiro. Não queria vencer. Era bem possível que tivesse o dom de prever o futuro...

Um carro em alta velocidade atingiu o vitorioso. O motorista freou de maneira brusca. O veículo rodopiou e arremessou o corpo, como se fosse um boneco de pano, sobre a proteção lateral da ponte. No instante seguinte, o velho coxo do colarinho engomado sumiu deixando à nossa volta um cheiro inconfundível de enxofre e uma risada que repercute em meus ouvidos até hoje.

De manhã, um grupo de buscas localizou o corpo do nosso amigo, faltava-lhe a cabeça. Estava caído de bruços sobre seixos na margem do rio. Urubus bicavam sua carne. Desde então, repito a frase que meus pais sempre me disseram:

— Nunca aposte sua cabeça com o diabo!".

Depois desse conto, produzo outros sem parar. Não sei quanto tempo se passa. Mando meus funcionários embora quando os escuto batendo à porta. Dizem que tenho de me alimentar, abrir as janelas do escritório, sair para caminhar... E os amaldiçoo e os ameaço ordenando que não me importunem mais.

Sinto-me exaurido. Para que me preocupar com minha saúde ou sanidade? Escrever urge, é mais importante do que respirar. A pena do corvo exige que eu continue, sem tréguas, sem descanso. Minhas forças me abandonam, mas eu continuo, mesmo que tenha a impressão de ser sugado por um vampiro voraz. Desfaleço em algum momento que não sei precisar.

Durmo e afundo num vazio. Perco toda noção de tempo em trevas profundas. Acordo achando que vivera um pesadelo. Porém, fora tudo real. Meu rosto estava apoiado sobre centenas de folhas repletas de histórias. Quantas horas, quantos dias se passaram desde que adquiri a pena, não conseguiria calcular.

Abro a gaveta da mesa e pego um espelho pequeno. Meu rosto está magro, cadavérico. Bem parecido com o do mestre. Olheiras escuras como hematomas não me assustam. Porém, tenho consciência de que preciso comer algo para me recuperar. Tenho de fazer uma viagem. Algo que fará de mim um novo homem.

Quase sem forças, levanto-me e deixo o escritório. Levo comigo a majestosa pena do corvo. Um funcionário de vigília tenta me interceptar quando me vê. Eu o empurro e digo para não me interromper. Ordeno que faça um café. Obediente, ele se dirige para a cozinha sem me contestar. Vou até meu quarto e reúno alguns pertences básicos em uma mala. Pego dinheiro e cartões de crédito. Telefono para o contrabandista que me vendeu o artefato. Ofereço uma boa quantia para que ele me acompanhe até Baltimore, nos Estados Unidos. Desejo outros itens. Dessa vez quero buscá-los pessoalmente.

Agora me interessam também os restos mortais de Edgar Allan Poe. Com o pó que obterei dos ossos do escritor, planejo fazer uma tinta especial para auxiliar os textos que brotam da pena. Depois disso, vou adquirir as roupas que o gênio usava. Em seguida, desenterrarei sua esposa, ela deverá ser útil para ajudar na inspiração. Sei que o amor é uma ferramenta essencial para qualquer homem das letras. Poe, grande Poe, seremos um só, seremos eternos amigos. Aguarde-me, estou a caminho. Logo serei você.

Publicado pela primeira vez em *Autores Fantásticos. Porto Alegre: Argonautas Editora, 2012, p. 19-24.*

ASAS NEFASTAS

E o corvo, na noite infinda, está ainda, está ainda
No alvo busto de Atena que há por sobre os meus umbrais.
Seu olhar tem a medonha cor de um demônio que sonha,
E a luz lança-lhe a tristonha sombra no chão há mais e mais,
Libertar-se-á... nunca mais!

O corvo, de Edgar Allan Poe

TODA NOITE ALGO BATIA EM SUA PORTA. Morava afastado, em um bairro do subúrbio, com a mãe. Catavam papéis durante o dia e o que acumulavam era vendido para uma fábrica de recicláveis. O pai havia abandonado a família. O irmão mais velho fora assassinado na prisão. E a irmã vivia em outra cidade trabalhando como faxineira. Quando possível, enviava uns trocados para ajudar. Sem dúvida, não era uma vida fácil aquela que levavam.

Naquela noite, em especial, fazia muito frio. O vento minuano assoprava com força. Parecia que a qualquer momento derrubaria a frágil porta constituída por remendos de madeira. Apesar de não ter água encanada, não faltava luz elétrica. Se o menino precisasse acendê-la para dissipar o medo que aquele vento ameaçador causava, poderia fazê-lo.

Além da luz elétrica, havia no barraco até mesmo uma televisão e um refrigerador que funcionava. No entanto, dentro da máquina tinha somente gelo. A pobreza era imensa, naquela noite não haviam jantado.

Queria dormir para espantar a fome que assolava seu estômago. Mas o barulho daquele vento rude e insistente batendo à porta o impedia de dormir. Era como asas em movimento de alguma ave agourenta gigante, prontas para derrubar tudo. Às vezes, o barraco estremecia por completo. Não duvidava de que a qualquer momento o teto pudesse ser arrancado e todas as coisas saíssem voando pelos ares levadas para longe, bem longe dali...

A mãe dormia em um colchão estendido ao seu lado. A face, negra como ébano, revelava justiça e altivez. Mais parecia uma estátua de deusa, daquelas que ficam no centro da cidade, calejadas pelas intempéries. Em decadência, mas ainda resistentes, firmes e íntegras.

Olhou para um buraco, o maior entre os da parede oposta ao seu colchão. Por lá, esgueirava-se uma luz, vinda do poste de iluminação pública que ficava na calçada. Essa luz permitia que pudesse visualizar os traços mais sérios do rosto da mulher. Quando estava prestes a dormir, perdido em ilusões, em fantasias, desejos de ter um dia seguinte melhor, um dia de menos trabalho, com mais brincadeiras e feijão no prato, escutou... Sua mãe tossiu uma vez... duas vezes... três vezes... quatro vezes... Parou.

Ela estava doente. De vez em quando, cuspia sangue quando tossia.

Dormir era uma tarefa difícil para quem sentia fome, frio, medo do escuro e tinha preocupações com a saúde da mãe. Manteve os olhos fechados. As asas nefastas daquela ave agourenta imaginária, em forma de vento minuano, continuavam a se debater de encontro ao barraco. Parecia que a estrutura de madeira e papelão não mais resistiria.

O menino completara dez anos de idade, sabia ler pouco, apenas reconhecia as letras do alfabeto e formava palavras menos complexas. Não ficou muito tempo na escola para aprender, precisava trabalhar para sobreviver. Não tinha melhor alternativa do que esta: catar papel. Ao menos, se pudesse jogar futebol, seria como os jogadores que aparecem na televisão. Ele também sonhava, mas era raro lembrar-se dos próprios sonhos. Sem sonhos, parecia não ter objetivos maiores do que um prato de comida cheio.

A porta se abriu. Foi escancarada pelo vento. As asas negras adentraram com sua sombra espessa no recinto. A coisa tinha dois olhos demoníacos, que mais pareciam faíscas saídas do inferno. O menino gritou de susto ou, ao menos, pensou ter gritado. A voz não queria sair pela garganta, os pulmões não tinham força para enviar-lhe ar.

Aquela sombra do mal subiu em seu corpo e o envolveu em completa escuridão. Ele se tornou um prisioneiro da inconsciência, daquelas trevas infindas. Não soube dizer o quanto passou antes de poder abrir as pálpebras outra vez. Talvez tivesse passado uma eternidade, um dia, alguns minutos, não soube calcular essa passagem de tempo.

Encontrou-se em um ambiente singular para um ser humano. Planava nas nuvens como se fosse um pássaro. Em pleno céu, cravejado de estrelas brilhantes, da cor do chumbo e rubro como o sangue, começou a voar, sempre adiante. Era como se não tivesse peso, estava leve como uma pluma.

Lá embaixo, via o campo livre de casas ou prédios, apenas coberto de flores e árvores. Essas pareciam gigantes de madeira. O vento minuano agora acariciava sua face, não mais como um peso mortal, mas como uma dádiva. Continuou em frente, viu córregos, plantas de todas as cores, cogumelos luminosos, cavalos selvagens correndo em bandos, gaivotas rosadas planando ao seu lado... Sorriu, ao menos uma vez, sentiu-se leve. Adiante, próximo ao horizonte, avistou uma arquitetura estranha. Algo que nunca havia contemplado antes. Na cidade em que morava, não existia algo que pudesse comparar àquilo.

O prédio tinha seis torres que apontavam para o céu feito agulhas de prata. O vento o impelia na direção da torre mais alta. Uma janela circular, cravejada de joias vermelhas em seu entorno, dava a impressão de estar se dirigindo para uma boca escancarada. Logo fora deixado, pela força do ar, na cúpula daquela torre, a coisa mais alta que já avistara.

Seus pés descalços tocaram o chão frio. Era bem mais gelado do que o próprio ar que o carregara. O recinto circular estava na penumbra. Foi então que luzes de tochas se acenderam como por um passe de mágica. Percebeu que as paredes eram feitas de gelo. E que não estava só.

Havia naquele lugar uma pessoa. Era um menino. Uma criança da idade dele. Uma criança igual a ele.

O estranho se aproximou e disse:

— Fico contente que tenha chegado tão cedo.

— Quem é você?

— Você sabe quem eu sou. Por que pergunta?

Um segundo de silêncio e o estranho respondeu diante da incerteza do visitante:

— Eu sou você.

— Você não pode ser eu! Eu não sou você.

— Sim, eu posso ser você e você pode ser eu. Temos o mesmo

rosto, a mesma idade, o mesmo corpo, os mesmos pensamentos. Foi você quem criou essa torre e nos fez viver aqui.

— Você está enganado, eu não fiz isso. Meu pai construía casas. Ele poderia ter construído isso. Não eu.

— Você se engana. Todos podem construir alguma coisa. Mas nem todos podem lembrar conscientemente aquilo que construíram.

O visitante olhou para as paredes e percebeu que o gelo derretia em uma velocidade considerável. As solas de seus pés já estavam em contato com a água fria.

O estranho disse:

— Esse não é um palácio tão resistente, creio que logo deixará de existir. Portanto, precisamos fazer o que deve ser feito enquanto é tempo.

— O que deve ser feito enquanto é tempo? Não estou entendendo você.

— Veja! — O estranho apontou para um canto do salão.

Uma das paredes derretia com maior velocidade permitindo a revelação de algo que estava escondido. Em sono profundo, em posição fetal, enxergou o corpo de uma mulher.

— Mãe! — o visitante logo a reconheceu e correu até ela. — Ajude aqui. Precisamos salvá-la — implorou começando a ficar com lágrimas nos olhos enquanto se ajoelhava ao seu lado.

— Só existe uma maneira de você salvá-la.

— Como? Como posso ajudar? — o menino apoiou a cabeça da mulher nas próprias coxas e acariciou sua testa, afastando os cabelos molhados da fronte. — Ela não quer acordar...

— Precisamos ser rápidos, antes que o palácio derreta completamente. Você terá de ficar aqui com ela para manter intacto esse mundo. Basta sonhar em meu lugar. Você fica. Eu vou embora. O que me diz?

— Faço qualquer coisa por ela. Eu fico, vá embora, vá logo...

Uma risada estrondosa se fez ouvir e o prédio de gelo parou de derreter. O visitante pôde apenas ver de soslaio asas negras deixando o lugar por aquela boca em forma de janela pela qual tinha entrado.

A escuridão se fez.

O dia seguinte, mesmo sendo de inverno, amanheceu com a presença do sol. O barraco ainda estava de pé. A mãe se preparava para o batente diário quando resolveu acordar o filho:

— Vamos, menino, temos de trabalhar — ela sacudiu o ombro dele. — Hoje o dia está bonito e quente.

— Sim, mamãe — ele esfregou os olhos. — Aqui está quente mesmo, bem mais quente de onde eu vim, você não imagina o quanto.

Publicado pela primeira vez em *O mal bate à sua porta.*
Porto Alegre: 2010, p. 68-80.

O TOTEM DO GATO PRETO

In memoriam de *Bastet*

FALECEU MINHA AVÓ. Não sei dizer quantos anos tinha. Revirei a casa, do sótão ao porão, para encontrar sua certidão de nascimento. Em vão. Nada além de livros empoeirados e velhos, objetos toscos e de pouco valor. Uma vizinha do outro lado da rua afirmava o despautério de que Julieta vivera mais de 120 anos. Ri disso, como quem ri de qualquer outra piada, mas, se eu fosse um pouco mais descontrolado, teria xingado a velha mentirosa. Ela, sim, aparentava cem anos de idade.

Continuei a busca por algum tempo. Julieta era excêntrica. Em sua casa de madeira intocada por cupins, mofo ou teias de aranha, compartilhava o espaço com dezenas de gatos pretos. No início, eu não sabia o que fazer com os bichanos. Pensei em despejá-los em algum terreno baldio, como fazem muitas pessoas que os desprezam. No entanto, resolvi alimentá-los. Não queria ser culpado de deixar tantos animais morrerem de fome. Isso seria uma crueldade. A partir daquele momento, eles começaram a me proteger.

A herança que me coube consistia naquela casa, seus móveis e utensílios, incluindo aí os felinos; primeiramente, por uma questão de respeito à vida, em segundo lugar, por um mínimo de consideração à memória de minha avó, que amava aqueles animais decidi mantê-los sobre minha tutela.

Eu morava na capital. Antes de decidir me mudar para o interior, para a cidade de origem da minha família materna, fiz algumas viagens de um lugar a outro com a finalidade de resolver os trâmites legais da passagem dos bens de Julieta para o meu nome. Foi nessas viagens que percebi o que, a princípio, parecia apenas um devaneio.

Já na rodoviária, notei dois gatos pretos sentados na calçada ao lado do ônibus no qual eu embarcava. Os dois miúdos brincavam despreocupadamente. Da janela, antes que partisse, vi a dupla me olhar, olhos nos olhos. Achei engraçado e, ao mesmo tempo, perturbador.

Noutro dia, perto do meu apartamento, mais um gato preto passou correndo na minha frente, antes que eu atravessasse a rua. Uma fração de segundo depois, ocorreu um acidente. Dois carros se chocaram. Uma mulher morreu. Escapei de ser esmagado pelos veículos. Muito abalado com aquilo, não consegui dormir à noite.

Numa manhã nublada, enquanto fazia compras no mercado público, um filhote pulou em minhas pernas e começou a me acariciar com o focinho. Ao curvar-me para fazer carinho em sua cabecinha, encontrei minha carteira, que havia deixado cair, por descuido, depois de pagar as frutas que adquirira com um vendedor. Quando juntei meu pertence, o gatinho se afastou.

A vida parecia seguir seu curso normal. Porém, sabia que algo havia mudado. Para qualquer lugar que eu olhasse — uma sarjeta, um beco, uma rua ou uma avenida —, um gato preto, ou às vezes mais de um, observava-me. Sim, eles me acompanhavam com o olhar para onde quer que eu fosse. Para algumas pessoas, isso poderia causar certo incômodo, mas para mim a reação emocional foi exatamente contrária. Com o passar dos dias, aquela sensação de ser vigiado me confortava, permitia-me caminhar despreocupado pelas calçadas, pois eu sabia que anjos de quatro patas zelavam por mim, protegiam-me sem cobrar nada.

De volta à casa da minha avó, descobri que a vizinha mais próxima tinha desistido de alimentar os felinos durante os dias em que me ausentara. Ela argumentou que eles não lhe obedeciam, que não comiam a ração oferecida de maneira alguma. Assim, estavam ficando magros e fracos. De minhas mãos, porém, os bichinhos se alimentavam com satisfação, ronronavam de êxtase, prazer e alegria.

Descobri que o que desejavam era apenas carinho e afeto. Comecei a admirar aqueles animais que tão bem me tratavam com seus afagos e companhia incondicional. Finalmente, não quis mais deixar a casa de Julieta. Tentei de tudo para fazer a mudança o quanto antes.

Só então, vivendo na casa, resolvi folhear com mais atenção os livros velhos que existiam por lá. Não foi um nem dois exemplares que encontrei, mas muitos versavam sobre o mesmo tema: bruxaria. Porém, tratava-se de uma bruxaria diferente, pois os livros de minha avó não versavam sobre demônios, missas negras, sortilégios ou malefícios que pudessem ser realizados contra o próximo. Em qualquer conto de fadas da minha infância, a presença da bruxa era motivo de medo e terror. Nos livros que encontrei, não pude associar em nenhum momento a imagem das feiticeiras à identidade do mal. Naquelas páginas amareladas e gastas pelo tempo, li sobretudo receitas de unguentos, chás, refeições, bebidas e remédios benéficos.

Não fosse pelos livros, até hoje não teria a curiosidade suficiente para pesquisar acerca dos estranhos objetos guardados por Julieta. Na cozinha, havia um pequeno caldeirão de ferro que, em outros momentos, ela utilizara para fazer chás. Sem dúvida, peça incomum em outras casas. Por sinal, nas prateleiras, existem vários frascos contendo ervas. Preciso descobrir quais são e para que servem. Pretendo estudar com afinco esses volumes, todos eles. Ao lado da porta dos fundos, existe uma vassoura repleta de inscrições entalhadas no cabo de madeira, como se tivessem sido marcadas a fogo. Admito que não compreendo seu significado. Gostaria de poder traduzi-las.

De todos os objetos, o mais intrigante é um totem de meio metro que representa um gato. Certa tarde, quatro filhotes pularam em minha cama e começaram a puxar o cobertor com as unhas. Pedi que parassem, mas eles não estavam dispostos a seguir ordens. Resolvi levantar. Tão logo fiquei de pé, os bichanos caminharam para fora do quarto, fazendo movimentos graciosos com os rabos, como se estivessem me convidando para segui-los.

Na sala de estar, em torno do totem, todos os gatos da casa haviam se reunido. E, no momento do ocaso, todos os dias, meus companheiros de pelo negro se deitam aos pés da imagem de madeira e a reverenciam. Cada vez mais, tenho a sensação de que são seres muito, mas muito inteligentes e que são capazes de sentir, amar e idolatrar.

Já me considero um deles. Fui aceito pelo amável grupo.

Todos os finais de tarde medito diante do deus felino.

Publicado pela primeira vez em *Tratado Secreto de Magia. São Paulo: Andross Editora, 2012, p. 21-23.*

ESPÍRITO DO TOTEM

A TRIBO ESTAVA ANSIOSA PARA O INÍCIO DO RITUAL. Sete dias se passaram desde o início dos preparativos para aquela grande noite. Todos se envolveram intensamente na realização da festa: mulheres, homens, crianças e velhos.

As mulheres colheram bananas, abacaxis e castanhas. Prepararam líquidos afrodisíacos com ervas especiais. As crianças, ao mesmo tempo em que ajudavam suas mães nessas tarefas, brincavam e ficavam sonhando com a noite em que veriam o espírito do totem. Os mais velhos contavam aos mais jovens as proezas de guerra realizadas desde a última e distante aparição do lobo-guará. Os homens pescaram dourados enormes, flecharam jaburus e caçaram uma anta bem gorda.

Durante o dia, todos se mantiveram em jejum, não beberam nem se alimentaram. A expectativa aumentava a cada minuto que o sol descia na direção do horizonte. Enfim, o pajé, protagonista daquele momento que se tornaria sublime, deixou sua oca localizada no limite da aldeia.

Só então, membros da tribo começaram a tocar os tambores confeccionados com couro de capivara. Crianças assopraram apitos e mulheres agitaram seus barulhentos chocalhos. Os velhos entoaram cânticos.

Todos estavam paramentados a caráter para a ocasião. Cabeças, tornozelos e pulsos ostentavam penachos de ema, martins-pescadores, araras, papagaios e socós. Os corpos pintados dos pés ao rosto traziam cores brancas, pretas, azuis e o vermelho vivo do urucum.

O pajé foi até o centro da aldeia. Sentou-se, acomodando-se sobre peles curtidas de onças pintadas. Próximo a ele, havia três traves de madeira, de quatro metros de altura, dispostas em linha. Todos da tribo empunhavam seus instrumentos de percussão. Imitavam os sons das aves com os seus apitos; com os tambores, ritmavam o compasso do coração da floresta e a pulsação de todas as coisas vivas. Dançavam em torno do pajé e, com os pés, batiam na terra empoeirada invocando a esposa do sol. Formaram um círculo vivo de pessoas ao redor daquele indivíduo sagrado.

Colares confeccionados com dentes, brincos de osso nas orelhas e adornos labiais enfeitavam o pajé. Ele fitava com orgulho a tribo. Fez um sinal com a mão direita para que trouxessem os prisioneiros. Um grupo de mulheres escoltou três homens aparvalhados para dentro do círculo. Estavam nus e com os corpos pintados. Os três se sentaram ao lado do homem sagrado que pôs fogo no fumo depositado no interior de um longo cachimbo. Ele tragou e, em seguida, passou para o homem à sua esquerda.

O cachimbo esculpido em madeira era entalhado com caretas e formas animais. A cada vez que a fumaça invadia os pulmões dos quatro, aquelas efígies pareciam se retorcer ainda mais. Dava a impressão de que a qualquer momento saltariam do objeto para invadir o mundo real. Eles riam, conversavam sobre coisas da vida, sobre filhos, mulheres, caça e também sobre guerra.

A lua se aproximava, o pajé sabia disso. Por conta desse fato inexorável, precisava adiantar os preparativos do festejo. Levantou-se do lugar confortável em que estava e convocou para perto de si a criança escolhida. Uma menina tímida se aproximou. O homem sagrado fez um sinal para que todos ficassem calados.

Um silêncio sepulcral se instalou na aldeia. Até os animais da floresta fizeram silêncio. Nem mesmo o vento assobiou. O tempo parecia ter congelado naquele instante.

É uma honra viver esse momento, disse o líder espiritual. Todos sabem que a menina é minha aprendiza. Ela conhece as frases e os cantos ritualísticos necessários para entrar em contato com o espírito do totem durante os anos que virão. Será o próprio lobo-guará que guiará os passos dela e lhe ensinará o caminho para atingir a harmonia entre o homem e a natureza. Hoje, eu partirei, será minha última viagem, estou velho. Sem demora, devo me unir à terra, à floresta, aos rios, ao céu e às estrelas.

A menina se aproximou ainda mais e estendeu o braço para o ancião. Ele a pegou pela mão e, sem alarde, cravou os dentes no pulso desprotegido. Um pouco de sangue escorreu. A pequena aguentou a dor e não deixou escorrer lágrima alguma pela face. Naquele momento, havia uma espécie de apreensão entre todos. Chorar revelaria a incapacidade da escolhida de receber a honra. Daquele dia em diante, seria idolatrada por seu povo e respeitada pelos inimigos.

O pajé lambeu o ferimento. A saliva dele, em breve, curaria as pequenas perfurações. Em seguida, retirou do pescoço um dos tantos colares que usava. Havia no enfeite, além de sementes coloridas, um zoólito de madeira. Representava a carranca do lobo-guará. A aprendiza colocou o colar. Com isso, disse o ancião, ela passa a dominar o espírito da floresta, não é o espírito que a domina.

Amarrem os prisioneiros, ordenou o pajé, a esposa do sol chegou. Ele apontou para o alto e a lua cheia podia ser vista acima do grande totem do lobo-guará na entrada da aldeia. O suor escorria pela testa do ancião. As mãos tremiam e os seus movimentos pareciam mais lentos. Ele caiu de joelhos no chão.

Os homens conduziram os prisioneiros, que não apresentaram resistência alguma, e os amarraram com cipós nas traves de madeira. Os três, entorpecidos pelo fumo e pelo veneno alucinógeno de um anfíbio, não protestaram, apenas seguiram os passos do ritual. Era uma dádiva servir aos propósitos de um espírito do totem mesmo pertencendo a uma tribo inimiga. Acreditavam que morrer com honra lhes concedia a imortalidade no seio da natureza.

O pajé começou a sofrer convulsões. Ele se atirou ao chão para tentar amenizar a dor. Uma espécie de fogo parecia arder em suas entranhas. Seus gritos de dor logo viraram uivos. O lamento deu lugar ao vigor. A transformação de um velho fraco em uma criatura de pelos avermelhados instalou medo, respeito e reverência em todos que tinham coragem para manter as pálpebras abertas para encará-la.

Em outros pontos mais distantes dali, foi possível escutar uma sinfonia de uivos, grasnados e rugidos. Era como se toda a Terra estivesse sendo conquistada por diversos espíritos da floresta. Cada um deles representando seu totem particular.

Em poucos minutos, o espírito que possuía o velho corpo do pajé devorou a carne e espalhou as vísceras dos inimigos no solo empoeirado. Garras e dentes eram mais velozes do que qualquer flecha já produzida. O terror estampado no rosto dos homens imolados fortalecia e alimentava a fera. O ancião estava perdido em um pequeno canto escuro de sua própria mente. Agora o lobo-guará estava no controle.

Quando se deu por satisfeito, parou a carnificina e farejou os restos dos homens doados em sua homenagem. Olhou com atenção para a disposição dos intestinos, do que havia sobrado de um fígado, de um coração, de um dos pulmões, da bílis, dos rins e dos testículos.

Virá o dia, falou com uma voz sepulcral utilizando-se das cordas vocais do pajé, em que vocês não serão mais os donos dessa terra. Nem vocês, nem as tribos vizinhas. Os inimigos chegarão do além oceano, em canoas gigantes. Feito praga, infestarão a floresta, trarão doenças, discórdia e uma falsa esperança. Com pequenos presentes, vão corromper até a cultura das tribos mais longínquas. Tudo será diferente, nossos dias estão contados, até mesmo os dias em que os espíritos da floresta andam sobre o mundo. Não desistam, mesmo depois das minhas palavras obscuras. Creiam! Nós, os lobos-guará, vamos lutar! A floresta e tudo o que há nela devem viver!

Dito isso, o homem-meio-lobo invadiu o seio da floresta. A menina confiou em cada palavra da criatura. Ela faria o que fosse possível para evitar aquele desastre. Segurou com força o zoólito em sua pequenina mão e prometeu que faria seu melhor em nome do velho pajé que nunca mais foi visto pelos membros da tribo.

Publicado pela primeira vez em *Metamorfose: A Fúria dos Lobisomens. São Paulo: Editora All Print, 2009, p. 188-192.*

MASSACRE NA CARAVELA

SE EU FOSSE IGUAL ÀS OUTRAS MENINAS, DEVERIA TER ATINGIDO A MAIORIDADE NO PRIMEIRO CICLO MENSTRUAL. Porém, todos na aldeia sabiam que isso não aconteceria. Uma irmã do espírito do totem estava privada de gerar prole do próprio ventre. Desde o dia em que o pajé me empossara do zoólito mágico do lobo-guará, eu serviria à floresta e não aos seres humanos. Segundo a tribo, atingi a maioridade quando transmutei; isso ocorreu antes mesmo dos doze anos.

Minha metamorfose inaugural originou algumas lendas, ganhei o respeito até mesmo entre os clãs vizinhos, fossem aliados ou inimigos. Meus feitos foram cantados sob os auspícios da esperança. Tínhamos poucas chances contra os invasores vindos do além-mar. Eles empunhavam armas de fogo, guiavam cães furiosos e animais de quatro patas que os carregavam em seus lombos. Alguns integrantes de tribos mais amedrontadas, impressionados com o poderio dos humanos de tez branca, achavam que os quadrúpedes e os homens eram uma só criatura. Uma bobagem que, por vezes, rendeu aos inimigos a vitória em algumas batalhas. Eles possuíam linguagem bem diferente da nossa e uma religião estranha. Tão estranha a ponto de cultuar um homem crucificado.

Flechas e zarabatanas se mostraram insuficientes contra eles. Às vezes era possível conquistar uma vitória, mesmo com tecnologia menos aprimorada. A melhor arma que dispúnhamos para bater de frente contra eles se tratava do número de pessoas que compunham as tribos da floresta. Bastava haver união entre nós para expulsá-los. Mas união era um conceito difícil de se fazer entender entre os chefes de tribos que manifestavam interesses tão diversos.

Porém, restava outra arma, uma arma capaz de espalhar terror. Essa arma era eu. Não fui capaz de expulsar os invasores de pele fantasmagórica. Mas tudo o que fiz, certamente, deixou-os com medo. Medo da criatura que enfrentavam. Fui, e ainda sou, um veículo para a essência da floresta que me possui e retorna ao meu corpo sempre que a lua cheia desabrocha no céu.

Guerreiros da tribo me escoltaram até um determinado ponto da mata. Deixaram-me sozinha antes que a noite chegasse acompanhada da esfera de prata posicionada entre as estrelas do firmamento. Continuei minha caminhada entre as árvores centenárias, enquanto recitava palavras mágicas e melodias que havia aprendido com o desaparecido pajé da nossa tribo. Passei por um grupo de bugios que, desconfiados, afastaram-se pulando de galho em galho. Araras azuis voaram diante da minha presença mirrada e ainda infantil. Logo avistaria a praia de acordo com o que informaram meus companheiros. Eu ainda não conhecia o mar. Vivi, até então, somente no interior da própria aldeia. Nunca deixaram que eu fosse muito longe desacompanhada. Mesmo alguns animais da floresta ainda eram desconhecidos para mim. Apenas havia visto onças depois de caçadas por nossos guerreiros. Queria conhecer, o quanto antes, a grande floresta em toda sua extensão. A partir daquele dia, o dia da minha primeira metamorfose, era como se eu estivesse livre, pronta para desbravar o mundo. Estava ansiosa para ver as águas verdes e as ondas bravias do mar que os amigos me descreviam.

Meus pés descalços finalmente tocaram a areia da praia. Era tão macio aquele solo, fofo e agradável. Vi as ondas estourando naquela faixa amarelada de terra. Que espetáculo fabuloso! Por alguns instantes, fiquei fascinada pela visão que me arrebatava. Em seguida, aproximei-me do mar e deixei que a água lambesse meus pés. Sensação de frescor e tranquilidade foi o que senti. Molhei as mãos também, tive vontade de beber aquele líquido. Mas sabia, já havia aprendido, fazia tempo, que aquela não era água de beber. Pássaros brancos voavam acima das ondas e, quando menos se esperava, lançavam-se em uma manobra suicida para reerguerem-se no último segundo de uma suposta queda, com um peixe preso no bico.

Diante daquele ambiente novo, que conhecia somente através de histórias, quase esquecera do meu verdadeiro objetivo. Estava ali para cumprir uma tarefa. Bastava que minha companheira de prata surgisse no céu. Disseram-me apenas para esperar... Sentei-me na beira da praia e contemplei o horizonte. O pôr do sol mais belo que eu já vira. Repleto de tons azuis profundos, amarelos-ouro, roxos florais e vermelhos incendiários. Depois desse tempo de contemplação que pareceu quase eterno, em função de minha ansiosa espera, senti algo acontecer em meu corpo. Era como se eu tivesse de atender a um chamado vindo do alto. Olhei para o céu na direção que meus sentidos mais inconscientes apontavam e lá estava ela, a lua. Mas sua cor não era a mesma de sempre. Parecia destilar sangue. Revelava-se entre nuvens melancólicas.

O colar em torno de meu pescoço, com a face do lobo-guará esculpida em osso, pareceu ter tremido como se estivesse viva, como se uma alma aprisionada reclamasse liberdade de seu cativeiro, tal como eu queria me libertar da proteção e da vigília que minha tribo tinha para comigo.

Minha visão, por algum motivo, passara a ter maior alcance e precisão. Vi uma canoa invasora, de proporções exageradas, flutuando sobre o mar agitado. Percebi que na beira da praia havia uma fogueira; parte dos inimigos deveria estar em terra e o restante, no transporte. Sempre soube o que deveria fazer quando chegasse a hora... Havia sido treinada para aquele momento. A lua me convidava para um ataque voraz sob seu manto de luz artificial. Retirei do pescoço o colar com a face do lobo-guará esculpida. O objeto mágico gemeu de satisfação, libertando uma nuvem escura de seu interior. Provida de impulso próprio, a sombra vaporosa se avolumou e tocou meu espírito.

Tive consciência de que havíamos nos tornado irmãos desde que ganhara o zoólito do antigo pajé que desaparecera no coração da floresta, anos atrás. Naquele momento, no entanto, nossa relação estava ainda mais intensa. Passamos, então, a ser um só. Não havia mais diferenças entre nós. O espírito e eu éramos a mesma coisa.

A partir daquela noite, meus sentidos tornaram-se mais aprimorados. E toda lua cheia me convocava para uma missão de guerra contra aqueles que se denominavam lusitanos. Deixei o colar cair na areia da praia, somente uma casca vazia depois da fuga do espírito do totem. Uma onda poderosa veio até meus pés e carregou o artefato mágico.

Uma dor lancinante surgiu em minhas entranhas. Caí de joelhos sobre as espumas das ondas. Quando olhei para minhas mãos, tive uma surpresa. Havia garras espantosas e afiadas no lugar das frágeis unhas de uma menina magra e pequena. Pelos cobriram minha pele de tom escuro, outrora bronzeada pelo sol. Minha visão se turvou. No início, tudo o que senti foi dor. Depois, fui invadida por uma sensação inebriante de prazer. Uivei para a lua. Uivei como se aquele gesto fosse o mais belo que um ser poderia realizar em homenagem à sua natureza selvagem. A primeira metamorfose foi marcada pela inconsciência. Assim, não gravei ato algum na memória.

Acordei já era manhã alta. Estava dentro de uma estranha estrutura de madeira. Moscas zuniam em torno de cadáveres. Corpos mutilados estavam caídos à minha volta. Enxerguei vísceras, ossos, órgãos internos esturricados no chão, embebidos em sangue, espalhados por todos os lados. Meu próprio corpo, agora em estado natural, fora pintado com o sangue do inimigo. O espírito do totem havia feito seu trabalho. Deixei o interior daquela cova, subindo por uma escada. Pude respirar um pouco de ar puro. Só então percebi que havia invadido a embarcação dos homens de pele branca.

Olhei para a praia e avistei os guerreiros da minha tribo vasculhando o acampamento destruído. Acenei para eles. Ficaram eufóricos quando me viram. Logo em seguida, empurraram um dos barcos menores do inimigo, que estava sobre a areia, até o mar. Vinham me buscar.

Nas noites de lua cheia, desde meus doze anos, sou o veículo do qual o espírito do totem se apossa para eliminar os inimigos do além-mar. Somente na primeira metamorfose, não me recordo do que fiz. Nas transformações seguintes, as lembranças se mantiveram intactas. Não me arrependo da maneira como eliminei cada um dos usurpadores.

Publicado pela primeira vez em *Metamorfose II: Os Filhos de Licaão. São Paulo: Editora Editora Literata, 2011, p. 48-52.*

EMPLUMADO

NO HORIZONTE EU AINDA AVISTO UM FIO DE LUZ. Com as costas da mão, toco em sangue seco na minha testa. A dor lateja na cabeça. Não foi sem dificuldades que há pouco levantei do chão empoeirado e frio de blocos de pedra engastados pela ação do tempo. Por baixo da única porta da biblioteca, existe um sinuoso rastro de sangue que se aproxima de uma mesa ornada com pés de coruja. Uma cadeira está caída e outra, destroçada. Martin e Catarina sumiram. A confusão da noite anterior começa a emergir na memória.

Tudo iniciou com a ávida curiosidade que tenho sobre assuntos fantasmagóricos e mórbidos. A escolha da vez era pesquisar a fundo o mito dos vampiros. Mergulhar até a origem e desvendar os mistérios que rondam essas criaturas da noite. Minha caminhada científica teve como ponto de partida as mais variadas leituras. Desde fragmentos do Antigo Testamento, códices gregos, pergaminhos em latim, romances góticos do século XIX, até sites da Internet que me revelaram segredos.

Olho para as estantes da biblioteca. Algo me interessa nas prateleiras. Preciso do objeto. Volto para as lembranças. Nelas, terei a resposta.

Conheci a verdadeira trajetória de Lilith, a primeira esposa de Adão depois de folhear alguns livros proibidos. Ela o afrontou reivindicando o domínio no ato sexual. Não queria estar somente em uma posição de submissão em relação ao parceiro. Adão não suportou a rebeldia da mulher e pediu a Deus uma nova esposa. Lilith vingou-se devorando a prole que constituíra com o dito homem primordial. Pela tradição antiga, sua mais famosa representação em forma de estátua a transformou em um demônio feminino com asas e pés de aves de rapina. Ao seu lado, corujas a guardam e, sob suas garras, grandes felinos servem de apoio aumentando a impressão de poder. Outro demônio feminino, de origem babilônica, possui nome semelhante ao dela: Lilitu. Para os filólogos, o seu significado é "a noturna". Além de Lilith e Lilitu, temos Lamastu, conhecida pelo dom de levar doenças e causar a morte de recém-nascidos. Encontrei em minhas pesquisas um panteão desses seres. Mulheres ligadas ao estigma da noite e ao óbito de crianças. Representavam tudo aquilo de ruim que uma sociedade de valores masculinos não conseguia aceitar. Afinal, mulheres tinham de ser boas mães e boas esposas. Não estar de acordo com esses preceitos era o mesmo que se posicionar a favor do caos, da desordem e do mal. De certa maneira, pouca coisa mudou com o passar dos tempos. A mulher ainda é vista com os mesmos olhos que a julgaram no passado. Para a família ser preservada, a mulher deve ser adestrada. Não acredito nessa coisa idiota. Porém, acredito em vampiros. É por causa deles que estou aqui. Para mandá-los de volta ao lugar de onde nunca deveriam ter saído, o inferno. Na horda das criaturas que estou caçando tanto faz o tipo que tenho de eliminar, não enxergo entre elas mulheres ou homens, velhos ou crianças, mas apenas malditos sugadores de sangue.

Aos poucos, começo a me reanimar. Onde estão minhas armas? Olho em cima da mesa. Depois, embaixo dela. Flexiono os joelhos com dificuldade. Sinto a cabeça rodar e continuo consciente.

Teimo em ficar pensando na origem dos mortos-vivos a todo o instante. Na Grécia Antiga, os demônios femininos eram representados pelas lamias. Reza a lenda que viviam isoladas em ambientes inóspitos, sobretudo em cavernas. Sua dieta preferida era o sangue ou o corpo dos filhos pequenos de mães descuidadas. O significado de lamia sempre me reportou à ideia de uma voracidade interminável: garganta. Com o tempo, esses monstros adquiriram o poder de se transformar em belas mulheres e seduzir homens jovens, inexperientes e inebriados com seus encantos. Lembro-me do hálito fétido que todas elas exalam. Tão podre quanto uma cova a céu aberto repleta de cadáveres frescos. Mas a beleza do rosto e de suas curvas é tanta que qualquer um é iludido se não tiver consciência do engodo pelo qual está passando. São capazes de hipnotizar, de camuflar e de esconder sua essência do mal. Homens tolos sucumbem facilmente aos seus caprichos. A volúpia é uma arma eficaz e ardilosa.

Encontro uma das minhas armas. Graças a Deus, se é que ele existe. É a única que vejo. Deverá servir. Pego-a e me levanto. Tento permanecer em pé. Firme. Sem voltar a cair naquele chão frio e pedregoso.

Bruxas, fantasmas, lobisomens e vampiros estão muito próximos nessa cadeia elementar dos mitos. Começar a procurá-los, a princípio, parece uma aventura irracional. Porém, depois que encontramos uma pista verdadeira, ah, aí surgem em um torvelinho fantástico. Diante dos meus olhos, muitos pesadelos já invadiram a realidade.

Só agora me dou por conta de que felizmente estou com a mochila afivelada entre o peito e os ombros. Sinto o peso dela pressionar de leve as costas. Não constitui nenhuma arma, mas é meu passaporte de fuga.

Quando li pela primeira vez a palavra upier, não compreendi de imediato a etimologia. Para alimentar a curiosidade, pesquisei o termo. Descobri o relato de um padre jesuíta chamado Rzaczynski. Segundo o religioso, na Polônia, os cadáveres de homens eram chamados de upier; e os das mulheres, de upierzyca. Upier, além disso, designa aquele de corpo emplumado, que se move com agilidade e leveza. Quando penso nisso é como se corujas pudessem invadir a minha mente, me preencher de sonhos ruins como em um quadro de Goya.

Na estante da direita, lembro-me do que eu preciso pegar. Trata-se de um tablete de argila contendo a escrita cuneiforme dos sumérios. Sigo na direção do objeto e o agarro. Catarina começou a traduzi-lo quando escutamos a voz sinistra de nosso carrasco nos ameaçando. Desta vez não perderei o artefato. Guardo-o feito um prêmio na pochete instalada em torno da cintura. O sol some entre as montanhas.

Foi somente a partir do Nosferatu de Murnau que os vampiros no cinema e na literatura começaram a morrer diante da influência direta dos raios solares. Antes disso, era aceito pela cultura popular que os malditos tinham a capacidade de andar de dia tanto quanto as pessoas comuns. O pior é que isso é verdade. Mas, por sorte, eles não são imunes à luz. São seres das trevas, preferem a noite, locomovem-se mais facilmente na penumbra ou na escuridão, disso não tenho dúvida. Suas aparições e deslocamentos diurnos são raros. Enfrentam o sol somente acuados e quando correm risco de perder suas vidas anômalas.

Perco demasiado tempo com essas divagações. Tenho de agir. Um dilema ético se impõe. Devo procurar Martin e Catarina. Sou um pesquisador. Um caçador, apenas por acaso. Não tenho uma veia heroica pulsando em meus braços. Ainda assim, não consigo pensar na ideia de deixá-los a sós com aquela coisa. Com certeza, não sou um mercenário. Antes de dar o primeiro passo em direção à porta, uma névoa densa entra por suas frestas. Em seguida, a porta se abre. Catarina sempre foi uma mulher bonita. Mas agora está especialmente bela. Teria me apaixonado se fosse assim antes. Recuo alguns passos. Martin vem logo em seguida. Caminha com dificuldade. Deduzo que tenha sofrido danos mais fortes em seu corpo antes da iniciação infernal. Ele não é mais o mesmo: os olhos soltam chispas de fogo. Atrás deles, a densa névoa começa a se solidificar em algo palpável e assume sua forma mais antiga. Parece não ter medo de se revelar. Confesso nunca ter visto criatura semelhante. Vampiros estão espalhados por diversas regiões da Terra e, ao longo dos tempos, desenvolveram formas físicas diferentes, atributos e condições sobrenaturais próprias. Afasto-me mais um pouco. Meu calcanhar atinge a parede. Só existe um caminho por onde devo seguir. Antes que aquela coisa e meus antigos sócios pulem sobre mim, ávidos pelo meu sangue, utilizo a arma. Agradeço aos céus por funcionar e não ter sofrido alguma avaria na luta da noite anterior. A arma emite radiação ultravioleta. Os três urram de dor. Martin coloca as mãos sobre o rosto. Posso ver os ossos de seus dedos. A pele da face de Catarina se descola do crânio. O líder, uma mescla de algo humano com uma ave, protege-se com suas asas emplumadas que começam a entrar em combustão. Ele guincha com ameaças em uma língua que desconheço. Seus olhos são grandes e redondos. Inexpressivos. Parecem um buraco negro. No bico adunco, vejo sangue. Aproveito o momento de dor pelo qual passam. Poderia conceder a paz aos meus antigos companheiros. O certo seria enviá-los com uma passagem sem retorno para algum círculo do inferno. Afinal, estou convencido de que eles não são mais eles mesmos. São apenas arremedos ou simulacros daquilo que um dia foram Catarina e Martin. Percebo que a radiação da arma não se manterá eficiente por muito mais tempo contra a criatura antediluviana. Procuro pela janela. Por sorte, está logo atrás de mim. Já não há mais sol que me proteja, somente uma lua minguante no céu daquelas terras do Oriente. Pulo. Aciono um sistema e, da mochila, o paraquedas salva o meu pescoço. No penhasco, o mosteiro se torna apenas um ponto escuro. Espero que as asas do vampiro emplumado tenham ficado danificadas o suficiente. Do contrário, tenho receio de que ele possa me alcançar. E, por vingança, devorar-me bem devagar em um ninho de trevas.

Publicado pela primeira vez em *Draculea: o livro secreto dos vampiros. São Paulo: All Print Editora, 2009, p. 38-42.*

PROLE APRISIONADA

TIVE SORTE DE NÃO SER PERSEGUIDO DURANTE A MADRUGADA EM QUE FUGI DO MOSTEIRO. Quando cheguei em terra firme, caminhei até o vilarejo em que deixara meus pertences. Ao amanhecer comprei um cavalo para sair daquele lugar o quanto antes. Já na cidade seguinte, viajei de ônibus até a capital do país. Finalmente, de avião, dirigi-me até a Inglaterra. Meu objetivo era encontrar um renomado pesquisador em história antiga, arqueólogo e também conhecedor de línguas mortas.

Depois daquela fatídica experiência no mosteiro, em que dois de meus colegas foram transformados em vampiros, eu ainda mantinha em minha posse o tablete de argila dos sumerianos. Porém, não sabia o que aquelas inscrições cuneiformes queriam dizer. Por isso, necessitava urgente de um novo parceiro para me acompanhar em minhas investigações.

Contatei o professor, primeiro pela Internet, por meio de e-mail, depois consegui o seu telefone particular. Mesmo assim, ele dizia que não tinha tempo para me receber. Deve ter pensado que eu era um mentiroso. Mas, quando o interceptei em um dos corredores da Universidade de Oxford e revelei o artefato, o sujeito prontamente me acolheu, pediu desculpas por não ter dado atenção às minhas palavras. A todo o momento, xingava a si mesmo devido a sua falta de tato para comigo. Depois desse prólogo e apresentações de início superficiais, foi com avidez que desejou saber onde eu havia encontrado aquela peça raríssima.

Lógico que menti, não podia dizer que havia roubado a peça de um vampiro ancestral. E, o mais difícil de engolir, aquele vampiro se tratava de algo diferente que a tradição cinematográfica e literária descrevia. Não tinha parentesco com morcegos e sim com corujas. O meu novo amigo me diria, com certeza, naquele momento, que eu deveria ter lido primeiro Drácula do Bram Stoker antes de contar mentiras despreparadas, mentiras sem pé nem cabeça. Diria que não era um idiota, ao menos conhecia literatura.

Eu contei que encontrei a peça de forma aleatória em um mosteiro do Oriente e que precisava da tradução daquelas inscrições. Ele logo desconfiou que aquela história estava mal contada, que eu devia ser um ladrão de tumbas, afirmou sem pudor. Antes que discutíssemos, e minhas intenções de tradução fossem por água abaixo, arrisquei: se você não quer traduzir, tudo bem, vou embora. Fiz menção de sair do escritório em que nos encontrávamos, ele me impediu falando que na verdade não se importava, preferia ver a peça, tocar nela, pesquisá-la. Logo entramos em um acordo. Ele escaneou o tablete de argila e se comprometeu em me dar uma resposta sobre o significado das inscrições. Aguardei impaciente durante alguns dias.

Não mais do que uma semana foi necessária para que o professor me contatasse. Ele era um gênio, eu sabia disso, havia escolhido a pessoa certa para me ajudar. O que ele me disse sobre a inscrição foi o suficiente para que decidíssemos ir até uma localidade perto do rio Eufrates. Em menos de uma semana, deixamos a Inglaterra. Quando chegamos à cidadezinha próxima ao nosso objetivo, logo alugamos um jipe com tração nas quatro rodas, capaz de levar uma considerável quantidade de mantimentos, equipagem e barracas. Adentraríamos em uma longa extensão de oásis ao longo do rio.

O tablete de argila era um mapa, indicava o local exato de um zigurate. Porém, naquela região, o professor me garantiu que não conhecia nenhuma pirâmide. E se fosse uma arquitetura subterrânea, indaguei. Meu amigo se limitou a dizer que devíamos averiguar. Não tivemos dúvida, precisávamos nos certificar, essa era uma aventura imperdível. Nossos olhos queriam ver o que o mundo contemporâneo ainda não havia visto.

Chegamos ao local indicado pela inscrição. Não havia nada por ali, a não ser uma pequena formação rochosa ao lado de uma lagoa rasa repleta de árvores frondosas às suas margens. O professor pediu para ver mais uma vez o tablete de argila. Eu o peguei em minha mochila e deixei que a luz da lua iluminasse o objeto. Conforme, informado no tablete isso originaria um facho prateado. Como se fosse um espelho, eu direcionei o artefato para a formação rochosa. Na pedra, vimos uma espécie de entrada que antes não conseguíamos divisar. Eu e o professor não perdemos tempo, passamos por aquela sutil reentrância entrando na boca de uma caverna. Então, ligamos nossas lanternas.

Durante alguns minutos, caminhamos em linha reta e para baixo. No interior da terra, encontramos o zigurate que procurávamos. Era pequeno em comparação com outros que havia visitado na América Central. Mas o que importava é que diante de nós mostrava a imponência de eras imemoriais.

Nos aproximamos da pirâmide, em sua base havia uma porta com outras inscrições cuneiformes. O professor fascinado começou a passar o indicador nelas como se pudesse lê-las apenas pelo toque. Logo me disse: aqui se encaixa o nosso tablete de argila. O catedrático pegou o artefato de minhas mãos e o colocou no espaço vazio, pudemos escutar um barulho agudo e intenso, como se gonzos tivessem sido destrancados.

Não faça isso, eu imploro, escutamos uma voz atrás de nós. Uma mulher vestida como se fosse uma antiga rainha da Mesopotâmia se encontrava a alguns metros de nós. Atrás dela, outras pessoas a acompanhavam, entre as quais percebi a presença dos meus antigos amigos Catarina e Martin. Os vampiros haviam nos encontrado, eu caíra em uma armadilha, mas como fui inocente, pensei, devia saber que eles me procurariam depois de ter roubado o artefato sumeriano.

Peçam o que desejar, disse a mulher, eu lhes darei a vida eterna se quiserem. Não os farei escravos, farei de vocês reis da noite, das trevas. Farei de vocês meus amantes. Mas não girem a chave que aprisiona meus filhos. Ela era linda, se fizesse somente mais uma vez a proposta, eu aceitaria. Porém, o professor não permitiu que isso acontecesse. Disse-me, depois do ocorrido, que enxergara naqueles olhos órbitas sem alma que gelaram o seu espírito. Girou o artefato no interior do encaixe e mais um estrondo se fez ouvir. A porta do zigurate se abriu deixando escapar gases pútridos. Vimos milhares de faíscas vermelhas em forma de olhos de cobra. A mulher gritou e não conseguiu mais esconder sua verdadeira forma, a maldita coruja-vampiro do meu último encontro.

Aqueles olhos inflamados, provindos do zigurate, mostraram suas bocas de tamanhos e formatos variados. As coisas berraram o nome, Lilith, Lilith, venha para teus filhos, desta vez nós é que vamos te devorar... Um turbilhão de pesadelos deixou o interior de sua prisão milenar. Vimos garras, dentes, ferrões, tentáculos que arranharam, morderam, picaram e agarraram Lilith. A prole começou a devorar a própria mãe e os descendentes do sangue infectado pelo vampirismo. Em seguida, arrastaram os restos dos corpos para dentro do zigurate. Eu e o professor fomos ignorados naquele festim, apenas observamos encolhidos em um canto, com a mínima esperança de escapar. A porta se fechou. Decidi, antes que fosse tarde, arrancar o tablete de argila do encaixe na pirâmide. Escutamos uma parafernália de ruídos estalarem no interior da arquitetura. Todos aqueles demônios estavam presos.

Mesmo o professor, que por natureza trata-se de uma figura curiosa e sempre disposta ao conhecimento, entendeu que deveríamos partir daquele lugar sem voltar a pesquisá-lo e guardar a chave que poderia libertar a prole de Lilith num local seguro. Com convicção, afirmei ao meu novo amigo: chega de vampiros, preciso de umas longas férias.

VAMPIROS ESCRAVOCRATAS

EM MUITAS REGIÕES DA TERRA, OS RAIOS DO SOL NÃO HAVIAM ROMPIDO AS NUVENS RADIOATIVAS. Não fosse a luz do astro rei se insinuar com timidez nos polos e em alguns poucos territórios, a vida como se conhecia no planeta teria sido extinta. Onde a luz acanhada ainda não alcançava, o poder destrutivo de uma ditadura dominava. Todos os dias tinham adquirido um nublado rubro e escuro, sem lua, sem estrelas. Do céu, despencavam chuvas ácidas como se fossem lágrimas de deuses vencidos. Vencidos pelo desastre de uma gigantesca guerra causada pela humanidade.

Mas além das chuvas torrenciais, o céu também era cenário ideal para o voo de criaturas, que singravam as alturas perscrutando tudo o que se movimentava nas ruas parcialmente pavimentadas. Procuravam por servidores, alimento e inimigos, que no final das contas eram a mesma coisa. Em pelotões de dezenas de indivíduos com visão, audição e olfato privilegiados, essas patrulhas aladas sondavam, sempre do alto, prédios desabitados, casas, estações desativadas, estádios, tudo o que pudesse esconder algum humano que porventura tivesse sobrevivido.

Uma dessas criaturas começou uma descida vertiginosa em direção ao solo, sem dizer nada ao resto do bando. Os outros o seguiram sem questionar, pareciam realmente treinados, dotados de inteligência.

Quem estivesse escondido em algum canto escuro de uma construção em ruína veria um enorme morcego antropomorfo tocar a lama com os pés. Logo depois, os outros se juntariam ao líder. Ele farejou o ar, teria sentido cheiro de suor, cheiro de medo na caça. Uma das criaturas grunhiu algo e apontou para uns escombros, delatando uma figura escondida.

Uma mulher surgiu de seu esconderijo e correu o máximo que suas pernas aguentaram. Um dos morcegos movimentou as asas e saiu em seu encalço. Em menos de um minuto, alcançou a presa vestida de farrapos e suja. Com apenas uma das mãos, levantou-a pelo braço. Antes que o grupo pudesse comemorar a bem-sucedida captura, uma granada explodiu entre os caçadores e uma rajada de metralhadora atingiu aquele que carregava a mulher.

Só então, o líder deu conta do erro. A presa era somente uma isca. Às vezes, caçadores também se tornavam caças. Humanos deixaram seus postos empunhando armas pesadas. Um deles carregava até uma bazuca entre armas menos potentes, tais como pistolas e espadas. A lâmina afiada de um sabre mostrava-se essencial na luta. Separar as cabeças dos morcegos de seus corpos praticamente resolvia a situação: mandava, apenas com passagem de ida, os sugadores de sangue para o inferno. No entanto, há quem diga, seja humano ou morto-vivo, que o inferno é aqui mesmo.

Um dos homens disparou um míssil contra os inimigos. Terra, pedaços de braços, asas, pernas e cabeças explodiram por todos os lados. Mesmo assim, aquele grupo de morcegos antropomorfos era numeroso. Não seria possível acabar com eles em um ataque só. E, para desânimo dos humanos, não havia mais munição pesada.

Dois homens correram até o morcego caído no solo que há pouco tentara sequestrar a mulher. As balas da metralhadora que o atingiram começaram a saltar dos ferimentos de seu tórax e dos braços. O morcego se regenerava. Logo estaria de pé. Durante aquele processo de recuperação corporal, os atacantes não tinham tempo a perder. Um deles disparou um projétil de 38 na testa do inimigo. Isso não era suficiente, eles sabiam. Então, o outro se aproximou; com precisão e rapidez, desceu em ângulo reto sua espada sobre o pescoço da vítima. Cabeça separada do corpo, morte temporária, pensou a mulher ao lado da criatura, enquanto segurava o joelho quebrado após a queda que sofrera de mais ou menos três metros de altura. Será preciso incinerá-lo com um lança-chamas, pretendia dizer ao companheiro de causa, mas ficou calada tamanha dor que sentia.

O líder ainda não tinha sido atingido pelos humanos rebeldes. Sua raiva quase não podia ser contida. Mas ele sabia que não devia matar gado em razão de um ataque. Pelo contrário, fonte de sangue deveria sempre ser preservada. O Imperador-Vampiro não permitia desperdício naquela época de escassez. Qualquer criatura da noite que eliminasse humanos sem permissão teria castigos cruéis. Os bebedores de sangue precisavam adaptar-se aos novos tempos. E não podiam reclamar da sorte, pois, desde que a noite artificial se instaurara, puderam caminhar livres sobre a Terra. Teve de pensar rápido, do contrário não conseguiria sobreviver à fúria armada daqueles insurrectos.

Um dos rebeldes, uma mulher, ordenou para que atirassem no líder dos morcegos quando viu o que acontecia diante de seus olhos. A criatura em poucos segundos se transformava em névoa, dissipando sua forma corporal. Antes que a metamorfose estivesse completa, disparos ainda penetraram em sua carne. Ele sobreviveu ao ataque. Era um vampiro antigo e resistente.

O morcego, agora feito névoa, assumiu uma coloração avermelhada. O sangue que perdera lhe concedia um aspecto mais tenebroso. Tão logo seus comandados enxergaram aquela mutação, fizeram o mesmo. Deviam se arriscar pelo líder, do contrário, por serem meros soldados, sofreriam sanções severas de seus superiores. Seus corpos bestiais também se transmutaram.

Explosões de granadas, disparos de metralhadora e de pistolas não atingiam aquelas formas incorpóreas. Os rebeldes começaram a gritar de raiva, frustração, loucura e medo. Naquele momento, seriam um alvo fácil. Os humanos correram de volta para seus esconderijos em prédios destruídos. Sabiam que os inimigos não poderiam manter para sempre aquele aspecto disforme que os protegia. Talvez pudessem, ao menos, escapar e preservar sua liberdade. Porém, nem todos conseguiram fugir. Alguns foram envolvidos por aquelas coisas gasosas que se movimentavam rápido.

Os dois homens que tentaram ajudar a mulher, outrora isca daquela trama, também foram pegos pela bruma espessa que se avolumava. Puderam sentir o terror no interior da coisa gelada. Garras rasgaram seus corpos e dentes cravaram seus pescoços. Aquele conflito chegara ao fim. Os rebeldes teriam de se reorganizar para um novo embate, que certamente aconteceria em breve.

Naquele dia vinte e dois, do mês seis, do ano um pós-bomba atômica, do reino do Imperador-Vampiro do Ocidente, doze morcegos foram privados de suas pseudovidas, dezoito inferiores acabaram capturados, humanos não catalogados e em número impreciso conseguiram fugir, na localidade hostil do setor três, assim está escrito no *Grimório dos Vampiros*.

Os morcegos restantes da patrulha, mais de trinta, encaminharam os prisioneiros para o mercado no centro da cidade. Um deles, o humano de melhor físico, seguia diretamente para o palacete dos nobres, como um tributo ao seu poder incontestável.

Os escravos não tinham opção. Serviriam aos senhores que pudessem pagar mais caro, em sua maioria, vampiros cruéis e sedentos. Se houvesse uma criatura da noite condescendente com a humanidade, era provável que sua cabeça estivesse em perigo. Portanto, restava à espécie humana ceder a todo tipo de caprichos, fossem desejos sexuais, trabalho forçado ou, então, simplesmente expor suas jugulares à beberagem de seus amos.

Publicado pela primeira vez em *O Grimoire dos Vampiros*.
São Paulo: Editora Literata, 2010, p. 29-31.

ANTIGOS

1. Cidade proibida

O sol bem no alto do céu marcava a metade do dia. Céu azul, sem nuvens. Quetza caminhava entre as árvores buscando se refugiar, em suas sombras, dos fortes raios solares daquele horário. Um bando de nargs de penas azuis majestosas e brilhantes voava em direção ao sul. Mauis pulavam de galho em galho, seus longos rabos esverdeados ajudavam nos saltos mortais que executavam. As fêmeas carregavam os filhotes grudados aos corpos esguios. E os machos seguiam-nas como recém- enamorados.

Naquele ponto do território, as árvores eram largas, de troncos nodosos, e mediam mais de trinta metros de altura. Os galhos apresentavam-se nas copas como se fossem alvéolos. Pássaros de cores berrantes, rosas, vermelhos e arroxeados protegiam-se entre as folhas de diversos tons verdes e intensos. Flores selvagens, negras, amarelas e alaranjadas compartilhavam o chão com ervas daninhas e um capim baixo acima de uma terra úmida e fértil.

Quetza estava se aproximando do seu primeiro objetivo. Somente os iniciados chegavam até a fronteira. Não se permitia que adultos, jovens ou filhotes fossem tão longe. E ao mesmo tempo, tão perto, tão perto da cidade proibida. Seguiu adiante. Em poucos minutos, atingia um declive acentuado. Lá embaixo, pôde ver pela primeira vez o lugar que somente os olhos dos escolhidos poderiam vislumbrar. Acomodada em uma depressão, havia uma urbe, fora do comum, bem diferente das aglomerações organizadas de seu povo. Algumas das construções se elevavam acima das árvores do vale. Mesmo de longe, entendia que não eram feitas do mesmo material que utilizavam. O sol majestoso reluzia naqueles pináculos apontados para o infinito. Sorriu. Desde a primeira vez que escutara – da boca dos Mestres da Teia – as histórias sobre os antigos, a fascinação tomara conta de seu espírito. Queria desbravar cada recôndito daquele lugar, desvendar todos os segredos daqueles indivíduos que viveram no passado.

Quetza viera para escrever em seus pergaminhos um pouco do que restara daquela cultura ancestral. E, também, ficar a par dos seus segredos. Teve vontade de correr. Chegar logo no coração da cidade. Mas se conteve. Um lugar desconhecido sempre poderia guardar perigos. Desconhecido, em parte, pois Quetza já ouvira muito do seu mestre sobre o local proibido. Feras habitavam em seu interior, decerto, deviam se esconder entre as ruínas. Para aquela viagem solitária, banhara-se em poções de ervas, tudo para manter longe de si os predadores. No entanto, nem sempre o odor de uma loção preparada, era capaz de espantar todos os animais que porventura estivessem famintos. Assim, precisava manter a cautela sempre. Ao menos tinha certeza de que a mais odiosa das criaturas se afastaria de sua presença sentindo o cheiro que exalava. Isso, por si só, era um dado animador.

Desceu uma ampla ladeira penetrando na depressão. Passou por mais árvores e vegetações rasteiras até chegar em um terreno plano. As primeiras ruínas que se deparou foram casas. Depois, construções de pequeno porte que não eram tão altas quanto as da área central. Era para o centro que deveria rumar. Bastava seguir as placas, com as inscrições dos antigos, que em geral eram gravadas em postes nas esquinas das ruas. Quetza, antes que fosse permitido o ingresso ao vale, aprendera a escrita e o que era permitido conhecer da história daquela cultura tão singular. Estava lá para pesquisar e preencher lacunas no fatídico desfecho daquela civilização que tanto admirava.

2. Predadoras

Quetza adentrou a cidade por uma estrada larga. O seu objetivo estava no centro da comunidade dos antigos. Lá havia prédios que preservavam informações históricas valiosas. Entre essas construções, o aprendiz do último Mestre da Teia deveria investigar uma biblioteca.

Continuou por uma rua mais estreita e logo se encontrava percorrendo caminhos em que as construções ficavam bem próximas umas das outras. A vegetação cobria com galhos, cipós, musgos e folhas gigantes a alvenaria. Teias cobriam boa parte daquele verde fosco. Quetza manteve-se em alerta, principalmente quando viu um réptil de porte mediano enredado naqueles fios prateados e resistentes. Parecia ter sido preso por aquele material aderente há pouco tempo. Ainda estava vivo. De um instante para o outro, movimentava-se com intensidade tentando se libertar. Então, descendo do alto de um prédio, entre a vegetação que dominara a construção, duas aracnes-inferiores surgiram. Selvagens e primitivas, pensou Quetza sentindo asco. Eram peludas, possuíam muitos olhos na cabeça arredondada e um tronco avantajado de onde brotavam as pernas. Movimentavam-se com rapidez e, por sorte, a natureza não havia lhes concedido um polegar opositor ou a capacidade do bipedismo. Deveria haver mais delas por ali, nunca estavam sozinhas ou em pares, viviam em grupos. Precisava se apressar, não queria que notassem a sua presença. Pior seria se houvesse alguma genitora pelas redondezas. Preferiu afastar esse pensamento, as que vira eram machos e não mediam mais do que meio metro de comprimento.

Seguiu por um caminho à esquerda tentando se afastar das predadoras, sem chamar a atenção. Enfim, avistou o prédio que procurava, a biblioteca. Lá estavam todos os segredos que sempre almejara saber em relação aos fascinantes antigos.

3. Biblioteca

Não entrou pela porta principal. Ela estava trancada. Já sabia de antemão esse detalhe, fora informado pelo mestre. Deveria chegar ao interior do prédio por uma entrada lateral que ficava a oeste da construção. Levava consigo uma chave para abri-la. Seu tutor não o deixara desamparado, provera-o de tudo que era necessário para aquela empreitada.

Enfim, chegou ao seu objetivo. Estava dentro do prédio. Caminhou sobre o pó que se acumulava nas pedras frias e claras. Seus olhos facilmente se adequaram à escuridão. Olhava para todos os pontos da biblioteca fascinado com a quantidade de livros que se empilhavam nas prateleiras. Quanto conhecimento! Estava boquiaberto, emocionado por estar ali. Agradecia por ter sido um escolhido. Sem dúvida, retribuiria seu povo com muito trabalho e dedicação. Ficou com vontade de abrir cada um daqueles tomos, porém não podia fazer isso. Devia seguir métodos para não se perder com tantas informações. A primeira visita de um aprendiz consistia em saber como se dera o desaparecimento dos antigos. Não conforme os murmúrios da população ou as versões fictícias do fato, mas a verdade representada por escritos realizados pelos punhos dos próprios indivíduos que haviam perecido.

Os Mestres da Teia guardavam o derradeiro segredo sobre a extinção daquela civilização passada. Quetza cumpriria seu papel durante os dias vindouros, conheceria a verdade, a verdade que somente os da estirpe sacerdotal poderiam saber. Nesse sentido, a verdade significava acima de tudo poder. Sob pretextos religiosos e de autopreservação, os mestres sustentavam que indivíduos comuns não estavam preparados para lidar com fatos verídicos. Um segredo, da magnitude que preservavam, segundo eles, e, entre eles discutido, somente traria insatisfação, surgimento de novas crenças e novos deuses para serem adorados. Um abalo sem necessidade às estruturas políticas estabelecidas em sua sociedade pacífica.

4. Extinção

Quetza passaria alguns dias na biblioteca. Por isso, foi direto para um recinto da ala norte. Lá, encontrou um cômodo limpo e aconchegante. O último a ocupá-lo fora o seu tutor. Quando chegassem as altas horas da noite e o cansaço, poderia dormir sobre almofadas forradas com penas. Mas agora ainda estava excitado com o lugar, queria logo começar suas pesquisas. Descansar ou comer não estava na pauta dos seus afazeres por enquanto.

Deixou sua sacola, com utensílios e alguns víveres, na sala. Dela retirou apenas um instrumento em forma de cunha e algumas folhas de pergaminho para anotações se necessário. Quetza estava designado para ser um tradutor de diversas obras, convertendo-as das diversas línguas dos antigos para sua própria língua. Um trabalho de gigante, pensava. No entanto, o aprendiz era dotado de um cérebro diferenciado podendo traduzir centenas de páginas em poucos dias.

Dirigiu-se até a sala principal. Sabia com exatidão o que devia começar a ler: um diário indicado pelo Mestre da Teia. A letra dos antigos, ao abrir o caderno, encantava-o. Estava escrito assim na página que abriu aleatoriamente:

"Não sabíamos exatamente como aconteceria. Desde tempos imemoriais, o ser humano fabulava sobre o fim dos tempos. Em todas as culturas, desde a época da origem dos mitos, o caos esteve presente em nossas narrativas. As religiões souberam explorar bem esse aspecto negativo do universo. O ano mil, durante a história de uma Europa essencialmente cristã, gerou os mais diversos temores em seus contemporâneos. Já se esperava pelo fim do mundo. O Apocalipse foi um dos capítulos mais famosos da bíblia, não é por acaso que o término da humanidade sempre esteve em voga. Isso não foi diferente no início do século XXI. Um tempo de crise e de incertezas. Guerras, fome, violência, falência das instituições e escassez de recursos naturais. Muito se disse sobre o fim estar relacionado com um conflito nuclear, durante a chamada Guerra Fria travada pelas duas potências mundiais URSS e EUA...".

Quetza, antes de continuar, procurou algumas informações sobre o assunto, na tentativa de compreender aquela contenda. Queria saber um pouco mais sobre o chamado século XX. Depois de satisfazer essa curiosidade, algumas horas mais tarde retornou ao diário:

"Começamos a morrer como insetos. No início, sem alguma explicação aparente. Por todos os lugares do mundo, cientistas tentaram encontrar uma solução para as mortes em massa. O assassino era um vírus. Um vírus mutante que aniquilava em menos de alguns dias o seu hospedeiro e se transferia facilmente para outro indivíduo...".

No mundo verde de Quetza, esse terrível inimigo não existia mais. Ávido por satisfazer lacunas em seu conhecimento deu continuidade à leitura:

"O aspecto dos hospedeiros não era agradável de se ver. Primeiro, os olhos ficavam injetados de sangue, a pele começava a ficar oleosa e, em seguida, uma gordura inexplicável tomava conta do corpo. Era o vírus trabalhando sua maldita arte. Em menos de quarenta e oito horas das primeiras manifestações, surgiam bolhas de pus que ao estourarem decretavam uma morte agonizante aos sujeitos. Nenhuma vacina, nenhum antibiótico, nenhum remédio conhecido conseguia lutar contra um inimigo tão avassalador. Logo se começou a acreditar no fim da espécie, tal mortandade que se manifestou pelas cidades e pelo campo. A quantidade de corpos que se empilhavam pelas ruas atraía moscas, baratas e ratos, gerando uma reação em cadeia composta de outras doenças. O ser humano se transformava definitivamente em uma verdadeira pústula sobre a terra. O que fazer para salvar a espécie? Seria possível nos salvar? Realmente chegara o fim dos tempos?".

Por um instante, Quetza parou de ler. Seu enorme coração quase parava de bater no peito, tamanha aflição que sentia pelos antigos ao ler aquelas linhas carregadas de augúrios ruins. Determinado, seguiu em frente na sua pesquisa:

"Dois mil e treze, comecei a chamar de Ano Um, marco que determinava o princípio da extinção humana e também início de minhas promissoras pesquisas genéticas. Havia alguma esperança para algo novo. Uma nova espécie em gestação capaz de guardar a memória daquilo que um dia tínhamos sido".

O coração de Quetza disparou de ansiedade dentro do peito. Estava próximo da revelação que o mestre tanto evocava. Uma revelação que deveria ser apreendida somente pela experiência própria e não de outrem. As palavras quase saltavam do papel, parecia que estavam a ponto de gritar uma verdade, um fato que não fora capaz de imaginar antes de agora. Assim estava escrito:

"Meus estudos científicos e as circunstâncias desesperadoras levaram-me a fazer o que fiz. Sabia que era antiético diante da comunidade científica. E perante as lideranças religiosas também, afinal eu não era nenhum deus. Mas fiz o que fiz para salvar a memória, salvar a história... salvar um mínimo de humanidade. Mesmo que essa mesma humanidade tivesse pautado sua existência na guerra e na violência, também desenvolvera sentimentos como a bondade, a generosidade e o amor. O amor, somente o amor, já valia todos os meus esforços. Quem me deteria? Por toda a parte, as autoridades morriam como mosquitos envenenados por um poderoso inseticida. O vírus não escolhia classe social ou credo, apesar de visivelmente matar primeiro as pessoas menos abastadas, os pobres que não podiam se refugiar de sua voracidade. A doença sugava a vítima, que definhava agonizante até o encontro da morte. Por sorte, até o momento eu ainda não havia sido infectado, então o tempo urgia, clamava por uma solução rápida. E eu, não sei se por inspiração divina ou por todos os conhecimentos teóricos que já dispunha, eu consegui... Consegui adaptar a vida humana para sobreviver à doença fatal que nos assolava. Depois da minha morte, é bem provável que o vírus continue por aí, solto, vivendo adormecido nas criaturas que engendrei. Se acordar, não será mais capaz de matar. Será apenas como uma gripe que ataca um sujeito durante o inverno. Não mais do que isso!".

Quetza estava com fome, com sede e, mesmo assim, não parava de ler. O relato tinha mais e mais páginas que desfilavam diante de seus olhos incansáveis:

"O vírus se espalhou entre todos os mamíferos. Isso diminuía minhas escolhas na arquitetura de algo novo. Tentei me manter lúcido, enquanto trabalhava isolado em meu laboratório. Algum ser vivo tinha de aceitar os genes humanos. Eu dominava a biomedicina, um verdadeiro gênio para a época. Fiz coisas absurdas... Vi horrores nascendo e perecendo. Quase todos foram incapazes de permanecer vivos após as misturas abomináveis que originei. Eu me tornara em poucos meses um maestro de aberrações insanas. Mas era necessário continuar. As memórias humanas não podiam ser apagadas da face da terra. Não podiam! Enfim, os aracnídeos se mostraram os mais apropriados para minhas conjunções tenebrosas. Não só minhas criaturas sobreviveram, como também se multiplicaram, gerando uma prole grotesca. Porém, meus primeiros sucessos logo me decepcionaram, pois aqueles seres eram muito mais semelhantes em todos os aspectos aos animais do que aos homens. As criaturas possuíam algum lampejo de inteligência, mas nada que pudesse lembrar algo parecido com a perspicácia e a beleza de um ser humano. Meus recursos logo terminariam... tanto os alimentos quanto a energia que o gerador fazia movimentar os aparelhos do laboratório. Tinha medo de sair às ruas, lá fora, eu daria de cara com a morte. Mais cedo ou mais tarde, o vírus certamente se instalaria em minhas entranhas. Não havia escapatória. Nem sei por que ainda chamo esse arauto da morte de vírus. É uma coisa nunca vista antes, e qualquer outra denominação soaria melhor do que essa".

Era impossível parar. Quetza não dormia a mais de um dia, mesmo assim pretendia saciar sua curiosidade acima de tudo. No relato daquele pobre infeliz, lia-se:

"Os aracnídeos demonstraram potencial. Uma espécie de aranha gigante vingou. No entanto, seu cérebro minúsculo era incapaz de ser comparado ao humano. Antes que eu pudesse extirpar o mundo desse erro, percebi que haviam escapado do laboratório alguns exemplares.

Paciência, tudo estava perdido! Mesmo assim não parei, não desisti, fui em frente... Então, era como se Deus tivesse me abençoado com algum tipo de poder, pois, finalmente, eu consegui. Uma criatura humanoide cresceu *in vitro* e me surpreendeu. Seu cérebro diferenciado era muito capaz. Gerei mais alguns indivíduos e os ensinei, tanto quanto pude. Faria tudo o que fosse possível por eles até o dia fatídico. O dia em que o arauto da morte me alcançasse. Mais cedo ou mais tarde, isso aconteceria. O mundo estava sem comunicação. Sem Internet, sem rádio e sem televisão. Até onde eu sabia, nenhum mamífero conseguia escapar, pereciam arrasados pelo mesmo inimigo. Somente suas ossadas e as nossas sobrariam como prova de existência sobre o mundo. Cada vez ficava mais claro que minha criação, ah, minha criação, talvez ela fosse a única chance de reter uma memória gloriosa do passado da humanidade".

Quetza agora entendia. Para ele tudo fazia sentido. O segredo revelara-se. Soube desde aquele momento que era um privilegiado por saber a verdade e ao mesmo tempo era um escolhido que sofreria por carregar o fardo do conhecimento. Os outros não deveriam saber, somente os Mestres da Teia eram detentores dessa verdade. Sua formação estava completa. Já poderia em um futuro próximo ter o seu próprio aprendiz. Alguém que doutrinaria para conhecer os mistérios dos antigos e propagar a memória do passado. Uma memória que somente poderia ser conhecida na íntegra por alguns. A verdade era perigosa, dissera uma vez seu mestre, capaz de destruir a sociedade em que viviam, causar conflitos, derrubar o culto à Deusa Aracne, destruir mitos. Nada disso seria permitido por um Mestre da Teia, entre eles agora Quetza, seres detentores do segredo secular.

Os dias passaram rápido para o novo sacerdote. Ele se culpava por não ser capaz de ler todos aqueles tomos durante sua estada. Exagerava cobrando-se a si mesmo dessa forma, pois era impossível ler tudo o que se encontrava ali sem ter algumas décadas a seu dispor. Mas fez o que podia, escreveu pergaminhos, transcreveu notas, estudou a fundo os antigos, sua política, sua economia, sua cultura e suas artes.

Resignou-se, sabendo que poderia voltar quando quisesse para continuar seus estudos. Duas vezes por ano, ditava a regra dos Mestres da Teia para que visitassem a cidade proibida e a edificação sagrada. Seu tutor, o último de uma linhagem, estava velho para realizar a viagem, portanto teria que continuar realizando-a sozinho. Fato que encarava com tranquilidade, pois gostava da solidão. Essa tarefa caberia, por enquanto, somente a ele. Nos dias vindouros, um novo escolhido teria acesso àquelas informações. Alguém que seria designado por ele próprio.

Estava na hora de voltar para seu povo. Mostrar seu crescimento intelectual. Ser ungido com a graça divina e perpetuar a importância dos Mestres da Teia em sua sociedade hierarquizada. Quando voltasse, teria em sua honra uma festa o esperando, pois era detentor dos segredos dos antigos. Agora ele havia se tornado um magistrado, mas também alguém que deveria carregar um peso, um segredo para partilhar exclusivamente com os iniciados.

5. Irmão-guerreiro

Quetza, antes da partida, fez uma prece. Embevecido, pela experiência histórica e reveladora que tivera, abandonou o prédio ainda sob efeito de suas leituras fantásticas. Caminhou pelas mesmas vielas nas quais chegara, atento à presença de qualquer criatura feroz ou faminta que pudesse atacá-lo. Mas se sentia seguro depois de ter untado o corpo de pelos grossos com ervas repelentes.

Sua passagem por uma das ruas foi interrompida. O silêncio daquele início de manhã quebrou-se devido a uma voz soturna:

— Caro irmão, não está surpreso em me ver?

— Você não deveria estar aqui!

— Por quê? Ah... é proibido. Havia me esquecido — a ironia destilava de sua fala. — Somente os mestres podem saber o segredo. Somente eles devem deter o poder, não é mesmo Quetza?

— Não deveríamos discutir isso aqui, meu irmão. É perigoso!

— Perigoso para quem? Aposto que é perigoso para sua estirpe de egoístas.

— Não seja ingrato. Os Mestres da Teia ordenam nossa sociedade. Somos pacíficos graças a sua sabedoria. Vivemos em harmonia. Por que reclamar de uma sociedade perfeita?

— Considera harmonia e perfeição viver como um subalterno? Poderíamos ser muito mais, Quetza. Eu e outros irmãos desejamos uma sociedade nova. Já é hora do aparato que cerca os mestres cair! A esfera política deve se separar da religiosa. Religião para os sacerdotes, política para os novos líderes. Líderes de força física, líderes guerreiros como eu.

— Entendo... Você deseja o poder, irmão!

— Desejo sim, meu caro! E, para consolidar minha vontade, gostaria de contar com o seu apoio. Diga-me, sem demora, quais os segredos que você descobriu aqui na cidade proibida?

— Creio que mesmo você saiba o que significa honra. Sendo assim, a verdade não será dita para alguém que representa uma casta diversa da minha.

— Então, meu irmão, a morte o espera! Você é um fraco. Os tempos estão cada vez mais a nosso favor. Minha estirpe vai suplantar a de vocês. Das ninhadas geradas nas últimas décadas, a grande maioria de nós nasce com veneno destilando das bocas, não precisamos de indivíduos aleijados como você que acham que podem nos dominar pela eternidade.

— Não precisa me ofender, irmão! Aceitei de bom grado minha sina. A teia do destino me conduz.

— Pare de falar em religião. Se não quer se unir a mim, então morra!

O irmão de Quetza deixou que pinças desabrochassem, uma de cada canto da boca. Era possível ver o veneno pingando daquelas presas. Veneno que ao entrar na corrente sanguínea do novo magistrado o submergiria numa inércia sem fim até que fosse pego pelo abraço da morte.

O guerreiro se preparou, suas pernas se retesaram prontas para o salto. Seus múltiplos braços se arquearam e as dezenas de olhos calcularam a posição exata de Quetza. Não havia fuga, não havia como perdê-lo. A era dos Mestres da Teia seria deposta. E um novo ciclo se afirmaria, desta vez, governado por indivíduos corajosos, fortes e preparados para a guerra.

Mas, antes que pudesse realizar seus intentos, o irmão de Quetza foi abocanhado pela maior e mais temível criatura daquelas paragens: uma aracne-inferior, mãe de imensa prole. A pior monstruosidade gerada pelas experiências daquele infeliz antigo. Uma aranha que preservara dos humanos apenas um mínimo de inteligência. Mesmo mínima, essa inteligência a tornava a principal predadora naquela parte do mundo.

Um guerreiro solitário, nada podia contra ela. Já Quetza, um sacerdote, guardava consigo muitos segredos. Entre eles as ervas aromáticas em que banhara o corpo e que espantavam essa fera. Os Mestres da Teia não se preocupavam em proteger a cidade da invasão de seus irmãos, pois sabiam que naturalmente ela estava protegida.

Na cadeia evolutiva, Quetza representava um pouco do que um dia foram as aranhas e muito do que outrora foram os seres humanos formando uma espécie superior de aracnes. Enquanto a imensa criatura se alimentava, o magistrado deixava a cidade proibida por outra rua, pois os filhotes se aproximavam da mãe para ajudar a devorar a caça.

A partir de agora, Quetza teria mais e mais preocupações. Carregar o fardo seria a menor delas. Seu cérebro mutante buscava soluções para manter a ordem social que estava em perigo, de acordo com o seu irmão. Se fosse necessário, teria de desmantelar à força facções rebeldes de guerreiros que tentassem usurpar o poder ou descobrir os seus segredos. Já não tinha certeza de que estaria tão disposto a festejar quando chegasse junto dos seus. A cidade proibida ficava para trás, mas não a vontade de Quetza em retornar o quanto antes para a biblioteca e desbravar suas inúmeras tragédias e maravilhas.

Publicado pela primeira vez em *2013 Ano Um.*
São Paulo: Editora Literata, 2012, p. 47-57.

MOSCAS, RATOS E BARATAS

NA ESPERANÇA DO SOL ESQUENTAR SEU CORPO GELADO PELO FRIO CORTANTE DA MADRUGADA, ELE CAMINHAVA EM DIREÇÃO AO SOL NASCENTE. Trêmulo e trôpego, a cada passo exauria o pouco de vida que ainda lhe restava. Os pés sangravam dentro dos coturnos gastos e furados. A dor que os ferimentos infligiam era como chicote castigando o físico e a mente. O suor sob o espesso casaco começou a banhar seu corpo. Os cabelos compridos e emaranhados, feito serpentes trançadas, balançavam com a brisa. Chegara, depois de muito tempo de viagem, à cidade natal, a querida e doce morada da infância, da adolescência e dos primeiros tempos da fase adulta. No prédio mais alto, pôde avistar a bandeira pela qual lutou tremulando junto ao vento bravio.

A cidade permanecia maravilhosa, como a tinha conhecido em um passado distante. O caminhar de alguém que mancava foi substituído pela antiga imponência de uma marcha ritmada, forte e decidida. As vestes de maltrapilho assumiram a verdadeira postura de um oficial graduado. Avistou a casa nova que habitara com a esposa e o pequenino filho. Os dois vieram de braços abertos para encontrá-lo, com roupas confortavelmente cheirosas e macias. Beijos e carinhos lhe cobriram o rosto. A barba feita não escondia o sorriso sincero que se abriu deixando à mostra seus dentes brancos bem cuidados. A esposa continuava linda, ele pensou, e o filho emanava aquela alegria que somente a infância inocente carrega. Olhou ao redor. A multidão apareceu aos brados para receber os heróis de guerra. Seus colegas também haviam voltado. As ruas se encheram de carros e buzinas de todos os tons. A banda municipal executou o hino nacional, enquanto o povo invadia o espaço público para comemorar a vitória. Confetes e serpentinas coloriram a cidade, adiantando em vários meses o carnaval. As praças foram inundadas de flores, pássaros, cães e gatos peraltas, além de excelentes violeiros trovadores executando canções.

O homem esfregou as pálpebras com sua mão enrugada e repleta de sangue seco. Nesse exato momento, as ilusões e os sonhos se dissiparam e a realidade mórbida sobreveio. Todos haviam desaparecido como se algum ente demoníaco estivesse brincando com seus sentimentos mais profundos. Diante de si, apenas escombros. Forçou a visão em busca de algum sinal de vida naquela cidade destruída pelo caos. Em poças de sangue, estavam mergulhados corpos mutilados. O fedor atraía moscas gigantescas e de um zunir irritante. Os ratos e as baratas já não temiam mais o sol e saíam de seus esgotos escuros para habitar a superfície. Arquitetavam seus ninhos nos infindáveis e amontoados cadáveres.

Aquele lugar não passava de uma ruína. O Estado havia enchido sua cabeça com ideias estúpidas, mesquinhas e inúteis. Acreditou nos governantes que forraram sua cabeça de idiotices. Aqueles que estavam no poder só queriam explorar o esforço de seu trabalho honesto. Ele nunca passou de um reles soldado, pronto para morrer pelos objetivos de políticos antiéticos. Devia ter lutado por sua felicidade e não ser apenas mais um peão ou um joguete nas mãos dos poderosos.

Caminhou o mais longe que pôde até que suas forças se extinguiram. Desabou sobre o asfalto quente, abandonando de vez aquele corpo exausto. No lugar dos homens, novos senhores se apresentaram para assumir o posto deixado vago. As moscas, os ratos e as baratas engordaram naquele reino de fartura.

Publicado pela primeira vez em *Estronho e Esquésito.*
http://www.estronho.com.br/contos-e-cronicas/279-contos-e-cronicas.html
(03/03/2010).

ONDA ATÔMICA

DEPOIS DA ONDA ATÔMICA, VOLTAMOS À ESTACA ZERO. Reformulando a frase, diria que regredimos, sem dúvida. A radiação que se espalhou destruiu a civilização. Éramos imponentes, produtores e consumistas. Devorávamos os recursos do planeta com avidez, sendo os maiores predadores, vermes, uma epidemia que precisava ser aniquilada. Então, por ironia do destino, detonamos a nós mesmos. Creio que em função da ganância, da falta de escrúpulos e do egoísmo, nossos olhos estavam vendados para os outros, para a coletividade. Somente enxergávamos os próprios umbigos.

Existiam shoppings – locais do culto ao consumismo –, cinemas, restaurantes, lojas, hospitais, escolas, prefeituras, hospícios, delegacias, teatros, estádios de futebol, museus e condomínios de luxo. Riqueza, pobreza e miséria coexistiam com seus inumeráveis problemas.

Havia também estradas em que transitavam automóveis dos mais variados modelos. Aviões singrando o céu e navios aportando em grandes estaleiros. Havia nações, governos, artistas, escritores, intelectuais e ditadores.

A Revolução Industrial, do uso da máquina a vapor aos computadores interligados por inteligência artificial, apenas contribuiu para o extermínio. Não soubemos utilizar essas fontes para a melhoria das condições sociais dos povos. A individualidade, a exaltação dos prazeres e do eu nos levou à guerra. Não aquela guerra de povos tribais que se engalfinharam pela disputa do fogo. Não uma guerra patrocinada por Prometeu. Ou então, a guerra dos primeiros antigos, do tipo em que gregos lutaram contra persas. Nada de espadas, lanças ou flechas. Nem mesmo granadas, metralhadoras, tanques ou armas biológicas do chamado Princípio do Fim, período que ficou marcado pelas guerras mundiais do século XX e pelos ataques terroristas vindos do Oriente.

A guerra do meu tempo, do tempo em que eu era criança, foi determinada pela devastação nuclear. Já se dizia que com esse temor não precisávamos mais nos preocupar. Então, a morte veio como se estivesse embalada pelos cascos infernais dos garanhões dos cavaleiros do apocalipse. Nações se esconderam em abrigos debaixo da terra e computadores acionaram por nós os botões dos foguetes. Entre continentes e de um país para outro, as bestas do apocalipse em forma de aço cônico cruzaram os céus. Os clarões, para quem os viu, tornaram-se imagens bizarras e difíceis de esquecer. Se fecho as pálpebras, o terror e o pesadelo insistem em me assombrar. São lembranças que não me abandonam. Quando me vêm à cabeça, sinto vontade de gritar.

Não sobraram lares sobre a terra, apenas destroços, carne podre, ossos esfacelados e cheiro de morte. Tudo queimado, um funeral de proporções planetárias, em que a natureza esmoreceu. Nossas máquinas soçobraram e nossas convenções sociais desmoronaram como se fossem castelos de cartas.

Mais de uma vez já expliquei para vocês o que são cartas. Mas ninguém se interessou em saber como jogá-las. Afinal, que valor tem um ás de espadas ou uma dama de copas? O nosso mundo não vive mais a lógica de um jogo que vale apenas a diversão. Hoje a preocupação está voltada somente para o agora, ou seja, o momento em que preservamos nossas vidas. O momento em que nos preparamos para nos defender ou caçar as comunidades inimigas.

Sei, meus filhos, netos e bisnetos, que é difícil acreditar em tudo o que conto para vocês. Mas acreditem, o mundo não era o mesmo que conhecemos. Nós humanos éramos diferentes. E tudo o mais também, incluindo plantas e animais. Meus contemporâneos nos legaram um mundo radioativo, em que a possibilidade de sobrevivência é pequena. Já disse antes, nossa espécie é como uma praga, vermes que infestam a crosta terrestre.

Tento lhes ensinar a escrita. Estou cansado, porém, e sem forças. A inteligência de seus cérebros não acompanha meu raciocínio. Mesmo assim, guardo no íntimo a esperança de que ao menos algum dentre vocês tenha a capacidade de memorizar o que conto e o desejo de, um dia, passar meu conhecimento adiante. Tornei-me um livro vivo, uma história ambulante.

Com a onda atômica, corpos se derreteram e a metáfora que me ocorre como exemplo é o retorno do homem ao barro, ao pó. Assim, depois que deixamos os abrigos terrestres, o ar envenenado nos transformou no que somos hoje. Não sei se melhores ou piores, creio que o veneno que se encerra em nossas veias alimenta almas degradadas. A todo o momento, lutamos para sobreviver. O inimigo nos serve de alimento, somos canibais. E quem pensar diferente poucas chances terá de crescer em meio a essa hostilidade.

Olho para vocês e reconheço pouco da nossa antiga espécie. Mas sei, quando fito profundamente seus olhos, que há algo de humano aprisionado dentro desses corpos. Enxergo a alma encarcerada em um corpo deformado, pegajoso e lerdo.

Nossos sentidos ficaram mais frágeis, olhos que enxergam pouco, ouvidos que quase não escutam, mãos com tato desfavorecido, olfato estragado. Somente um dos sentidos se adaptou. O sexto sentido, o sentido que vê além do comum, além do que se pode tocar, ver, sentir ou cheirar. Com isso, abriram-se as portas do céu e do inferno para nós. E, por essas portas, a invasão de demônios e anjos é constante. Os malditos invadem nossas mentes a todo o instante, como bem entendem. Tentam nos aliciar para o bem ou para o mal. Mas pergunto: existe diferença entre uma coisa e outra?

Como se já não bastasse lidar com inimigos reais de carne e osso, temos de enfrentar esses entes de outras dimensões que atormentam nossa visão modificada pela onda atômica.

Digo com insistência, todas as noites, precisamos aprender a lidar com essa condição provocada pelo nefasto destino. Aos inimigos reservamos nada mais do que a morte. Está claro? Sei que vocês compreendem. Seus atos ao longo dos anos são a melhor resposta.

Com os anjos e demônios que irrompem nas fronteiras entre os mundos, o que devemos fazer? Falei um milhão de vezes. Com eles, o melhor é manter o diálogo. Sei que vocês não possuem pouco ou quase nada dessa habilidade, suas cordas vocais foram prejudicadas muito mais do que as minhas. Vocês nasceram do meu sêmen contaminado. Reconheço parte da culpa, isso é uma verdade que não posso negar. Tenho a consciência tranquila, sei que a degeneração foi ato da guerra, da onda, e não propriamente uma falha minha. Sua mãe, avó e bisavó era tudo o que me prendia a esse mundo. Agora ela está morta. Vítima de um inimigo de outro clã. Do nosso amor, da nossa paixão e solidão, trouxemos vocês à vida. Isso não pode ser esquecido de forma alguma.

Pressinto que o limiar máximo da humanidade foi atingido, talvez eu seja o último dos *homo sapiens*. Há anos encontrei outro igual a mim e tive de matá-lo com uma adaga antes que ele próprio me eliminasse.

É certo que o julgamento de um deus injusto se aproxima de forma iminente. Quando olho minha face em uma poça de sangue ou de lama provocada pela chuva ácida, ainda reconheço um perfil humano. O perfil de um ancião cansado e louco, pronto para entregar uma moeda na mão esquelética do barqueiro. Quanto a vocês, meus herdeiros, será que Caronte aceita coisas inumanas para a travessia do Estige?

Não gostaria que suas almas ficassem perdidas como meras sombras lançadas ao esquecimento. Enquanto eu ainda resistir à dor de viver, continuarei aqui nesse platô consumido pela guerra. Continuarei contando história para vocês. Prosseguirei olhando o horizonte, o pôr do sol pintando a atmosfera pútrida, as carcaças dos arranha-céus e prédios demolidos pela força da onda. Permanecerei de prontidão para qualquer perigo que os ameace. Sou pai, avô e bisavô, sendo assim tenho responsabilidades com a prole. Não me importa que vocês sejam coisas. Coisas que em um tempo passado todos chamariam de monstros, trastes degenerados. Mas vocês não são os únicos. A Terra está repleta de populações que se reproduzem como ratos e vivem ávidas por sangue e carne.

É hora de voltar para suas tocas debaixo da terra maculada. Retornem para cá amanhã, meus filhos, meus herdeiros. Enquanto tiver forças, não me cansarei de lhes contar memórias.

Publicado pela primeira vez em *Solarium 2*.
Rio de Janeiro: Editora Multifoco, 2009, p. 101-104.

SONDA

— **CHEGA! TUDO O QUE VOCÊ DIZ SÓ PODE SER MENTIRA!**

Apontei o revólver para ele. O suor escorria pela minha testa e a mão tremia. Onde eu devia mirar? Na cabeça ou no coração? O maldito tinha um coração? Talvez tivesse. Sua semelhança conosco provocaria admiração em cientistas desavisados. Em mim, causava náuseas. Não poderia titubear na hora de apertar o gatilho. Um momento de indecisão e a humanidade pagaria pelo meu erro. Disso eu tinha certeza.

Lembro-me de como as peças foram se encaixando. Sou professor. Leciono história da arte aos meus alunos do ensino fundamental. Sempre admirei o trabalho de Vincent van Gogh. Considerava magistral a série de autorretratos que ele havia pintado. As cores que usava extrapolaram a própria realidade. No último desses quadros, o pintor está com o rosto completamente desnudo, sem a famosa barba.

Nunca me enganaria. Conheço a face de Vincent. Cursei mais de uma pós-graduação pesquisando somente as obras dele. Hoje sei que Deus me colocou nesse caminho. Do contrário, como eu poderia encontrar as famigeradas cópias? No início, achei que isso fosse mera coincidência.

Gosto de registrar viagens em fotografias. Quando os amigos me visitam, não deixo de mostrar todos os passos de minhas últimas andanças fora de Porto Alegre. Tenho o hábito de fotografar pontos turísticos e o cuidado de registrá-los com o menor número possível de pessoas. Certo dia, prestei atenção no rosto de um desses tantos anônimos que acabam invadindo nossas fotos. Sabia que se tratava de alguém conhecido. Qual não foi a surpresa quando associei sua face à de Vincent? De pronto, mencionei o fato para uma amiga que estava me visitando. Ela riu e continuou a ver outras fotos, sem dar importância alguma à minha cara de espanto.

Fiquei muito intrigado com aquilo. No dia seguinte, resolvi olhar novamente a fotografia. Utilizei uma lupa sobre o rosto daquela figura e

tive mais certeza ainda de que se tratava dele. Vincent van Gogh na Bahia e no século XXI. Isso não estava nem um pouco certo. Era loucura. Um devaneio que começou a ficar perigoso naquele instante.

Resolvi fazer uma busca nas outras fotografias daquela viagem. É claro que Vincent não apareceu. Mesmo assim, eu continuava intrigado. Não tinha de trabalhar no sábado. Seria um bom programa tomar algumas cervejas e realizar uma investigação em meus álbuns. Aproveitaria para relembrar locais incríveis de tantos acontecimentos bons e, ao mesmo tempo, abortar de uma vez por todas aquela ideia louca de que Vincent van Gogh ainda vivia entre nós.

Não demorou muito, desta vez encontrei Vincent na Torre Eiffel, depois na catedral de Florença rezando, e também na praia de Copacabana. Comecei a procurar incansavelmente nas fotografias caseiras e nas imagens da minha própria cidade. Encontrei-o despreocupado passeando na Usina do Gasômetro. Parei de beber. Precisava colocar a mente em ordem. Aquilo não poderia ser um simples delírio. Tinha de ser ele, mesmo que a roupa fosse diferente e os cortes da barba e do cabelo não estivessem sempre iguais.

Mostrei para quatro ou cinco amigos as fotos de Vincent viajando pelo mundo. Conforme as risadas e a pilhéria aumentavam, desisti de continuar falando sobre aquelas evidências.

Meu avô já foi militar e possui diversas pistolas em casa. Pedi a ele um revólver emprestado. Não me sentia mais tão seguro para andar nas avenidas da cidade sem estar armado. A cada vez que circulava por ruas movimentadas, repletas de gente, meu coração batia mais forte. Depois de alguns anos daquela revelação fantástica, ou seja, a existência física de Vincent van Gogh em nosso tempo, eu o encontrei. Enfim, libertava-me da constrangedora amarra da loucura que eu mesmo havia me imposto.

O artista caminhava devagar, sem pressa, pelo centro da cidade. Não hesitei em segui-lo. Somente a verdade poderia trazer algum descanso para meu espírito. Ele não falou, nem mesmo cumprimentou alguém durante o curto percurso. Tirou um molho de chaves do bolso. Foi até a entrada de um prédio antigo. Aproveitando-me de sua distração, coloquei o cano do revólver em suas costelas, enquanto terminava de abrir a porta. Apenas ordenei que ficasse em silêncio e seguisse em frente. Logo estávamos em seu apartamento. Fechei a porta e me postei próximo a ela.

Ele se afastou de mim e, sem medo, puxou uma cadeira tosca, na qual se sentou.

Perguntou o que eu desejava. Se quisesse dinheiro era só pegar a carteira, porém avisava que me decepcionaria, pois era pobre. Diante de meu silêncio, o pintor abriu um sorriso torto e decidiu brincar comigo:

— Você não tem cara de ladrão — afirmou. — Sabe alguma coisa a respeito de nós?

Meu sangue gelou nas veias. Ele era esperto.

— Como você pode estar vivo depois de tantos anos, Vincent van Gogh? —falei o nome completo para que não fugisse de minha pergunta com rodeios ou hesitações.

Desta vez ele quase gargalhou, seu sorriso abriu-se em perfeita ironia. Disse:

— Não sou Vincent. Vincent se suicidou. Ele queria mais do que tudo ser humano. Essa foi sua fraqueza. Nós não somos fracos, homem. Se fôssemos, teríamos sucumbido aos caprichos da humanidade. Somos mais do que simples criaturas.

— Um homem não pode viver mais de duzentos anos. Você é igual a Vincent. Não me diga que não é ele! — esbravejei deixando que a arma ficasse bem à mostra.

— Fique calmo — ele solicitou. — Já tivemos encontros sem segredos com outros humanos. Se você apertar o gatilho, não poderá ter as respostas que posso cordialmente lhe oferecer.

Insisti na ideia de que ele era Van Gogh:

— Sei que você é o pintor. É igual a ele. Vincent era humano, teve irmãos, um pai e uma mãe.

— Sim, isso é verdade — confirmou —, porém é apenas uma parte da história. Nascemos nos ventres de suas mulheres. Mas não somos gerados por homens. Viemos do espaço e há mais de dois mil anos esperamos pela chegada de nossos criadores. Nossa tarefa constitui-se em conhecer a humanidade, para isso, nada melhor do que viver entre vocês.

— Chega! Tudo o que você diz só pode ser mentira!

Minha mente dava voltas, como se estivesse em uma roda-gigante, desde o início daquele inferno até o encontro com a coisa. Concentrei meus esforços em manter um diálogo antes de meter uma bala na testa de meu desafeto.

— O que você é então?

— Nós somos sondas.

Disparei o projétil do 38 mirando entre os olhos da sonda que eu pensava ser Vincent van Gogh. O corpo tremeu após o impacto. Naquele momento, não percebi a bobagem que havia cometido. A face destruída e irreconhecível daquele espécime terminou com qualquer chance de provar que sua fisionomia era igual à do pintor. Num último lapso de vida, antes de silenciar, a boca ainda se movimentou para emitir com uma voz quase mecânica:

— A invasão terá início... em breve.

Publicado pela primeira vez em *Invasão. São Paulo: Giz Editorial, 2009, p. 46-49.*

SOMOS

É NOITE, FAZ FRIO E A UMIDADE SE ESPALHA PELO AR. Entro em minha cabana de férias localizada no centro de um vale profundo. Não a visitava desde o último inverno. Com assombro, evidenciado por minhas expressões faciais, eu os encaro. É verdade que faz muito tempo que os espero; mesmo assim, não consigo esconder o espanto. Eles tomaram conta das paredes, do teto, dos tapetes, dos móveis. Não foi preciso acender as luzes para enxergá-los, a maioria deles transborda uma luminosidade sutil e arroxeada. Disseram que viriam ao meu encontro. Desde o início, achei que fosse loucura. Com o passar dos anos, havia me esquecido dessa promessa. Enfim, manifestaram-se.

Na década de setenta, acampava regularmente com amigos. Íamos para o interior, para o meio do mato, a fim de nos divertir longe das buzinas dos carros e da fumaça das fábricas de nossa cidade. Levávamos violões, fazíamos fogueira, bebíamos vinho e jogávamos conversa fora. Tive uma namorada que me acompanhou diversas vezes nessas viagens. Tudo seria considerado normal, não fosse meu contato com uma antiga inteligência alienígena que vive entre nós.

Os amigos mais experientes diziam que os cogumelos podiam ser fervidos. Assim, beberíamos sua essência como se fosse chá. Alguns não tinham paciência de esperar e comiam os fungos de forma apressada, à espera de seus efeitos alucinógenos. Foi na quarta vez que ingeri a bebida, feita com uma grande porção deles, que tive o contato. Nas experiências anteriores, presenciei o mundo mais colorido e cheio de vida, mas nada que me fizesse escutar uma voz guiando meu espírito por abismos galácticos.

Lembro-me de pegar a mão de minha namorada e deitar a seu lado, mantendo o olhar fixo nas estrelas. Meu próprio corpo se transformou em uma espécie de serpente capaz de alcançar o céu. Uma serpente de extensão incalculável foi o que me tornei. Subi, subi em direção ao espaço, sempre para cima e adiante, sondando o desconhecido.

— Pare — escutei uma ordem. Tenho convicção de que a palavra dita se tratava de pare, mas ao mesmo tempo permanecia uma dúvida, pois a voz retumbava em minha cabeça como o som de um tambor e não o de uma linguagem que eu conhecesse.

Não tive escolha, apenas parei. Estava diante de um planeta colorido, de beleza ímpar, que me inebriou.

— O planeta dos nossos criadores. — afirmou a voz em forma de percussão.

— Quem são vocês? — perguntei sem receio.

— Pense apenas um pouco, não será difícil adivinhar. Você acaba de nos sorver para sua corrente sanguínea.

Por um instante, tive vontade de rir, mas não consegui. Aquele momento se concretizava de forma especial, único e incomparável, nada em minha vida tinha sido tão incrível e real.

— Por que me trouxeram aqui?

— Às vezes temos necessidade de nos revelar, contar um pouco das nossas experiências para vocês. Talvez ensinar-lhes alguma coisa, visto que aprendem muito devagar. Fomos espalhados por nossos criadores com o objetivo de preservar, de armazenar dados. Vivemos em todos os quadrantes, graças aos deuses da ciência que nos deram a vida. Somos seres orgânicos e, ao mesmo tempo, artificiais. Somos verdadeiras memórias do universo, senhores das chaves dos portais interdimensionais. Nós, simplesmente, Somos.

A voz, uma mistura de várias vozes – não sei dizer ao certo –, calou-se e me transportou para o planeta vibrante. Vi o tempo passar em um turbilhão, enxerguei aquela mudança em velocidade vertiginosa, criaturas se transformavam, evoluíam com o passar das Eras. Cidades se ergueram, civilizações foram construídas e destroçadas pela guerra, seres inteligentes e gigantes surgiram. Conquistaram o espaço e fundaram novos impérios em suas colônias. Em seus laboratórios, engendraram coisas vivas e minúsculas, que carregavam em sua genética a engenharia capaz de armazenar a memória de todas as suas conquistas e de sua história.

Antes que seus criadores se extinguissem, em razão do tédio que a vida pacífica lhes concedera, os fungos cibernéticos foram lançados ao espaço. Viajaram pelas trevas, sem pressa, sem rumo certo, imortais companheiros do universo. Desbravaram mundos instalando-se na biosfera alheia e multiplicaram-se. A Terra foi um dos locais em que aportaram. Desde os mais remotos tempos, registram a história da vida no planeta.

A conexão chegava ao fim, tive consciência disso quando os tambores parecidos com vozes disseram:

— Um dia iremos ao seu encontro. Antes disso, não nos falaremos mais.

Na manhã seguinte, acordei enrolado em um cobertor, dentro da barraca em que acampava. Bebi outras vezes o chá de cogumelos, mas aquela viagem nunca voltou a ocorrer. O máximo que acontecia eram os objetos ganharem mais intensidade na manifestação de suas cores. Apenas isso.

Chegou o dia. Os fungos lembraram-se da promessa que haviam feito. Afinal, se eram memórias vivas e de extensão infinita, não se esqueceriam desse insignificante trato comigo. Finalmente, vieram para cumprir o prometido. Estão por todos os lados, enfileirados, uns por cima dos outros, de todos os tamanhos. De seus caules e bulbos, escorre um líquido roxo de artérias artificiais e cibernéticas. Sei o que tenho de fazer, espero esse momento há quatro décadas. Pego diversos deles entre os dedos e começo a mastigar de maneira voraz. Logo aquela voz inesquecível me arrebata. Em uníssono, como em um círculo vicioso, escuto Somos. Somos. Somos. Somos. Somos. Somos. Somos. Somosomosomosomosomosomosomosomosomosomosomosomos...

Publicado pela primeira vez em *UFO: contos não identificados. São Paulo: Editora Literata, 2010, p. 197-199.*

FANTASMAS DO TEMPO

O SACERDOTE LOCALIZAVA-SE PARADO NO CENTRO DO TEMPLO. O novo grupo de aprendizes se reunia em torno dele. Entre os novatos estava eu. Sentávamos em cadeiras estofadas com veludo vermelho. Os acentos permaneciam dispostos em três pequenas arquibancadas concêntricas. O grupo escutava o homem com atenção. Ele vestia um manto escuro, cor de vinho, bordado com linhas de ouro. Ouvia-se apenas sua voz e mais nada:

— H. G. Wells imaginou uma máquina para viajar no tempo. Durante muitas gerações, sua ficção entusiasmou leitores, escritores e críticos literários. Não somente essas pessoas, cientistas passaram anos a fio sonhando com a criação de uma máquina capaz de tal feito. E, nesse sentido, buscaram concretizar a ideia que tanto fascinou os séculos XX e XXI.

Ele fez uma pausa, olhou para as nossas expressões sérias e continuou:

— Depois de pesquisas obstinadas nesse campo, tudo o que se conseguiu foi dar vida prolongada para ratos de laboratório. Descobriu-se o óbvio: uma máquina capaz de fazer alguém retornar no tempo seria algo impossível de ser criado.

Gesticulou como se pudesse apanhar o ar e continuou sua explanação:

— Então, um famoso cientista, sem dúvida, bem quisto por todos aqui no recinto, concentrou seus conhecimentos e esforços num caminho diferente. Ele sustentava que a máquina do tempo sempre estivera ao nosso alcance. No entanto, não se tratava de uma engenhoca feita com placas de metal, supercomputadores e circuitos complexos. A máquina, nesse caso, sempre fora biológica. Como todos já sabem, estou me referindo ao cérebro humano, o veículo capaz de nos colocar em viagem. Dissecar o cérebro e conhecer os seus segredos nos proporcionou a façanha de admirar o tempo em toda a sua extensão e em todas as suas direções.

A face do sacerdote se tornou sombria, tinha de deixar o recado bem claro a partir daquele momento:

— Vocês estão aqui para serem iniciados na Igreja Temporal. Somente alguns obtêm essa honra e esse privilégio. Portanto, não nos decepcionem. Todos sabem que a morte aguarda aqueles que não se adaptam às nossas rígidas regras. Não são permitidos desvios. Não estamos aqui para brincar com o tempo. Estamos aqui para conhecê-lo. E conhecer o tempo é o mesmo que dissecar o Arquiteto Universal. Isso exigirá devoção e responsabilidade.

As expressões sérias de meus colegas e a minha pareciam compactuar com cada palavra de advertência daquele homem. Ele respirou e deu continuidade à sua fala:

— Vou orientá-los da melhor maneira possível nessa caminhada espiritual e histórica. Em breve, vocês terão o mesmo título que eu e poderão também ser chamados de Fantasmas do Tempo.

Lembro-me dessa aula inaugural como se fosse hoje. E, também, das diversas advertências que tivemos de não realizar a viagem sem um tutor. Mas não posso esperar pela minha primeira experiência. Sei que corro risco, pois ainda sou um mero aprendiz.

Todas as viagens são controladas e feitas em locais determinados pelos bispos. Acabei burlando as regras internas da Igreja Temporal. Tenho meus motivos. Preciso descobrir algo que há muito me obceca. É por isso que efetivamente me tornei um adepto.

Consegui uma Passagem, é assim que chamamos a substância capaz de alterar a percepção e conectar o cérebro humano ao Arquiteto Universal. Após as primeiras viagens, a melhor explicação que se encontrou para esse triunfo da humanidade foi admitir que Deus havia permitido acesso aos arquivos do tempo. A partir de então, a religião e a ciência se uniram na criação de uma nova era. Uma época em que a disputa política, em torno da Passagem, é muito acirrada.

É corrente a ideia de que as viagens no tempo não possibilitam alterar o passado. No entanto, quem não gostaria de obter conhecimento total do que já ocorreu para manipular o presente e o futuro? Ou simplesmente contemplar fatos famosos da história humana? A Passagem vale muito e, por enquanto, é produzida somente pelos Fantasmas do Tempo vinculados à Igreja Temporal. Sabe-se de não iniciados que já experimentaram ou experimentam frequentemente a viagem, mesmo que oficialmente isso não seja permitido.

Logo aprendi que os sacerdotes são meros fantasmas quando transitam entre as eras. São incapazes de interagir com qualquer coisa. Porém, suas limitações param por aí. Eles podem ver e escutar tudo o que acontece, aconteceu ou então acontecerá. Seria de grande valia, para qualquer um, espionar certos acontecimentos e se aproveitar de informações para modificar o futuro em seu proveito.

Entre meus dedos, brinco com a cápsula que contém a substância nomeada Passagem. Sinceramente, sei que ainda não estou pronto, não passei por todas as fases de aprendizado. Antes da primeira experiência, é preciso estudar o cérebro humano em todos os seus aspectos, além de passar por conhecimentos básicos de matemática, física, química, estatística, teologia, geografia, filologia, antropologia, arquitetura, linguística, arqueologia, biologia e história. Ou seja, são necessários anos de treinamento antes de usufruir a viagem. Se eu for descoberto nessa infração, talvez a morte seja meu melhor fim. Os sacerdotes são rígidos em relação às suas leis.

Vou correr esse risco, faço por uma questão de honra. Eu gostaria de descobrir a verdade sobre a morte do meu pai que foi difamado depois de morrer. Dizem até hoje que ele tinha interesse em acabar com a Passagem e ajudar máfias norte-americanas na conquista da Igreja Temporal. Cultivo a certeza de que tudo o que falaram sobre ele não passa de mentira. Mentiras sórdidas, uma verdadeira conspiração...

Engulo a cápsula. Para atingir meu objetivo, hoje à tarde, voltei a um apartamento de hotel no centro de Roma. Sei que o espaço é fundamental em uma viagem pelo tempo. Se o sujeito pretende saber o que aconteceu em uma pirâmide egípcia, não pode estar em Paris passeando pela Torre Eiffel. O tempo se distende e se retrai na sua própria relação com o local explorado.

Pela janela do quarto, olho os grandes prédios prateados de Roma. O Vaticano pode ser visto daqui. A antiga sede da Igreja Católica Apostólica Romana do Ocidente se metamorfoseou na Igreja Temporal depois de múltiplas alterações arquitetônicas e teológicas. Assumiram os postos dos antigos clérigos católicos os Fantasmas do Tempo: indivíduos que mesclaram ciência e religião aos seus dogmas. Eles passaram a administrar o menor e mais poderoso estado independente do mundo. A velha religião foi adaptada e recebeu reforços de outras crenças monoteístas. Enfim, para o bem e para o mal, a humanidade instituiu uma única religião que governa com braço de ferro a população. Os Fantasmas do Tempo se tornaram os detentores da história, eles a escrevem do jeito que melhor lhes convém. E a escrevem para conservar o próprio poder. Meu pai foi um dos patrocinadores mais fortes dessa nova ordem.

Sinto um leve mal-estar. Um enjoo que me faz ficar tonto. Percebo que estou sendo cercado por indivíduos... Vejo vultos difíceis de identificar, todos passam muito rápido. Tenho a impressão de ver o rosto do meu pai entre esses vultos, mas não consigo parar o torvelinho de imagens.

Percebo, na prática, a dificuldade de parar o processo de retorno ao passado. Não ser um sacerdote com experiência faz com que eu fique à mercê da mente universal do Arquiteto, assim sou conduzido por um oceano de acontecimentos. Pela primeira vez, sinto a sensação física de ser um Fantasma do Tempo. É muito estranho estar conscientemente em um lugar pretérito, não ser visto por pessoa alguma e ser trespassado por outros corpos, objetos mudados de lugar, como se eu não existisse.

Lá fora, as coisas também mudam no mesmo ritmo. Os prédios atuais se desfazem, dissolvem-se e cedem o espaço que ocupam para construções mais antigas. É como se um filme começasse a retroceder. O cérebro induzido pela substância química encontra a sintonia com o Arquiteto do Universo. Já posso transitar no próprio corpo de Deus, o plasma do tempo. Porém, sem controle algum de onde vou parar.

As paredes e o chão do quarto são consumidos pela voracidade do passado. Tudo diante dos meus olhos, neste instante, não passa de um borrão, imagens distorcidas em alta velocidade. Enfim, estabilizo em algum lugar do tempo antes de perder os sentidos. Se tivesse desmaiado tudo seria em vão.

Meu espectro flutua em um ponto mais ou menos vinte metros acima do chão. Mexo os braços e as pernas como se estivesse nadando no espaço. Movimento-me alguns metros, mas não para muito longe, não quero sair do ponto em que meu pai morreu.

Sinto meu coração bater mais forte. Tenho medo. Olho para minhas mãos e o que vejo são linhas tênues, uma transparência de mim mesmo. É meu espírito que viaja no tempo, enquanto meu corpo real, a âncora da minha existência, está em um lugar muito adiante no futuro.

Para saber o quanto regredi, preciso observar bem o cenário em que me encontro. Árvores gigantescas estão ao meu redor. Olho para cima e vejo o céu estrelado. Abaixo, um terreno alagadiço. Fico impressionado. Os animais do jurássico sempre estiveram presentes nos meus estudos infantis. Visitava museus, colecionava filmes e livros antigos sobre o assunto. Agora, bem à minha frente, encontro um enorme dinossauro carnívoro devorando sua presa abatida. Fico estático sabendo que, se eu gritar, ele não me escutará. Nesse momento, não sou mais do que uma fantasmagoria. Ninguém pode me ver ou ouvir. Posso conhecer os segredos mais íntimos de qualquer um.

O único problema é que ainda não sei como estacionar no tempo que realmente desejo vislumbrar. Minha intenção não era encontrar essa maravilha anterior ao homem. Quero enxergar o passado recente, desvendar fatos que me perturbam, tais como a morte do meu progenitor.

Como se o Arquiteto do Universo pudesse escutar meus pensamentos, o cenário se transforma. A criatura devora sua vítima em poucos segundos, sobrando apenas a carcaça. Com sorte, aquele esqueleto será preservado pelo pântano e, quem sabe, na minha época, eu mesmo possa desenterrar o fóssil do animal. A velocidade aumenta me deixando mais uma vez zonzo...

A floresta cede lugar a um campo repleto de neve. Uma nevasca castiga o final da tarde. À distância de uns trinta metros, enxergo a entrada de uma caverna. Há luz lá dentro. Posso escutar uma espécie de canto. Parece um mantra. Do interior insalubre, desponta uma figura corajosa que enfrenta a baixa temperatura. Diversas peles grossas e escuras vestem o corpo atarracado. Na mão direita, uma lança. A barba negra longa e os cabelos compridos devem amenizar o frio. Nesta primeira viagem pelo tempo, logo percebo o quanto tudo possui o caráter da magnitude. Encontrar um Neandertal é fascinante.

Mais uma vez permaneço estático, impressionado com o poder supremo de transitar pelas eras. Tenho um objetivo específico para completar. Não posso ficar observando a vida cotidiana dos nômades-caçadores-coletores da pré-história glacial. Preciso avançar no tempo. Com a decisão desse pensamento, sou levado mais uma vez adiante.

Turbilhões de imagens borradas e coloridas correm diante da minha retina. Fecho as pálpebras antes de não conseguir controlar o mal-estar que me assola. O tempo resolve estabilizar. Crio coragem e volto a olhar o que está em meu entorno. É dia. Parece fazer um calor escaldante. Temperatura que obviamente não sinto, por estar desprovido de corpo. Abaixo, vejo uma estrada. Um exército marcha sobre as pedras colocadas de maneira uniforme. Reconheço os trajes e armamentos das legiões romanas. O estandarte da águia é levado com orgulho à frente do grupo. Lembro-me do famoso ditado: "todos os caminhos levam a Roma". Ao longo da Via Ápia, milhares de homens estão crucificados. Urubus bicam os olhos e a carne dos mortos e dos moribundos sem forças para se defender e com imensa dificuldade para respirar. Alguns estão pregados às traves de madeira e outros amarrados nesses objetos de verdadeira tortura. Pela quantidade de crucificados, especulo se não seriam os homens liderados por Spartacus. Assombroso e arrebatador é o mínimo que posso pensar. Para o futuro, para o futuro, por favor!

Noite de lua cheia. Abaixo e à minha esquerda, vejo um grupamento de pessoas distintas. Uns vestem roupas comuns e outros, a maioria, estão uniformizados com camisas pretas. Os de camisas pretas empunham porretes e começam a espancar e a humilhar com xingamentos os seus inimigos. Sangue lava as pedras da avenida. Dor, gritos, clamores, tudo se mistura em uma ação violenta. Os verdugos, seguidores de Mussolini e do fascismo, agridem sem comiseração aqueles que não apoiam o ditador.

Deixe-me encontrar meu pai, imploro para o Arquiteto do Universo com toda fé que minha alma pode demonstrar. Mais uma vez viajo. Constato o futuro chegar mais próximo com os aviões a jato cruzando os céus da Itália. Finalmente, avisto o mais alto prédio da Europa construído no início do século XXII.

Retorno ao quarto em que iniciei a experiência. A decoração está diferente. A porta é aberta por alguém. Acendem a luz. Meu pai entra no recinto. Encosta a porta e senta na beirada da cama. Constato apreensão em seu rosto. Ele afrouxa o nó da gravata. Está suando. O que o preocupa afinal? Outra vez a porta se abre. Entra outro homem. É meu professor, um dos renomados sacerdotes Fantasma do Tempo. Percebo que está uns dez anos mais novo.

— O que quer de mim? — pergunta meu pai. — Sabe que não devo ajudá-lo.

— Não deve ou não quer me ajudar? Desista da ideia de apoiar o candidato americano. Seu dinheiro e prestígio são fundamentais para que o grupo europeu eleja o novo papa temporal.

— Sabe que não posso voltar atrás. Nosso papa está doente e morrerá a qualquer instante. É inevitável. Foi o acordo! Um papa para cada continente. O italiano já cumpriu seu papel.

— Você não vai colaborar? Não sabe que dimensão isso tem?

— Estou mais preocupado em preservar a paz. É a vez do representante das três Américas governar.

— Você não entende! Deixar aqueles bárbaros governarem a Igreja Temporal será um erro. Nós somos o primeiro mundo, somos os civilizados, o progresso, a evolução... Não seja tolo!

— Chega, vou embora!

Percebo o movimento sutil da mão esquerda vestida com luva de couro pegar algo no bolso. Parece um fio de cobre ou algo parecido. Por puro impulso, tento interceder. Pulo à frente daquele maldito para proteger meu pai. Não há nada que eu possa fazer. Meu corpo fantasmagórico atravessa os corpos pretéritos dos dois. O professor enrola aquele fio no pescoço do seu desafeto. Com força, movimentos precisos e rápidos de um assassino profissional, o sacerdote conclui o enforcamento. De joelhos no chão, com as mãos no fio de metal e a língua de fora, meu pai desaba sobre o fino tapete. O sacerdote abre um pequeno tubo de ensaio que recolhe de um outro bolso do casaco e derrama sangue sobre as unhas da vítima. Depois disso, abandona o corpo sem vida.

Na época em que meu pai fora assassinado, eu tinha somente doze anos. Lembro bem como se desenrolara o processo. O sangue encontrado sobre suas unhas foi analisado. No banco de dados dos computadores das Igrejas Temporais de todos os continentes, fez-se uma busca pelo assassino. Não demorou para que o mapeamento genético do sangue indicasse o culpado. Era um norte-americano, homem influente envolvido com pessoas de prestígio da Igreja Temporal das Três Américas. Depois de associado o sangue à identidade do suposto assassino, um sacerdote-fantasma fez uma viagem ao passado e confirmou toda a história, indiciando o americano por ter cometido o crime. Uma coisa é certa: o Fantasma do Tempo responsável pelo reconhecimento da identidade do assassino mentiu. Provavelmente, tenha sido manipulado pelas lideranças europeias. Agora eu sei a verdade.

Um clima de insegurança se instalou entre as nações. Os líderes americanos, para evitar uma possível guerra com as lideranças europeias, decidiram votar de modo unânime na eleição do candidato europeu preparada após a morte do papa. Hoje em dia, não existe mais o acordo inicial de revezamento. Qualquer candidato da Igreja Temporal pode ser eleito. No entanto, a força política dos europeus supera a chance de que outro continente possa colocar na cadeira papal um dos seus.

O tempo começa a correr em alta velocidade para o futuro. Vejo muitos vultos circularem por aquele quarto, sem conseguir identificar nenhum deles. Tive impressão de ver meu corpo sendo arrastado, mas não tenho certeza. A rapidez com que tudo ocorre me deixa tonto. O lugar começa a se desmanchar como se fosse destruído por uma implosão. Meu corpo-fantasma volta a ficar suspenso, sem chão algum sob meus pés. O tempo estabiliza.

Lá embaixo, há uma praça com árvores, bancos e brinquedos para crianças. Ao redor, as edificações continuam as mesmas do dia em que iniciei a experiência. Apenas o prédio em que eu estava deixara de existir. A Igreja Temporal, certamente, encarregara-se de limpar as pistas, de varrer a sujeira imunda daquele lugar. Com o prédio banido ao esquecimento, a verdade sobre o assassinato de meu pai também se perderia no entulho dos eventos que se sucedem a cada instante na história. Sinto uma dor extrema na cabeça. Penso que a viagem recomeçará. Porém, é tão contundente que meus sentidos se apagam tornando tudo escuro.

Abro as pálpebras. Aos poucos me acostumo com a penumbra da sala iluminada por uma fraca luz artificial. Não tenho ideia de quanto tempo viajei através do tempo e muito menos do período em que fiquei desacordado. Com os pulsos e tornozelos atados por correias de couro, não consigo me movimentar. A dor na cabeça continua, percebo o óbvio, tinham me transformado em um prisioneiro. Meu corpo repousa sobre uma roda de metal inclinada. Só pode ser um objeto de tortura. Já que espécies de eletrodos se conectam ao meu cérebro e finos tubos de plástico invadem as veias de meus braços. Em uma bancada à frente, Fantasmas do Tempo estão reunidos. Meu professor destaca-se entre eles, aproximando-se de mim.

Tenho certeza de que me encontro na época atual, todos os presentes apresentam corpos palpáveis, inclusive eu. Porém, esse cenário assustador me reporta à inquisição, à Idade Média, à modernidade que queimava bruxas. Instrumentos de tortura decoram a masmorra escura e gelada, estou certo de que o lugar se trata de um dos túneis mais profundos do Vaticano da Igreja Temporal.

O sacerdote, com olhos repletos de desprezo e a boca num esgar de ironia, diz:

— Meu rapaz, seu delito foi imperdoável. Ninguém deve utilizar a Passagem antes da aprovação dos mestres-fantasmas. Seu crime será sua ruína.

— Crime? — arrisco desafiá-lo, mesmo com a língua dormente dopada por alguma droga. — Não sou nenhum criminoso...

— Tudo o que disser não terá valor, meu rapaz. Aqueles que roubam e utilizam a Passagem sem permissão não merecem o respeito da nossa ordem. Você é um traidor assim como o foi seu pai.

— Assassino — eu grito acusando-o. Tento me libertar das amarras usando o pouco de força que imagino ter. É em vão.

O sacerdote não dá atenção à acusação e continua sua fala encenada sem se importar com o que tenho a dizer:

— Apenas aguardávamos pelo retorno de sua consciência para informar a sentença que o aguarda. Você foi encontrado em um quarto de um velho hotel do centro de Roma utilizando-se da viagem temporal concedida apenas aos Fantasmas do Tempo graduados. Portanto, seu castigo será duro. Esse tubo conectado ao seu braço esquerdo conduzirá as substâncias necessárias à manutenção de sua vida. Os fios vermelhos conectados ao seu cérebro, ao coração e aos órgãos vitais darão leituras aos nossos computadores de seu estado físico. Pelo tubo conectado ao seu braço direito, você receberá a Passagem até o fim dos seus dias.

Olho para o tubo de grossa agulha fincada em meu braço direito e vejo que começa a se encher. A substância penetra em minhas veias. Naquele tempo presente, ainda pude escutar as últimas palavras do sacerdote, outrora professor, em quem confiei meu aprendizado:

— Seu julgamento, meu rapaz, já foi definido pelo conselho. O exílio temporal é seu castigo.

As imagens correm com velocidade indescritível diante dos meus olhos. Antes que eu consiga gritar, tenho a certeza de encontrar o Arquiteto Universal na luz explosiva do big-bang.

TEORIA E PRÁTICA

UM DIA ESPECIAL ALEGRA QUALQUER PESSOA. Poderia ter cantado o hino enquanto dirigia o olhar para a bandeira nacional. O formando, naquele evento, era motivo de orgulho para a classe de profissionais que representava. Entre os presentes foram poucos que notaram a nuvem branca e sutil que se esgueirava vinda dos tubos de ventilação.

Antes de respirar o ar envenenado, o formando retirou debaixo da bancada, em que apoiava uma folha de ofício escrita com o seu discurso, uma máscara de guerra, própria contra gases tóxicos. Colocou-a sobre o rosto observando a expressão de espanto dos profissionais de sua classe.

O jovem graduado, naquele momento de regozijo, não pôde deixar de lembrar as aulas que tivera. Naqueles anos de aprendizado, tudo fora intenso e novo. Quando iniciara os estudos, anotava cada palavra que o professor dizia, até mesmo as expressões do mestre mereciam reflexões em seu notebook. Não queria perder um detalhe sequer, estava convicto de que cada explicação seria importante na conclusão das tarefas.

Porém, era um pouco inquieto, não bastavam as digressões teóricas do mestre. Queria mesmo se aventurar, descobrir como colocar o conhecimento técnico em prática. A teoria e a prática, conforme o seu juízo, deviam caminhar lado a lado. Sabia que para ser o melhor, deveria o quanto antes, realizar uma saída de campo. Mesmo que o primeiro trabalho acadêmico não lhe rendesse o melhor conceito, o importante era começar logo.

Insistiu com o mestre para realizar a primeira prova, não aguentava mais aqueles exercícios teóricos, queria emoção, adrenalina circulando em suas veias. No entanto, o que ouviu foi um não bem sonoro, com a justificava de que ainda não estava preparado. Porém, como era de sua natureza, ser uma pessoa de atos explosivos, rebelde como todo jovem o é, fez que não ouviu a ordem do mestre. A academia teria de perdoá-lo por ser do jeito que era.

Aconteceu, numa noite gelada de inverno, seu primeiro ato ou prática de estudo como costumavam nomear. Resolveu passear no bairro boêmio da cidade, mesmo sem gostar de sair para a agitação noturna dos bares, pois, tratava-se, apesar da inquietude que o assolava, de um rapaz tímido e recatado. O mestre, no entanto, considerava-o inteligente e promissor. Começou a assassinar prostitutas, afinal se tratava de um fã de Jack, o Estripador. Foram três vítimas somente no primeiro ano. E a polícia não conseguia encontrá-lo, mesmo com a assinatura que deixava. Ele gostava de deixar as moças sem as unhas dos pés e das mãos.

Por trás da máscara, através do vidro que o protegia, se alguém pudesse ver com clareza os seus olhos, teria notado que chorava de emoção ao lembrar-se dos gritos e dos pedidos de súplicas daquelas fêmeas. Ele era realmente um artista da faca e, principalmente, do alicate. No primeiro ano, suas notas foram ótimas, atingiu nove e meio no geral. Tratava-se, quase, de um prodígio, pois seu tutor era muito exigente na realização das tarefas. Queria mais, precisava ser um estudante nota dez. Foi em busca desse objetivo que passou a estudar os grandes da área. Os reais e os ficcionais eram motivos de estudos intensos, revisão bibliográfica, anotações constantes, memorização, resenhas e trabalho duro. Do cinema, por exemplo, usou algumas das técnicas apresentadas por Hannibal Lecter. Da realidade, inspirou-se em Edward Gein.

Quando acabou o hino, produzido por um CD, voltou a se concentrar naquele momento tão importante, deixando as lembranças do passado para trás. Ele quase pôde ouvir os aplausos dos presentes. Porém, todos na plateia estavam estáticos. Havia oito pessoas sentadas em suas confortáveis poltronas de couro. Um deles era o seu professor e os outros eram procedentes de diversas localidades do país, acadêmicos também. Dois eram do sul, três do sudeste, um do nordeste e outro do norte. Tratava-se de pessoas importantes na área. Ele idolatrava todos, sem exceção. Principalmente, pelo fato de seus trabalhos serem conhecidos não só nacionalmente, mas também no exterior. Deixavam pistas para a polícia, seus atos eram noticiados pela imprensa e, mesmo assim, não eram capturados. Verdadeiras pessoas do ramo, admiradas pelos seus feitos.

Os verdadeiros assassinos seriais, conforme a cartilha internacional, são inteligentes a ponto de deixarem rastro de morte aos seus pés e nunca serem descobertos, a não ser que queiram. Para alguns, isso é motivo de prazer. Ser descoberto, muitas vezes, não é um ato de perspicácia dos investigadores, mas simplesmente a revelação espontânea do assassino. É como se fosse a chance de assinar sua obra, não deixá-la anônima, de colocar em seus cadáveres um título para o ato de crueldade. Crueldade, neste caso, é um conceito muito utilizado para quem não é desse ramo de atividade. Mas para quem é um profissional, um graduado, todo ato de suprimir pessoas de suas vidas é uma performance de genialidade.

O assassino serial, de acordo com os iniciados, na teoria, não podem ser comparados ao homem violento, que por azar do destino, uma inconsequência, um ato irracional, mata a própria esposa ou os filhos. Tampouco, assemelham-se a simples ladrões que extirpam a vida das vítimas sem cuidado. Matar por matar não faz de você um assassino serial. Isso é uma arte para ser aprendida na academia. O jovem que hoje se graduou sabe disso, foi imbuído desses ensinamentos durante anos a fio.

Por isso, ele queria ser o melhor dentre todos. O mais famoso em seu país. Queria ser reconhecido até mesmo no exterior. Sua intenção era provocar temor e respeito em relação aos outros do seu grupo. Por isso, deixou seu cúmplice filmando tudo para que o mundo pudesse assistir à sua fita de formatura macabra. Seria uma pequena amostra do que poderia fazer. A partir de agora, ele seria o novo professor e tomaria cuidado, estaria atento a todos os alunos que formasse.

Seu aprendiz entrou na sala. Um rapaz franzino. Carregava uma garrafa de espumante na mão direita e duas taças na esquerda. Passou entre a plateia morta de assassinos seriais. Alguns com os olhos vidrados e vermelhos, outros com a língua roxa para fora da boca. Morreram envenenados pelo gás que o aprendiz desprendera na sala de cerimônias.

— Que maravilha, querido! Você é o máximo. O melhor de todos! Você me dá arrepios...

— Você gravou? — perguntou o formando depois de tirar a máscara.

— Sim, gravei tudinho! Podemos enviar para o Alto Conselho Internacional dos Assassinos Seriais. Seu nome será gravado em ouro em uma placa comemorativa. Já estou até vendo a pompa, as plumas e os paetês. Até hoje nenhum recém-formado poderia ter feito algo mais inusitado. Você superou seu mestre em um único golpe e também as figuras do alto escalão. Que máximo!

— Eu sei, sou o maior de todos agora. Ninguém é melhor do que eu. Todos os companheiros de classe, em outros países, terão medo de mim, vão me idolatrar e respeitar.

— Vamos comemorar! Abra esse espumante, está bem gelado!

O graduado pegou a garrafa de espumante entre as mãos. Olhou o rótulo, procedente de uma vinícola da serra. A bebida estava intacta, lacrada, hermeticamente fechada. Sem pressa, começou o processo de tirar o invólucro protetor do gargalo e depois sacou a rolha. Os dois vibraram com o sonoro *ploc* emitido pelo ar comprimido na garrafa.

Logo as taças estavam cheias e o aprendiz disse em tom eufórico:

— E hoje surge o maior entre os maiores gênios da arte de matar! Não é mesmo?

— Muito obrigado, meu amigo. Obrigado por estar desfrutando esse momento junto comigo!

— Eu é que agradeço!

O primeiro e único gole foi bebido pelo graduado.

— Beba, meu caro! Vamos, o sabor está interessante.

— Prefiro não beber. Veneno deve ter um sabor esquisito!

— O que está dizendo? — o efeito foi quase instantâneo. Os olhos do formando começaram a ficar embaçados e uma tontura o pegou desprevenido derrubando-o de joelhos ao chão. — A garrafa estava lacrada. Eu li o rótulo, é deste ano. Eu sempre me certifico antes de beber...

— Eu sei, *darling*! Está na teoria, no manual dos princípios básicos de qualquer matador serial. Nunca aceite bebidas que estejam em copos ou garrafas abertas, não importa que tenham sido oferecidas por supostos amigos. Sei que é um clichê estúpido, assassinar com veneno em alguma bebida. Nem o pior escritor usa mais essa ideia infame. Mas você terá de admitir que eu inovei. Se tivesse pesquisado meu passado mais atentamente, descobriria que eu trabalhava, até bem pouco tempo, na produção de vinhos e espumantes. Mas eu dei um jeito de apagar essa informação e mais algumas também. Não gosto que saibam minha história sem minha permissão — o garoto emitiu um sorriso sádico e desajeitado.

O graduado desconhecia que, ao se produzir um espumante, a bebida recebe um licor no tratamento final. Uma composição que faz da bebida o que ela é. O aprendiz havia preparado o tal licor e inserido junto com veneno em mais de cem garrafas. Uma delas trouxera consigo e guardara para uma ocasião especial.

— Você tem a honra de beber dessa safra magnífica. Em breve, a produção vai ser liberada para o consumo do público. Vou amar ler as notícias nos jornais e ver as manchetes na televisão. Meus feitos vão ser marcantes!

— Você vai ser preso... A academia vai desvalorizar você quando isso acontecer... — a língua começou a ficar intumescida, em breve não conseguiria dizer mais uma única palavra.

— Claro que não, meu amor! Quando disse que apaguei parte do meu passado não estava brincando. Tenho mais de uma identidade falsa. Assim que o conselho admirar esse filminho, pois não parei de gravar, vou ter título de doutor sem precisar me graduar. Não é o máximo?

Finalmente, o graduado deixou a taça, que parecia colada à sua mão, cair no piso frio. Sua cabeça pendeu, mas manteve o olhar de vencido em direção ao astucioso aprendiz que o pegara na mais obsoleta das armadilhas. Ficou claro para o graduado que regras foram feitas para serem quebradas. Infelizmente, para ele, essa lição tinha sido aprendida tarde demais. Talvez precisasse ter se aprofundado mais na teoria antes de praticar um ato ousado daqueles: eliminar seu mestre e os colegas de profissão. Seu castigo havia chegado muito mais cedo do que esperava. O fato é que teoria e prática andam lado a lado e quanto mais o estudante for aplicado, melhor será em sua profissão.

HORROR NO ESPELHO

Diante do espelho, o profundo horror. Intolerável de se ver. Em minhas veias, corre sangue pré-histórico. Posso senti-lo quente a ferver como se fosse entrar em erupção. Não bastava que os ancestrais tivessem a voracidade de formigas carnívoras... devastadores de mundo. Sou a herança das épocas remotas. Das guerras, dos sacrifícios, dos assassinatos e de todos os malditos vícios. Não me surpreende que essa natureza irracional finalmente tenha vindo à tona. Tudo o que representava beleza e harmonia nessa parca existência se foi. A história é testemunha de nossas ações. Desejo que me julguem. Uma cela fria não bastará para punir meus atos. Não desgrudo o olhar sinistro e gelado que surge do espelho. O horror me espreita vindo de um lugar bem profundo da alma. Nada pode ser mais vil. Eu. Um homem. Um assassino.

Publicado pela primeira vez em *Terror Zine – Minicontos de Terror. Ano 1. Número 8. São Paulo, 2009.*

SEM CONTROLE

DURMO EM QUALQUER LUGAR, DESDE QUE ESTEJA PROTEGIDO DO SOL. Nos últimos meses, fui acometido por desenfreada sede. Vou de prédio em prédio, de casebre em casebre, de mansão em mansão. Perdi o pudor e qualquer apreço pelos mortais. Comecei sugando, em uma única madrugada, os moradores de uma vila de pescadores, na Terra do Fogo. Depois suguei uma cidade inteira. A cada noite que passa, fico mais veloz no ato de secar humanos. Não há necessidade de permissão para entrar em suas casas. Isso é mito literário. Posso invadir seus lares em fração de segundos, vou de um lugar a outro tão rápido quanto um relâmpago. Murcho as suas veias em poucos instantes. Nada é mais prazeroso. Paro minha beberagem somente quando o astro rei se insinua no horizonte. Em breve, atingirei a linha imaginária do Equador. Para trás, deixo uma horda de vampiros selvagens e famintos. Logo eu mesmo não terei mais como saciar minha sede. Não haverá mais humanidade. Não me importo com as consequências. Tenho apreciado agir sem controle.

Publicado pela primeira vez em *Terror Zine – Minicontos de Terror. Ano2. Número 18. São Paulo, 2010.*

SEM LEMBRANÇAS DAQUELE INVERNO

1. O servo de Gimedjin

O anão desajeitado caminhava com evidente rapidez pelas ruas do porto de Dartmor. Seu andar revelava uma perna maior do que a outra. Nevava durante uma rara noite de tranquilidade na cidade portuária. As roupas de lã de ovelha e couro de boi protegiam aquele sujeito de corpo raquítico e aspecto doentio.

A figura canhestra entrou em uma das tabernas menos movimentadas. Agradeceu aos deuses por se abrigar daquele frio. Olhou ao redor. Viu alguns piratas bebendo vinho. Cantarolavam, falavam aos brados, discutiam, riam de piadas. Prostitutas rondavam os corsários em busca das riquezas que haviam saqueado em suas últimas aventuras. Alguns deles competiam para ver quem possuía a melhor mira. Arremessavam suas adagas em um tabuleiro fixado na parede. Acertar o centro do tabuleiro significava ganhar uma bebida paga pelos demais competidores. Outros jogavam sobre as mesas dados de marfim: as combinações mais altas sempre eram as vencedoras.

O servo de Gimedjin, um obscuro feiticeiro da cidade portuária, procurava por alguém especial. Tratava-se de um mercenário renomado pelos seus feitos naquela região. Uma noite antes, ouviram-se rumores de que Atreil visitava o porto em busca das cobiçadas meretrizes que viviam na cidade. Gimedjin ao saber do boato enviara o anão para encontrá-lo. Sua busca iniciara ainda na madrugada anterior. Já estava ficando preocupado. Se não encontrasse logo o sujeito de sua empreitada, desconfiava que o chicote do senhor não o pouparia de mais um insucesso.

Em um canto escuro, uma mulher permitia que um homem a tocasse livremente. Essa era uma cena comum nos estabelecimentos noturnos de Dartmor. No centro da taberna, o bardo contratado cantarolava uma melodia alegre, enquanto dedilhava, em um instrumento de madeira com caixa de ressonância, as quatro cordas feitas de tripa de carneiro.

Dinheiro era uma palavra que todos gostavam de ouvir por aquelas redondezas. Receber algum tipo de pagamento tratava-se de algo ainda melhor. Sabendo disso, o anão puxou um banco alto próximo ao balcão do bar. Teve praticamente de escalar a cadeira. Quando se sentou foi visto pelo taberneiro, que perguntou:

— Vai o quê?

O servo de Gimedjin deitou uma moeda de ouro sobre a mesa.

— Quero um copo de vinho — fez uma pausa breve e continuou. — Sabe me dizer onde encontro Atreil, o mercenário?

O taberneiro pegou uma garrafa da melhor bebida e serviu em um longo copo de estanho. Em seguida, sem nenhum constrangimento bateu três vezes, com força, na madeira do balcão. O bardo parou de cantar, porém continuou dedilhando com suavidade o seu instrumento. Alguns dos corsários e algumas das prostitutas largaram o que estavam fazendo para saber o que ocorria. Com voz vigorosa, para que todos pudessem ouvir, o taberneiro perguntou:

— O pequenino — apontou para o anão — está procurando por Atreil. Alguém o viu?

Não se ouviram respostas claras, apenas resmungos de insatisfação por terem seu momento de lazer interrompido. Os piratas voltaram a beijar suas mulheres, a arremessar suas adagas, a jogar dados e a beber para se divertir. Queriam aproveitar aquele tempo de descanso antes que tivessem de voltar ao seu verdadeiro lar, o convés das embarcações que os acolhiam. O cheiro da maresia e de peixe insistia em acompanhá-los por todos os cantos, até mesmo na taberna. Isso os fazia lembrar qual o seu verdadeiro lugar. Eram comprometidos com o mar.

— É melhor voltar pra casa, feioso. Um homem de fama feito Atreil deve se divertir em taberna melhor do que a minha — concluiu o proprietário.

— Por acaso, alguma vez você já viu Atreil?

— Nunca.

— Então como pode ter certeza de que ele não está aqui?

O homenzarrão, de barbas longas, velho e repleto de tatuagens não teve resposta para aquela pergunta. Ofereceu mais uma bebida para o anão, com aquela moeda de ouro compraria mais meia dúzia daquelas garrafas. O servo de Gimedjin recusou. Preferia continuar sua investigação, não queria ser xingado mais uma vez por aquele tolo, já bastava o mestre que o destratava a todo o momento. Deixou a taberna.

O frio e a neve voltaram a castigá-lo. O anão dobrou à direita na primeira esquina, a próxima taberna ficava no outro quarteirão. Dartmor era um covil de ladrões, piratas e prostitutas. A maior cidade portuária do império congregava uma série de facções e organizações criminosas. Seria uma tarefa difícil encontrar o mercenário, não fosse a sorte do anão que, por fim, sobreveio. Talvez, o deus dos anões estivesse compadecido de suas costas que apanhavam de forma incansável quando não completava perfeitamente as tarefas dadas pelo seu senhor. Ele não saberia dizer por que um deus onipotente olharia por ele. O fato é que Atreil apareceu.

A lâmina fria de uma adaga roçou o pescoço do anão. Seu braço direito foi dobrado para trás da cintura deixando-o imobilizado. Apenas escutou uma voz grave:

— Não tente se virar, pequenino — o anão pôde sentir um hálito quente que cheirava a vinho. — Se fizer isso, a ponta do meu brinquedo rasgará a sua garganta como se fosse um pedaço de queijo. Diga, por que procura por Atreil?

O anão ficara admirado com a perícia daquele homem, pois não havia percebido nenhum barulho que indicasse estar sendo seguido e, muito menos, que seria capturado tão facilmente. Naquele momento, não estava em condições de negociar, por isso foi direto e não fez rodeios:

— Vim para contratar Atreil. Tenho uma missão para ele.

O servo de Gimedjin percebeu que a mão que prendia seu braço afrouxara. Mesmo assim, permaneceu sem se mexer. Não queria ser imobilizado de forma tão rude mais uma vez.

— Que tipo de missão? — perguntou o homem.

— Isso somente meu senhor poderá dizer. Estou autorizado apenas a levar Atreil à presença de Gimedjin e adiantar que serão pagas quinhentas peças de ouro pelo serviço.

O homem finalmente soltou o anão. O pequenino acariciou o pescoço para ter certeza de que estava intacto. Olhou para cima e viu um homem de cabelos emaranhados e uma cicatriz do lado direito da face. Vestia uma capa longa de couro que o protegia do frio. Acondicionava uma espada na bainha presa à cintura. A adaga havia sido guardada. O homem disse:

— Leve-me ao seu senhor.

— Estou autorizado a levar Atreil apenas.

— Eu sou Atreil, seu pequeno manco. Vamos logo, pretendo voltar para a taberna ainda nessa madrugada. Duas garotas me esperam. Vamos, vamos!

2. A tarefa de Atreil

Deixando o centro de Dartmor, Atreil e o anão chegaram ao muro que cercava a propriedade de Gimedjin. O portão foi aberto por uma jovem. Pelas vestes simples, Atreil concluiu que se tratava de uma escrava. Ele considerou a possibilidade de sugerir que ela se tornasse sua propriedade em troca da tarefa que seria encarregado. O homem não era um libertador, nem mesmo um herói, tratava-se somente de um ladrão sem escrúpulos. A mulher desviou o olhar de desejo do visitante e olhou fixamente para o chão. Esse ato de desprezo deixou Atreil ao mesmo tempo furioso e com ainda mais vontade de concretizar seus caprichos. Insistiria para que o seu contratante colocasse a mulher no negócio que porventura fossem fechar.

Por um caminho de tijolos vermelhos que cortava um gramado bem aparado, dirigiram-se até a entrada de um sobrado. Havia uma pequena torre construída na ala norte que não se elevava do solo mais do que nove metros de altura. No alto, Atreil percebeu um velhote encarando-os de uma janela aberta. Entraram na edificação. O recinto estava quase imerso na escuridão não fosse pela luz emitida por algumas velas. Era difícil enxergar com nitidez os objetos decorativos da sala. Por um corredor, o mercenário seguiu o anão. Começaram a subir uma escadaria.

Finalmente, os dois depararam-se com o velho que anteriormente os observava da janela. Duas lamparinas iluminavam o local. Nas paredes, estantes arquivavam rolos feitos de papiros. Em uma mesa central, potes de tinta, penas de corvos e mapas estavam bem distribuídos. Tubos de vidro de formatos cilíndricos, ovais e curvos ficavam sobre uma mesa de canto. Os objetos armazenavam líquidos coloridos que exalavam odores diversos. Numa lareira, um desses tubos repousava sobre o fogo que fazia borbulhar uma essência viscosa e vermelha. Em um poleiro, uma coruja de penas marrons e pretas olhava os visitantes dos pés à cabeça.

O anão se curvou em sinal de obediência e apresentou o mercenário ao seu senhor:

— Digno mestre, este que trago a vossa presença é o famoso Atreil. Atreil — o anão se voltou para o visitante — esse é meu senhor, Gimedjin. Agora que já foram apresentados, se me permitem, gostaria de deixá-los à vontade para tratarem dos negócios. Não quero importuná-los.

— Vá descansar, anão. Faça uma refeição farta, você merece.

Dito isso, o servo fez mais um gesto de reverência ao feiticeiro e deixou o aposento.

— Então, você é Atreil? — perguntou Gimedjin enquanto acariciava uma mão contra a outra. — Seus feitos chegam aos ouvidos de muitas pessoas em nosso império. É verdade que você foi capaz de matar mais de vinte piratas em um único combate? E nas suas andanças encontrou a temida serpente de fogo das Montanhas de Lyu, decepando sua cabeça e presenteando-a como um troféu para a rainha Liara? Também encontrou o covil de Balar, o ladrão, e o delatou às autoridades do reinado de Tafae, o justo?

Depois que o feiticeiro parou de fazer perguntas, Atreil as respondeu, uma a uma. No relato que se seguiu, foi possível perceber um tom de presunção:

— Sim, sou Atreil. E posso dizer que suas perguntas refletem apenas parte da verdade. Deixe-me corrigir as narrativas incompletas e equivocadas que contaram a meu respeito. Um herói merece relatos fidedignos de suas incursões. Iniciarei corrigindo a história sobre os piratas. Não matei mais de vinte, como você disse. Eliminei trinta e seis corsários, para ser preciso. Isso ocorreu em um assalto bem-sucedido na calada da noite. Derrubei a bandeira deles e coloquei a minha no lugar. Depois disso, constituí meu próprio grupo de mercenários do mar. Sobre a serpente de fogo, vale dizer que acabei não só com a serpente-mãe, mas também com seus dois filhotes, que mediam sete metros cada. Uma das cabeças eu presenteei para Liara em uma prova de afeto; as outras duas vendi para feiticeiros curiosos. Tafae, a propósito, nunca foi um rei justo, eu me arrependi de entregar Balar tão barato para ele e, ainda assim, não ter sido pago apropriadamente. Por isso, envenenei seu primogênito como castigo.

— Atreil, você possui um currículo invejável. Eu o admiro. Mas será que conseguiria cumprir a missão que tenho para você?

— Até hoje não houve nada que eu não conseguisse realizar. Sou incentivado por aquilo que podem me oferecer. Diga qual a tarefa e qual a oferta que tem para mim.

— Preciso da gema de Gailfenir. É uma pedra de suma importância para concluir minhas pesquisas alquímicas...

— Alquímicas ou de feitiçaria?

— O que isso importa para você, meu caro? — não obtendo resposta continuou. — Pois bem. Não preciso mentir. Diria que me serve às duas artes, tanto a alquímica quanto a de feitiçaria.

— De quem terei de roubar a pedra? — Atreil foi direto, sem medo de ouvir alguma represália do feiticeiro por ter usado a expressão roubar.

— Você não estará roubando — defendeu-se Gimedjin. — Apenas estará recuperando-a para mim. Sou o verdadeiro proprietário dessa peça, eu é que fui roubado por uma aprendiza ingrata, que fugiu com o artefato. Contratei pessoas para que descobrissem o paradeiro da ladra. Era como se tivesse evaporado, sumido das Terras de Lyu. Eis que, depois de muitos anos, finalmente sei onde ela está. A justiça dos deuses me revelou seu esconderijo. Tracei a rota necessária, em um mapa, para indicar o buraco fétido em que a ladra se esconde.

— Por que você mesmo não recupera a pedra? Percebo que nutre um ódio especial pela mulher.

— Não costumo me aventurar fora de Dartmor. Gosto de estar entre meus livros, minhas pesquisas... E, quanto ao ódio, você tem razão. Eu a odeio mais do que tudo.

— Diga, ela pode representar algum tipo de perigo?

— Não tenho ideia do quanto ela se aprimorou nas artes arcanas. A escola seguida por minha pupila consistia em domínio de animais. Pelo tempo de estudo, creio que não tenha desenvolvido maiores habilidades. Por isso, acredito que a lâmina de uma boa espada dará conta de seus possíveis lacaios.

— Com minha espada, sou capaz de eliminar qualquer ser vivo. Deseja que eu traga também a cabeça da ladra?

— Não. Prefiro que me traga seu coração e a gema de Gailfenir em uma caixa.

— Assim será feito, desde que me pague quinhentas moedas de ouro, conforme prometido pelo anão, e me dê sua escrava de presente.

— O quê? Como você se atreve? Entra na minha casa e deseja minha propriedade sem mesmo saber se tenho apreço por ela.

— Estou com pressa em concluir essa conversa, Gimedjin. Tenho mulheres e cálices de vinho me esperando em uma taberna não muito longe daqui. Aceite logo minha oferta. Se demorar, posso desistir de ajudá-lo.

— Está bem. Terá o pagamento e a mulher tão logo me traga o que combinamos. Antes que vá embora, darei um feitiço a seu cavalo para que ele corra mais rápido do que um croax do pântano. Preciso colocar as mãos no meu velho pertence o quanto antes. Veja, este é o desenho da pedra, não vá se enganar, traga o objeto correto.

Gimedjin mostrou um desenho que estava em cima da mesa e o entregou ao mercenário. Depois indicou em um mapa a localização da moradia da sua antiga pupila. Atreil teria de adentrar na Floresta dos Desejos, para muitos, um lugar amaldiçoado. Guardou o mapa em um bolso do interior de seu casaco. O feiticeiro e o mercenário se despediram com um aperto de mãos que selava o contrato verbalizado entre os dois.

3. Cascos de Fogo

Atreil, depois do encontro com Gimedjin, voltou para a taberna. Gastou parte de suas economias em garrafas de vinho e mulheres. No dia seguinte, acordou bem-disposto com o sol indicando meio-dia. Arrumou sua mochila de viagem atrelando-a ao seu corcel de pelos negros. Antes de partir, pegou o pequeno pote de vidro dado pelo feiticeiro. Devia passar o conteúdo, uma espécie de pó, nas narinas do cavalo. A montaria aspirou a droga. Em seguida, o mercenário guardou o pote no bolso. Seguiram viagem rumo à Floresta dos Desejos.

Assim que deixaram a cidade portuária de Dartmor, o produto químico produzido por Gimedjin começou a fazer efeito alterando a capacidade física do cavalo. Pelas narinas, o animal expeliu uma fumaça avermelhada. Seus olhos se inflamaram com uma cor alaranjada e os cascos arderam em brasas. No segundo seguinte, o corcel negro ficou mais veloz do que uma flecha. Atreil quase não conseguia se firmar sobre a sela de tão rápida que sua montaria se tornara. Tudo ao seu redor passava como se fosse um borrão indistinto. Seu coração acelerou. A princípio teve receio, depois ficou apaixonado por aquela sensação de velocidade que nunca experimentara. Deu um grito de satisfação comemorando aquela euforia. Quando voltasse com a encomenda de Gimedjin, faria nova proposta ao contratante. Trocaria a escrava por mais um ou dois potes daquela maravilha alquímica.

A viagem que, se fosse feita por uma montaria em estado natural, levaria em torno de três dias, não durou mais do que algumas horas. Atreil, montado em seu corcel intimidador e com ventas soltando fumaça, chegou à floresta logo ao anoitecer.

O animal demonstrava cansaço, mas nada que pudesse revelar algum tipo de sequela mais grave. Agora Atreil puxava o animal pelas rédeas enquanto se embrenhavam na perigosa Floresta dos Desejos. Gimedjin indicara o ponto exato onde o mercenário encontraria a fortificação em que vivia a ladra da gema de Gailfenir. O mercenário não tinha a mínima ideia da importância dessa pedra e nem mesmo que tipo de poderes poderia armazenar. Para ele isso pouco importava. Gostava de se aventurar e ainda ser pago por esse ofício.

Acendeu um lampião. A lua cheia estava encoberta por nuvens, dificultando a visibilidade. Não nevava, mesmo assim o frio ainda era cortante. Escutou uivos dispersos vindos de não muito longe. Lobos atrasariam sua jornada, mas no momento não precisava se preocupar, somente o cheiro de sangue poderia atraí-los. Começou então a desconfiar que a sorte não estava ao seu lado naquela empreitada. Percebeu que o cavalo começara a respirar com dificuldade. Pelo nariz, escorriam filetes grossos de sangue.

— Maldição! — exclamou Atreil. — Se eu perder meu cavalo, aquele feiticeiro terá de me pagar o dobro.

Os uivos ficavam cada vez mais próximos. O mercenário apressou o passo. Um lobo cinzento interceptou seu caminho. Rosnava demonstrando sua intenção óbvia de atacar o cavalo. Mais seis lobos surgiram cercando-os. A neve acumulada das noites anteriores não era espessa. Ao menos, Atreil não precisaria se preocupar com o risco de ficar atolado em um sepulcro branco ao lutar pela própria vida.

Atreil desembainhou a espada antes que o primeiro dos lobos atacasse. O canídeo pulou na direção da garganta do cavalo, o mercenário conseguiu golpeá-lo desferindo um corte preciso nas costelas rechaçando sua investida. Outro lupino cravou os dentes no lombo do quadrúpede que conseguiu afastá-lo com um eficiente coice. Mais um da alcateia atacou o cavalo. Um quarto lobo tentou morder a canela de Atreil que fincou a ponta da lâmina no crânio do carnívoro. Os lobos restantes avançaram sobre o corcel. Dentes ferozes começaram a rasgar a carne do equino que demonstrava fraqueza.

O mercenário não desistia de salvar sua montaria, o metal frio de sua espada dançava sempre certeiro em seus alvos. Pelos cinzentos e sangue voavam pelo ar. Ganidos de sofrimento e de fúria invadiam a noite. Outros uivos se manifestaram no interior da Floresta dos Desejos, incluindo sons que Atreil não conseguia atribuir a nenhum animal que conhecesse. Entre as árvores, viu pares de olhos vermelhos surgirem na escuridão.

O cavalo já se encontrava no chão, agonizante. O mercenário eliminou todos os lobos ceifando suas vidas com sua espada de dois gumes. Decidiu, sem titubear, afundar sua arma no peito do corcel encontrando o coração. Não havia mais o que fazer pelo animal. Pegou a mochila no dorso da montaria e a colocou nas próprias costas. Em seguida, agarrou o lampião que havia deixado sob a neve antes de iniciar o combate. O melhor a fazer era ir embora o quanto antes. Aquele cheiro de morte atrairia, a partir de agora, não só lobos, mas toda espécie de predadores que habitasse a floresta.

Caminhou cerca de meia hora depois da perda que tivera. Visualizou, enfim, entre as árvores centenárias, uma edificação de três andares. Parecia um pequeno forte. Em torno dele, um muro de pedra. Desligou o lampião, a lua cheia havia surgido entre as nuvens. Melhor assim, pensou, agora poderia enxergar sem a ajuda da chama, podendo se movimentar de maneira furtiva. Antes de invadir o local, ficou observando-o atentamente. Lá de dentro, não escutava um ruído sequer. A floresta parecia dormir, pois não produzia barulho digno de preocupação. Apenas o vento batia nos galhos das árvores. Era hora de continuar sua empreitada. Escondeu sua mochila ao lado de uma árvore e deixou também o lampião por ali.

Seguiu em frente.

O muro de pedras cercava toda a propriedade, a não ser pelo portão de madeira da entrada. Atreil poderia escalar facilmente a parede, que não media mais do que três metros de altura. Faria isso, mas invadiria o terreno pelos fundos. Não teve dificuldades para alcançar o topo. Entre as pedras, ranhuras facilitaram o apoio das mãos e dos pés. Antes de descer, olhou para o terreno. Não gostou do que viu, havia ossos espalhados na neve e um pouco de carne putrefata.

No forte, todas as janelas estavam fechadas, exceto uma do terceiro e último andar. Pôde ver iluminação na sala, talvez a feiticeira estivesse por lá. Mas não tinha como dizer ao certo, pois tudo o que enxergava era o teto do recinto. Decidiu que entraria pelo térreo forçando alguma abertura.

Desceu do muro e caminhou paralelo a ele até chegar ao lado oposto do forte. Por sorte, desse lado, todas as janelas também estavam fechadas e não havia sinal de luz indicando alguém nos aposentos. Cogitou a probabilidade, bastante provável, de a inimiga de Gimedjin viver sozinha naquele lugar. Ao menos, vivia sem a companhia de humanos, como Atreil logo constatou.

De um dos cantos do forte, lugar que o mercenário não havia inspecionado, surgiu uma criatura que vinha correndo em sua direção. Tratava-se de um enorme urso pardo. Bem maior do que outros que Atreil vira nos circos que se apresentavam pelas Terras de Lyu. No pescoço, usava uma coleira de ferro com cravos do mesmo material.

Naquele ritmo, o animal o abocanharia em poucos segundos. Atreil disparou sua adaga mirando a cabeça do bicho, isso teria de servir para desacelerá-lo. No entanto, errou o alvo atingindo uma das pernas. O ataque serviu para diminuir um pouco a velocidade do urso, mas não fora eficiente o bastante para detê-lo de verdade.

Atreil correu ao longo do muro e deu um salto, seus dedos alcançaram o topo e os pés se encaixaram nas saliências das pedras. Ele conseguiu subir antes de ser atingido pelas garras afiadas de seu perseguidor que roçaram contra a parede úmida. O mercenário não tinha misericórdia para com seus inimigos, não importava se fossem animais, homens, velhos, crianças ou mulheres. Rapidamente pegou a espada da bainha e não perdeu a oportunidade que se apresentava. O urso estava à sua mercê, de boca aberta, mostrando os dentes. Atreil sentia aquele bafo tão próximo que, se fosse uma pessoa qualquer, não teria coragem suficiente para o movimento suicida que estava pronto a realizar. Porém, coragem era um de seus poucos atributos admiráveis. Pulou do alto do muro com a espada direcionada para dentro da boca do urso. O metal cravou-se com tal ferocidade e precisão dentro da boca do animal que foi sair do outro lado da garganta, fazendo esguichar sangue aos borbotões.

Atreil atingiu o chão em pé ao lado do urso que agora tombava. O mercenário arrancou a espada da bocarra da fera e a cravou entre as costelas do bicho, buscando atingir algum órgão interno que fosse vital. Na sequência, puxou a espada daquele amontoado de carne, pelo e gordura para limpá-la na neve. Depois guardou a arma na bainha. Não esqueceu de recuperar a adaga cravada na perna do urso. O animal fez menção de se mexer, mas a dor intensa que sentia o impediu. A morte estava muito próxima para ele. Aquele combate não gerara maiores ruídos. Talvez um cão latindo tivesse sido mais eficiente para avisar que um intruso invadira a propriedade.

Pela segunda vez naquela noite, Atreil saía ileso, sem perder uma única gota de sangue. O mercenário se aproximou de uma janela e a forçou com cuidado. Logo conseguiu invadir o forte. Deixou a janela aberta para que a luz da lua iluminasse a área interna. Não havia ninguém por ali. Ao menos, algo que fosse humano.

5. Tentáculos

O mercenário começou a circular pelo forte. A luminosidade produzida pela lua cheia o ajudava a enxergar o contorno dos objetos. Viu móveis de madeira, estátuas, tapeçarias, vasos e os pilares que sustentavam os andares superiores. Mas nada que se assemelhasse à pedra que procurava. Em um dos cantos, enxergou a escadaria que conduzia para o andar de cima. Ao lado, havia uma espécie de poço de formato retangular. Na pedra que formava o estranho tanque, inscrições representavam moluscos.

Atreil se aproximou, talvez fosse algum tipo de aquário com peixes ornamentais. A água do tanque revelou um movimento sutil em seu interior. Não imaginou que algum tipo de perigo mortal estava para acontecer, então foi surpreendido. Um tentáculo, de algum animal marinho, despontou da água turva e o agarrou pelo pescoço arrastando-o. Antes que fosse levado com violência para dentro da água, conseguiu se apoiar na mureta do tanque. Pegou a espada de punho folhado a ouro e fez menção de decepar aquilo que o prendia. Porém, outro tentáculo vindo do aquário imobilizou sua mão direita fazendo com que deixasse cair a arma no piso.

O mercenário se mostrava muito habilidoso com uma espada nas mãos e, também, um bom acrobata. No entanto, força não era o melhor de seus atributos. Por isso, não conseguia se desvencilhar. Mais um tentáculo sobressaiu de seu esconderijo aquoso e se atrelou à perna esquerda da vítima. O mercenário foi puxado para o interior do tanque. Dentro da água, e naquele cubículo, logo morreria afogado. Ainda tinha um braço e uma perna livres. Com a mão esquerda, tentava aliviar o aperto que o apêndice delgado e com ventosas causava em seu pescoço. Com a perna direita, buscava chutar o outro tentáculo que o agarrava. Seus chutes encontraram uma rachadura no tanque. Quando um pedaço de pedra se deslocou de maneira abrupta, o tanque estourou deixando a água escorrer aos borbotões. A criatura que o prendia se chocou contra as pedras soltando Atreil. O aquário se desfez em fragmentos de pedras e espalhou água turva pelo chão do recinto. O ladrão tossiu um pouco de água que havia engolido. Saiu do local onde outrora havia um tanque. Pegou sua espada e procurou por aquilo que o atacara. Próximo à escada, estava uma lula de tamanho agigantado. Sua massa corpórea parecia mole e inconsistente. Sem a água para se movimentar, dava a impressão de ser inofensiva. Ainda movimentava os tentáculos, mas sem a perícia anterior.

Todo molhado, Atreil olhou ao redor e em direção à escadaria. Agora temia que a inimiga de Gimedjin surgisse a qualquer instante. Depois de toda aquela bagunça que fizera, a mulher já deveria ter escutado alguma coisa. E se ela não estivesse no forte? Somente naquele momento, Atreil pensara nessa possibilidade. E quanto às luzes acesas no terceiro andar? Ele não saberia dizer. Mas em breve descobriria. Para isso, precisava continuar sua busca pela casa. Deveria subir a escadaria para atingir o próximo andar.

Antes disso, Atreil tocou o próprio pescoço para verificar se estava inteiro. Concluiu que tinha sofrido no máximo um hematoma. O mercenário se considerava o melhor dos aventureiros vivos sobre as Terras de Lyu e não costumava ser ferido com facilidade. Algum dia sua arrogância custaria caro. Mas não naquele momento em especial. Se afastou da coisa que começava a se arrastar.

Antes de subir para o andar seguinte ainda viu a criatura monstruosa revelar uma boca circular, no centro da cabeça em forma de cuia. Pequeninos dentes serrilhados se chocaram. Uma baba viscosa escorria entre seus lábios hediondos. O molusco dava a impressão de que desejava se alimentar da carne do aventureiro. O monstro tentou agarrá-lo com um de seus tentáculos, mas o apêndice flexível não conseguiu alcançar o tornozelo de Atreil, que subia os primeiros degraus da escada.

O invasor rumou para o andar superior deixando pegadas molhadas por onde pisava.

6. Camaleão

No segundo andar, Atreil sentiu um cheiro sutil. Parecia que incenso estava sendo queimado em algum lugar. Ele não sabia exatamente onde. Viu tapeçarias, estátuas pequenas e médias, móveis, livros nas estantes e potes com nomes de ervas inscritos em seus rótulos. Não encontrou sinal da pedra que fora contratado para achar.

O mercenário, de soslaio, teve a impressão de ver a parede se mover. Talvez estivesse cansado, já havia combatido diversos perigos naquela noite. Mesmo que nenhum deles tivesse gerado maiores consequências à sua saúde, não poderia negar que preferia terminar logo aquela missão. Fixou o olhar na parede para ter certeza de que estava imaginando coisas.

Não se moveu, apenas esperou, até que uma espécie de mancha escurecida se movimentou da parede escorregando para o chão. A pedra escura do piso adquirira vida e rumava com rapidez na direção de Atreil, tentando atingi-lo. O aventureiro não conseguia definir a forma daquilo que o atacava. Aquela sombra parecia refletir a imagem de todas as coisas que existiam naquele recinto.

Conseguiu evitar o ataque com um movimento brusco do braço esquerdo. A coisa disforme assimilou a pancada indo cair ao lado de uma estátua que representava uma mulher seminua. A mancha adquirira duas cores básicas, mesclando-se à brancura da estátua e ao verde-escuro desbotado do fundo da parede. Atreil teve a impressão de ver dois pontos amarelos se revelarem. Pareciam dois olhos de algum tipo de réptil asqueroso.

A surpresa inicial gerou um misto de ansiedade e medo no mercenário. Mas, nesse instante, ter visto um par de olhos lhe dava mais confiança. Tratava-se de um animal, algo vivo que ele poderia eliminar. Lembrou-se das palavras de Gimedjin de que a ladra, sua ex-aprendiza, lidava com o domínio arcano dos animais. Isso significava que sabia manipular e ter a seu serviço toda sorte de criaturas. Não era por acaso que vivia isolada no meio da Floresta dos Desejos, berço de muitas espécies naturais e também de aberrações.

Atreil deixou de se preocupar com o barulho que fazia. Se até o momento a feiticeira não havia surgido para enfrentá-lo, era sinal de que não estava no forte. Desembainhou sua espada e partiu para cima daqueles olhos estranhos. O animal não se acuou e atirou-se contra Atreil na tentativa de acertá-lo com garras invisíveis. O mercenário sabia utilizar a lâmina da espada e mirou o fio metálico entre os dois olhos que o observavam com ódio.

Ouviu-se o estalar de osso rachando. Mais sangue tingiu a espada e, desta vez, a roupa do aventureiro. Porém, nenhuma gota do seu próprio sangue havia sido perdida. Ele contaria mais este feito se gabando de sua ousadia. No chão, logo após o golpe fatal, Atreil viu se revelar uma espécie de lagarto com escamas prateadas. O ladrão chutou o corpo e se pôs a caminhar até a escadaria. Faltava apenas um andar para averiguar.

Enquanto subia as escadas, o cheiro de incenso tornava-se mais forte, muito mais intenso do que no andar debaixo.

7. A FEITICEIRA

No terceiro piso algumas velas ainda iluminavam o ambiente, outras já tinham gasto o pavio. Ao longo das paredes, havia estantes com livros e rolos, além de material próprio para escrita. Em uma mesa redonda de madeira, no centro da sala, pulsava a gema de Gailfenir. A pedra emitia uma luz constante, fraca e azulada. Foi fácil reconhecê-la a partir do desenho feito por Gimedjin.

O mercenário vibrou em silêncio, enfim encontrara o objeto. Ele se aproximou da mesa. No fundo da sala, avistou uma mulher deitada sobre inúmeras almofadas e protegida por peles de animais. A mulher tinha a tez esmaecida, talvez fosse mais branca do que um fantasma. Parecia morta, o peito quase não se movia. Apesar da palidez, era de uma beleza rara. Uma beleza que poucas vezes vira em suas inúmeras andanças.

A mulher devia ser a ladra da qual falara Gimedjin, a proprietária do forte. O feiticeiro não havia dito que o rosto da feiticeira guardava uma beleza incomparável. Isso abalou um pouco os sentidos de Atreil. Seu dever era pegar a pedra e sair logo dali. No entanto, ficou certo tempo idolatrando aquela face de deusa. A hesitação de Atreil poderia custar sua integridade física e mental. Fechou os olhos para não fitar mais a mulher, seu senso de mercenário falou mais alto. Não era dado a paixões momentâneas. Pegou a gema de Gailfenir. Porém, deveria ter analisado um pouco melhor a sua situação. Eliminar de vez a mulher antes de tocar na pedra teria sido a escolha correta. Mas ele não sabia disso.

Quando deslocou a pedra que se encontrava em um suporte de vidro, todas as chamas das velas se extinguiram. Um vento gelado soprou dentro da sala. Antes que pudesse fugir pelo mesmo caminho que entrara, viu a mulher sair do estado de torpor e se levantar. Ela levitou na direção de Atreil como se guardasse em si mesma o poder de mil relâmpagos. A mulher emitia energia por todo o corpo. Iluminava a sala com uma luz branca que quase cegava o mercenário. Nas órbitas oculares da bela, os olhos deram lugar a dois poços escuros.

Ela apontou para o invasor e o xingou por adentrar em sua morada sem ser convidado:

— Ladrão imundo! Como ousa entrar aqui, enquanto vago pelo plano dos espíritos?

Toda aquela beleza se dissipara com a imagem que Atreil via naquele momento. O mercenário era rápido, lançou sua adaga de forma precisa no peito da inimiga. Teria acertado caso aquela coisa não se tratasse do espectro da feiticeira. Quando a arma atingiu a parede do lado oposto em que estava, é que visualizou novamente as almofadas. Sobre os macios objetos, repousava o corpo da mulher.

Não viera preparado para lidar com esse tipo de feitiçaria, Gimedjin havia lhe dado informações incompletas sobre a ex-aprendiza.

A mulher sabia muito mais sobre as artes arcanas do que simplesmente dominar animais. Ela conhecia segredos relacionados ao mundo dos espíritos. Melhor seria fugir. Não tinha nada que pudesse fazer contra aquele tipo de habilidade sórdida, que somente os mais perigosos feiticeiros eram capazes de aprender. Atreil tinha apenas uma chance. Deveria cortar o pescoço e arrancar a cabeça da mulher. Só assim se livraria daquela aparição. Correu na direção da inimiga antes que fosse tarde.

Porém, antes que pudesse realizar seu intento, sentiu o toque gelado do espectro em seu braço. Esse contato praticamente o paralisou. Ainda conseguiu levantar a espada e mirar o corpo desprotegido, mas isso foi tudo. A espada caiu sobre as almofadas. E, depois da arma, foi o próprio Atreil que desabou. O mercenário teve a impressão de que sua mente começara a ser vasculhada, como se outra pessoa procurasse por informações. Sentiu-se invadido. A feiticeira tomara as rédeas de seu corpo.

Em seguida, perdeu a consciência. Mais uma vez não sofreu um corte sequer, nenhuma gota de sangue o abandonara. Porém, nem todos os combates que derramam sangue, proporcionados pelo fio de espadas e adagas, pontas de flechas e lanças, fúria de dentes ou garras, são os mais poderosos. A feitiçaria é sutil e pode derrubar com apenas um toque sobrenatural os seus alvos.

8. POSSUÍDO

Ao ver Atreil, o anão abriu o portão da casa de Gimedjin. O mercenário cabisbaixo carregava nas mãos uma caixa. Estava sem a espada na cintura e, apesar do frio, sem uma capa grossa para se abrigar. O servo de Gimedjin disse:

— Vejo que nem mesmo o frio pode contra você. Meu senhor ficará contente em revê-lo. Sinal de que a tarefa proposta foi cumprida.

Diante do silêncio de Atreil, o anão ficou sem graça e limitou-se a conduzi-lo até a presença de Gimedjin. Era visível o estado lamentável do mercenário. Percebia-se que não tomava banho há vários dias devido ao mau cheiro que exalava. Caminhava devagar e cultivava olheiras arroxeadas, completando seu visual de abatimento. Os dois rumaram até a sala do feiticeiro. Quando entraram no aposento, encontraram Gimedjin sentado em uma poltrona de madeira bebendo um cálice de rum importado de um arquipélago situado ao sul do Mar da Tormenta. Ao seu lado, em cima de uma mesa, um baú de tamanho médio com a tampa aberta revelava moedas de ouro cunhadas com o rosto do imperador.

— Eis que Atreil retorna, meu caro senhor.

— Não sou cego, imbecil. Deixe-nos a sós – Gimedjin jogou o cálice na direção do anão. O vidro se espatifou na parede.

Gimedjin não parecia nem um pouco empolgado com a chegada de Atreil. O anão achava que o feiticeiro ficaria entusiasmado quando o mercenário voltasse trazendo notícias de que cumprira a tarefa. Tarefa que o anão nem mesmo supunha qual era, no entanto, podia imaginar que se tratava de algo importante. Antes que o feiticeiro ficasse mais irritado com sua presença insignificante, deixou os dois a sós, sem dizer palavra alguma.

— Então, vejo que você conseguiu realizar a missão. Quero ver a pedra e o coração daquela ingrata antes de pagar sua recompensa.

Atreil estendeu os braços apresentando a caixa. Gimedjin se levantou e agarrou o objeto de madeira. Abriu a tampa. Foi surpreendido pelo guizo de um réptil peçonhento. Não houve tempo para escapar. Os pequeninos dentes afiados cravaram-se na mão do feiticeiro. O veneno injetado na corrente sanguínea logo enrijeceu o braço da vítima.

Gimedjin deixou a caixa cair. A serpente se arrastou com rapidez pelo chão indo se esconder entre pergaminhos em um canto da sala. A coruja, ave de estimação do feiticeiro que estava postada em seu poleiro, voou na direção do réptil e o capturou com um bote preciso na cabeça triangular. Gimedjin apertava a mão ferida com a esquerda, a fim de estancar a dor. Não dispunha de antídoto para aquele veneno, não sabia que tipo de cobra era aquela, nunca havia visto uma daquela espécie.

— Traidor — resmungou Gimedjin. — O que foi que ela prometeu para você? Ela vendeu o próprio corpo, foi isso? Nenhuma mulher era mais bela do que ela. Nenhuma se comparava àquela beleza. Tenho certeza de que ela lhe prometeu inúmeros prazeres.

— Você continua um tolo. Não mudou em nada desde a última vez que nos falamos — Atreil disse com uma voz rouca, de nuances femininas.

O semblante de Gimedjin se alterou, algo o animou para que

continuasse aquela conversa:

— Ingrata. É você. Sabia que Atreil não poderia derrotá-la facilmente. Eu tinha certeza de que viria até aqui se eu a provocasse. No entanto, por um momento, pensei que ele tivesse arrancado seu coração e me trazido na caixa. Quase derramei lágrimas por você quando vi o mercenário chegar. Sabe que nunca quis sua morte. Sempre desejei que você estivesse aqui comigo. Do meu lado, sempre do meu lado.

— Claro, do seu lado sendo uma eterna escrava dos seus caprichos. Não nasci para servir ninguém. Você me comprou ainda jovem. Me usou da maneira que quis. Odeio você. E tenho nojo de me lembrar dos beijos imundos que recebi de sua língua torpe e dos lábios secos. Você me enoja. Decidi acabar de uma vez por todas com esse mal. O veneno que corre em suas veias logo chegará ao coração, nada poderá evitar que isso aconteça, nem mesmo, se você arrancar o próprio braço com um machado.

Gimedjin caiu de joelhos no chão sentindo o corpo enrijecer.

— Aprendi a transitar entre o mundo dos vivos e o dos mortos. Creio que você ainda não soubesse disso. Decifrei os segredos da pedra de Gailfenir e, com isso, o plano dos espíritos abriu as portas para mim.

O feiticeiro não conseguia dizer mais nada, perdera totalmente a fala em razão da ação do veneno. Porém, seu cérebro ainda entendia as palavras vindas das cordas vocais de Atreil. Aquela voz feminina continuou a se manifestar:

— Esse será apenas o início de seu sofrimento. Eu algemarei seu espírito em um poço de fogo para que sua alma seja atormentada por muito tempo.

O feiticeiro desabou. Primeiro ficou inconsciente, depois o coração parou de funcionar.

— Não preciso mais de você, Atreil — disse a feiticeira.

O mercenário também caiu ao chão, prostrado. Tremia, sentia o frio daquela noite de inverno fazer seus dentes baterem uns contra os outros. Não sabia o que estava acontecendo, não se lembrava de ter vindo em uma caravana de comerciantes desde a Floresta dos Desejos até a cidade de Dartmor. Não comera, bebera, nem mesmo descansara, pois algo possuíra seu corpo e sua mente. O mercenário havia sido um joguete, primeiro passara pelas mãos de Gimedjin, depois pela vingança da feiticeira.

O anão, estranhando a demora para a saída de Atreil, resolveu bater à porta do aposento de trabalho de Gimedjin. Insistiu, até que decidiu entrar. Viu dois corpos caídos ao chão. O feiticeiro estava rígido como se fosse pedra. O mercenário parecia inconsciente e tremia, aparentemente, de frio.

Colocou a mão sobre a jugular do antigo senhor e teve certeza de que falecera. Viu dois furos pequeninos na mão de Gimedjin e a coloração arroxeada ao longo de todo o braço, fato que constatou ao arregaçar a manga do casaco do sujeito. Não havia o que pudesse ser feito. Em seu íntimo vibrou, finalmente alguém tivera coragem de acabar com aquele homem cruel. Viu no pé do poleiro da coruja uma serpente sem cabeça. Deduziu o óbvio, Gimedjin fora mordido pelo animal peçonhento.

Dirigiu-se até Atreil. Sem dúvida, ele estava vivo, pois podia perceber a respiração e uma leve tremedeira em todo o corpo. Sacudiu o mercenário. Agora ele estava com a cabeleira repleta de fios brancos. Não soube dizer o que acontecera com Atreil, pois, quando chegara à propriedade, seus cabelos ainda preservavam o tom amarelado. Voltou a sacudi-lo pelo ombro, tentando acordá-lo. Não conseguiu tirar o aventureiro daquele estado de possível hipotermia.

Chamou por Zuleima, a escrava de Gimedjin. A mulher levou um susto ao ingressar na sala e ver o feiticeiro caído. O anão disse, antes que ela perguntasse qualquer coisa:

— O feiticeiro está morto.

— E o mercenário?

— Vivo. Mas creio que esteja passando por um momento crítico.

— Vamos embora. É nossa chance de fugir.

— Claro que vamos embora. Seremos livres! Não perderia isso por nada, mesmo que comecem a nos procurar por assassinato.

— Em Dartmor, os assassinatos são esquecidos rapidamente, Binaied.

— Sei. Mas não é com isso que estou preocupado. Gostaria de dormir com a consciência tranquila. Atreil nos livrou de Gimedjin, precisamos tirá-lo daqui. Do contrário, ele morrerá.

— Sejamos rápidos, então. Por ter nos livrado de Gimedjin, ele merece viver. Vamos levar Atreil para a carruagem. Fugiremos no transporte do feiticeiro.

— Devemos preparar os cavalos. Veja, o baú com o pagamento de Atreil está na mesa. Isso será nosso. Podemos procurar mais, certamente Gimedjin esconde outras riquezas.

— Não, Binaied. Procurar mais moedas ou joias levará tempo e, além do mais, eu não teria coragem de fazer isso. Gimedjin deve ter deixado armadilhas junto de tudo aquilo que é de valor.

— Você tem razão. O que está no baú deve ser o suficiente e nos ajudará durante um longo tempo, basta investirmos nas coisas certas.

— Que os deuses nos guiem sempre, meu amigo.

Poucas horas depois, Zuleima e Binaied deixaram a casa de Gimedjin. Na carruagem, levavam consigo mantimentos e quinhentas peças de ouro para sustentar sua nova condição de sujeitos livres.

O grande e renomado Atreil foi deixado em uma casa de recuperação à beira da estrada que levava até a maravilhosa cidade de Carmal. Naquela empreitada, sem saber e nem mesmo ter a intenção o mercenário fizera a felicidade de dois indivíduos. Ele sobreviveu à invasão demoníaca da feiticeira em sua mente. Porém, em razão da possessão, não lembrava coisa alguma daquela história. Suas lembranças haviam sido apagadas desde o momento em que pisara na cidade portuária de Dartmor durante aquele inverno.

Publicado pela primeira vez em *Sagas vol. 1: Espada e magia.*
Porto Alegre: Argonautas Editora, 2010, p. 115-140.

OS DRAGÕES DAS TERRAS DE LYU

ANSALON, O FEITICEIRO, ACENDEU A LAREIRA. Antes que pudesse se acomodar sobre confortáveis almofadas, alguém bateu na porta do seu sobrado de pedra. Certamente não se tratava de uma caravana ou de uma carruagem transportando diversos viajantes. Esses tipos costumavam ser barulhentos. Porém, era incomum que alguma pessoa sozinha, em sã consciência, se aventurasse durante uma noite fria de inverno transitando pela Floresta dos Desejos, a não ser que fosse conhecedor de magias de proteção ou um guerreiro bem treinado nas artes do combate.

Dirigiu-se à janela e afastou a cortina escura. Viu um homem vestido com roupas nobres. Segurava pelas rédeas um cavalo. No lombo, o animal transportava uma bolsa e um saco de dormir enrolado.

O feiticeiro colocou um manto sobre os ombros para proteger-se do frio que tomaria o ambiente quando abrisse a porta. E, também, pegou um cajado encostado na parede. Aquela arma lhe dava plena segurança de receber qualquer tipo de visita.

— Quem é? — uma menininha o puxou pela manga para chamar sua atenção.

— Veremos.

Os gonzos de ferro chiaram quando a porta de madeira pesada foi aberta.

— O que deseja? — perguntou Ansalon.

— Desculpe incomodá-lo, caro senhor. Viajei desde as Montanhas do Leste para visitar o Templo das Divindades, no Porto de Dartmor, que fica ao sul das Terras de Lyu. Sou um peregrino. Infelizmente minha comida acabou faz quase dois dias. Não tenho tido sorte ao caçar nessa floresta ao longo da estrada. Parece que todos os animais fogem de minha presença — o homem sorriu demonstrando simpatia. — Você poderia me ajudar?

— Primeiro vamos dar comida e água para seu cavalo, me acompanhe. E você, Hylana, fique se aquecendo junto à lareira — Ansalon manteve o semblante sério.

Dito isso, o feiticeiro levou o peregrino até o estábulo. Lá descansava uma estranha criatura. Tratava-se de um croax do pântano, uma montaria provida de duas pernas, tronco esguio, cauda comprida com espinhos afiados na ponta e um longo pescoço que sustentava uma cabeça de anfíbio.

O viajante nunca vira um daqueles, ficou impressionado e elogiou a beleza do animal. Ansalon solicitou que ele fosse sincero dali em diante, pois o croax não nascera para ser belo. Sua feiura era compensada por ser o animal terrestre mais rápido daquelas paragens e, ainda, capaz de transportar um indivíduo mesmo imerso pelas águas de um rio caudaloso.

Deixaram o cavalo se alimentando no estábulo e retornaram ao sobrado. O feiticeiro ofereceu carne assada e vinho ao peregrino, para que pudesse se recompor do cansaço da viagem. Enquanto isso, os dois conversaram. Ansalon se apresentou dizendo um de seus últimos nomes, o original ele revelava apenas para amigos. Para estimular o diálogo, fazia perguntas inocentes, sem grandes especulações sobre o visitante.

O peregrino parecia contente com a recepção, o alimento e, principalmente, a bebida que o deixava cada vez mais falante. Disse, que tão logo conhecesse o Templo das Divindades iria se ajoelhar diante de Lyu, estando apto para obter o título de cavaleiro. Já fora doutrinado na arte do uso da espada, do combate montado utilizando lanças e escudos. Porém, isso não era suficiente. Nos territórios do leste, antes de se alcançar o título nobiliárquico, fazia-se necessário seguir a tradição. Precisava realizar uma viagem solitária até a presença da imagem de Lyu, a maior e mais bem esculpida escultura do dragão dos dragões, o primeiro na ordem, o pai de todos.

Ansalon sabia dessa tradição e de muitas outras. Conhecia, mais do que qualquer um, os relatos orais e escritos pertencentes àquela terra. Havia viajado por todos os pontos cardeais do mundo civilizado. O feiticeiro era antigo, amante da história e da leitura. Gostava de falar sobre o mito de origem e do primeiro dragão. Solicitou que Hylana se aproximasse. A menina estava diante da lareira brincando com uma boneca de palha. Ela se sentou em uma cadeira ao lado do velho. Ansalon possuía longas barbas e cabeleiras brancas. Sua voz, a partir daquele momento, soou com uma cadência suave que somente os sábios e experientes eram capazes de produzir:

— Lyu foi o primeiro dos dragões, como todos nós sabemos. Nasceu da erupção do Pico de Lyu, nas Montanhas Altas. O próprio pico, na verdade um vulcão, tem o nome dele. As cinzas decorrentes da erupção primordial lançaram, sobre o solo, nutrientes essenciais para a multiplicação da vida. Foram necessários alguns milhares de anos para que formas de vida inteligente se desenvolvessem. Entre essas primeiras criaturas estavam os dragões. Muito tempo depois, surgiram os gigantes, os ciclopes, os gobilinis, os yōseis, os dowāfus, os humanos e as outras espécies.

— Você já viu um yōsei? — Hylana empolgada perguntou ao peregrino, interrompendo a narração do feiticeiro.

Ansalon passou a mão enrugada sobre a cabeça da menina e respondeu pelo visitante:

— Certamente ele já viu, Hylana. Yōseis são comuns por todas as Terras de Lyu. Você encontrará vários deles quando for para o Mosteiro dos Monges Espadachins. Tenha paciência e, agora, escute minha história, está bem?

A criança sorriu ao saber que teria contato direto com aquele povo. Até aquele momento, havia visto somente um yōsei. No mais, sabia de sua existência pelos relatos de sua mãe. Ao mesmo tempo em que ficara feliz, logo um sentimento de tristeza abateu-se sobre ela. Lembrou-se da mãe. A mulher falecera em um incêndio. Resolveu ficar calada, escutando a voz sedosa do feiticeiro. Isso a confortava.

— Lyu viveu milhares de anos, não se tem conhecimento de ter existido um dragão tão longevo. Dizem que teve a oportunidade de assistir ao nascimento das primeiras espécies inteligentes e seu apreço pelas novas criaturas o incentivou a ensinar-lhes a fala. Não é por acaso que o dragão é chamado pai de todos. Quando Lyu partiu para o reino das esferas superiores, seus filhos herdaram seus domínios. Algumas gerações depois, após a morte do pai, aconteceu a Guerra Prismática que envolveu facções de dragões com interesses opostos. Dragões amarelos, laranjas e vermelhos lutaram contra dragões verdes, azuis, anis e violetas. As outras espécies se aliavam ora com um grupo, ora com outro. No início, os dragões guerrearam entre si, inflamando os céus e as Terras de Lyu. Com o passar do tempo e o aumento progressivo das mortes desses indivíduos, outras espécies começaram a ser aliciadas para participar ativamente do conflito. Nesse instante, as criaturas escamosas se tornaram titereiros de humanos, yōseis, dowāfus, gobilinis e todos os habitantes de suas terras. As primeiras ordens de cavaleiros surgiram nesse contexto bélico. Começaram montando em cavalos, depois, em lobos atrozes, elefantes, e em qualquer animal que pudesse servir para o combate armado. Aos poucos, dragões começaram a permitir que os pequeninos – assim eles nos chamam – pudessem subir em seus lombos para ajudar no embate com seus semelhantes. O que os escamosos não sabiam é que as espécies que consideravam inferiores poderiam um dia ser capazes de controlá-los por meio da magia. Os dragões, a partir de então, perderam grande parte de seu poder. Hoje não passam de lendas. De qualquer modo, acredito que, mesmo em nosso tempo, ainda vivam escondidos, esperando uma maneira de nos superar e retomar a supremacia perdida.

— Dragões são coisas do passado. E, além disso, vivemos tempos de paz, senhor. É provável que eu nunca tenha de trespassar alguém com a ponta da minha arma. Estarei apenas protegendo os indefesos.

— Com certeza você protegerá reis, rainhas, nobres e clérigos. Espero que sobre um pouco de proteção para os pobres e os desamparados.

— Parece que o senhor não aprecia muito a ordem dos cavaleiros. Talvez eu não seja bem-vindo — o peregrino fez menção de se levantar.

— Não se impressione com o que um velho diz, meu amigo. Tenho a língua solta, às vezes não contenho as palavras. Apenas quero que saiba que a espada e a lança não foram feitas para cultivar causas nobres. São consequências do egoísmo e da fúria proporcionada por grande parte dos dragões das Terras de Lyu.

Ansalon, sem pressa, ajeitando o manto, levantou-se e disse:

— Tenho de levar Hylana para dormir, se me permite. Volto logo e podemos continuar conversando sobre assuntos que não causem mágoa. Também gosto de conversar sobre tabernas e música.

O feiticeiro pegou a menina no colo e pediu para que ela se despedisse do visitante. Hylana abanou o ar com a mão miúda. Quando o feiticeiro regressou, o peregrino havia partido deixando um saco de moedas sobre a mesa como pagamento pela sua hospitalidade.

Publicado pela primeira vez em *No Mundo dos Cavaleiros e Dragões. São Paulo: Editora All Print, 2010, p. 16-20.*

DAMA DO ESCURO

O CANSAÇO TOMAVA CONTA DE SEU CORPO. Mesmo assim ele enfrentava o caminho, como se cada passo fosse o mais importante. Viajava havia vários dias com um objetivo. Cumpriria sua tarefa quando fosse a hora exata, sem pestanejar, sem dúvida alguma do que tinha de fazer.

O suor escorria pelo seu rosto de feitio triangular. Os olhos ardiam quando alguma gota deslizava sobre eles. Bebeu um gole de água de um recipiente. Não parou um instante para descansar. Precisava chegar logo, antes que a conjunção das estrelas se realizasse.

Com seus calçados de couro, pisava decidido sobre a relva. A floresta em seu entorno era densa. Samambaias circundavam sequoias gigantescas e milenares. O tronco avermelhado e de espessura larga das árvores contrastava com o musgo verde-escuro que crescia em sua casca. Insetos zumbiam ao movimentar suas asas. Cigarras do tamanho de mãos humanas voavam em torno de flores coloridas. Muitas delas, verdadeiras armadilhas, carnívoras. Abelhas colhiam néctar para produzir o mel, o alimento mais doce já provado por Malérius, sua última refeição desde o início da manhã. A carne de sua caçada anterior, um rato do brejo, acabara na noite passada. Logo estaria com fome. Mas o que era esse pequeno sofrimento diante da maravilha que estava para realizar?

Malérius vestia uma capa, calças de couro e uma camiseta de algodão. A roupa escura em seu conjunto não alimentava dúvida quanto ao seu estilo soturno. Em um cinto, carregava dois pequenos tambores e uma adaga. Às costas, transportava um saco de couro aberto de onde despontava um rolo de pergaminho. Na mão esquerda, empunhava uma caixa rústica de madeira. Em toda sua extensão, era possível ver símbolos astrológicos. Os dezesseis signos entrelaçados. Vida e morte num ciclo interminável diria qualquer sacerdote graduado.

Em uma clareira, Malérius finalmente pôde olhar além da floresta. Vislumbrou, acima e adiante, boquiaberto, a magnitude do Castelo de Mármore Branco. A luz solar banhava suas paredes retangulares e seus três pináculos. Agora faltava pouco. A edificação dos antepassados permanecia em perfeito estado e não era uma fantasia criada pelas mentes férteis dos anciões. Real e tangível a obra arquitetônica esperava por ele.

Seus estudos e sua dedicação pelo oculto seriam retribuídos? As traições que cometera valeriam o esforço? A consciência pesada um dia poderia se tornar um pouco mais leve? Malérius certamente estava convencido de que sim. Bastava completar seu propósito. Do contrário, não teria arriscado tanto. Seu egoísmo superava qualquer outro sentimento.

Na base da edificação, quando se aproximou, percebeu que ervas e cipós a dominavam. Uma pesada porta de madeira parecia selada. Malérius a empurrou sem sucesso. Força não era um de seus melhores atributos. Por isso mesmo, impossível de transpô-la.

Olhou para cima ao escutar os sons das águias que voavam mais alto nos céus. As orelhas levemente pontudas tinham uma ótima audição. Não escutou sons vindos do castelo. Tinha a impressão de que o lugar estava desabitado. Decerto, vazio, um verdadeiro túmulo. Não havia nenhuma janela baixa para que pudesse entrar. Isso o preocupava. Pois, precisava de algum tempo para completar a tarefa. Se perdesse o alinhamento correto dos astros, tudo estaria acabado. Demoraria mais uma geração até que pudesse realizar seus intentos. Talvez, não vivesse para tanto.

Por sorte, Malérius, ao investigar as paredes de blocos desgastados, quando afastou cipós e folhagens, percebeu um buraco estreito na estrutura. Seu corpo magricelo permitiu sua passagem sem nenhuma dificuldade.

Do saco que carregava às costas, pegou um lampião e o acendeu com a pederneira. Ainda havia um pouco de óleo para queimar. A chama iluminou um recinto amplo coberto de vegetação. Alguns morcegos acordaram de seu sono e voaram contra a luz dando um susto em Malérius que se limitou a se esquivar dos mamíferos voadores. As criaturas, depois disso, deram meia-volta e voaram na direção de uma única abertura em forma de arco. Essa abertura levava para um recinto contíguo.

Sob um manto verde que se acumulava no local, Malérius percebeu mobiliários feitos de diversos materiais. Alguns de madeira, outros de metal, uns adornados com pedras preciosas, outros dotados de curvas esculpidas por artesãos experientes. No chão, em alguns pontos ainda descobertos de musgos, folhas e cipós, destacava-se um piso quadriculado que outrora devia ter sido branco.

Malérius se dirigiu até o arco por onde fugiram os morcegos. Passou de um recinto para outro. Encontrou o que procurava: uma escadaria. Seu objetivo se encontrava no alto da torre principal. Era para lá que deveria se dirigir. Por isso, não perdeu tempo em seguir por outras passagens ou portas. Investigaria mais tarde, se fosse possível, a história de todo aquele lugar abandonado.

Subiu as escadas com cuidado, mas com ritmo compassado e decidido. Alguns degraus estavam rachados. Pisou em uma pedra solta num deles. Nesse momento, perdeu o equilíbrio e deixou cair o lampião. A luminária rolou escadaria abaixo ficando inutilizada. Malérius praguejou seu signo de sorte:

— Azar de dragão! — fazia tempo que não escutava a própria voz, desde o incidente que o movera até lá. Preferia não se lembrar de como tudo acontecera tão rápido. Limpou a mente de qualquer lembrança pensando no ato que deveria realizar. Não restavam mais alternativas, somente uma ação para redimi-lo e confortá-lo. Assim acreditava.

Continuou sua subida apoiando-se na parede. Pouco depois, percebeu que a luz do sol se infiltrava do alto vinda de algum lugar. Ao ascender mais alguns passos, deparou-se com uma janela de formato oval. Estava direcionada para o leste. Podia ver a floresta até o limite em que se encontrava com a areia da praia e o oceano de tom esverdeado. Sua subida tornou-se facilitada pela luz que agora transbordava de outras janelas.

Pela abertura oval, ao norte, viu mais florestas, terrenos elevados e as outras duas torres anexadas à primeira por construções baixas. A oeste, podia enxergar uma cadeia montanhosa repleta de picos nevados. E, ao sul, depois da floresta, a região de onde tinha vindo. Um lugar de planícies e campos férteis. Estava na torre principal, isso era o que desejara desde o início. Subiu mais alguns minutos aquela escadaria em espiral até que chegou ao topo deparando-se com um salão.

No salão, havia janelas por todas as direções. Não existiam mais vidros nas aberturas retangulares. O teto desabara parcialmente. A falta de proteção permitia a entrada do vento que soprava forte lá em cima. Sentiu frio. O lugar estava desabitado, assim como o restante da torre. Bem no centro do recinto, visualizou uma construção de pedra, de formato retangular. Pedras brancas o compunham e se elevava mais ou menos um metro do chão. Cipós e heras o enfeitavam, assim como todo o interior do lugar.

Malérius se aproximou daquele altar rústico. O sol logo descansaria atrás das montanhas. Depositou sobre as pedras claras a caixa de madeira. Alisou a tampa, em seguida, abriu o encaixe. Pegou do interior um coração de aspecto seco e murcho. Colocou-o sobre a pedra fria. Daria início ao ritual. Afastou-se indo se acomodar a poucos metros de distância do altar. Sentado com as pernas cruzadas, desatou os dois pequenos tambores que levava junto ao cinto. Acomodou-os sobre as pernas. Depois, da sacola que trazia consigo, pegou um antigo pergaminho. Abriu o rolo e o deitou no chão.

Com a cobertura do teto desprotegida, Malérius fitava o céu aguardando a hora exata. Quando a lua se colocou no ponto mais alto do firmamento, em conjunção com as estrelas dos dezesseis signos, o hictu começou a batucar suas percussões e a cantarolar a melodia mágica do pergaminho de Eferyon. Só um magistrado saberia as palavras que ele falou ou reconheceria os nomes dos demônios que invocava.

O sol já se escondera como se pudesse prever a chegada de uma densa escuridão. Brotaram das rachaduras da torre filetes de sombras, que logo se agigantaram transformando-se em mantos trevosos. Não era imaginação de Malérius, seus ouvidos aguçados escutaram risadas sarcásticas. Seus olhos se defrontaram contra outros olhos no interior da escuridão. Sua espinha eriçou-se arrepiada. Mesmo assim, estava resoluto. Venceu o medo e manteve a concentração na batucada e na canção lúgubre.

Percebeu que as sombras convergiram para o altar. Penetraram na coisa seca que começou a pulsar. Malérius, em transe, aumentou o ritmo dos tambores. Numa velocidade assombrosa, o coração seco se transformava. A partir dele, começaram a surgir artérias como se fossem vermes em movimento. Depois se recompuseram os vasos sanguíneos em seu entorno. Em seguida, cresceram outros órgãos internos como os pulmões, os rins, a bexiga e o fígado. Os ossos se formaram de uma poeira negra. Logo um esqueleto, composto de todas as suas partes, crânio, costelas, fêmures, aparecia diante dos olhos do feiticeiro. Os músculos brotavam ao longo da estrutura óssea. O corpo, enfim, foi revestido por uma pele escurecida e murcha.

A cabeça, ainda com poucos cabelos sobre o crânio, mexeu-se na direção dos tambores de Malérius. Abriu as pálpebras e o encarou. O hictu congelou. Seus nervos que até então pareciam de aço tremeram. Ele parou de tocar. No mesmo instante, o renascer tenebroso cessou. O crescimento não se realizara por completo.

A coisa virou a cabeça, agora fitava as estrelas. Levantou o tronco sem precisar apoio dos braços. Encarava Malérius como se tentasse lembrar de onde o conhecia. Os seios nus e secos foram envolvidos pelos cipós que ganharam vida. Pareciam manipulados por mãos invisíveis. Folhas desbotadas e heras vestiram aquela criatura de pesadelo. Ela levantou do altar como se pudesse levitar feito um fantasma. Imponente, pisou a pedra fria da torre. Tinha aspecto de um cadáver falecido há muito tempo.

— Levante-se! — ela ordenou.

Por alguns segundos, Malérius permaneceu estático. Enfim, fez como ela mandou.

— Consigo me lembrar de você, criatura desprezível! — disse a coisa.

— Não sei o que deu errado. Perdoe-me! Você era tão bela! Por que a beleza não a acompanhou?

— Não existe beleza no caminho que se faz para retornar da morte.

— Queria que você fosse minha para sempre. Nós dois juntos pela eternidade.

— E mudou de ideia depois de ver o que me tornei? — fitava as próprias mãos. Mesmo sem um espelho, podia imaginar a coisa que se transformara. — Depois de tudo o que você fez, pensei que não me abandonaria.

— Não. Nunca abandonarei você. Deve haver uma maneira de restituir o que foi perdido. Trazer sua beleza de volta!

— Cale-se! — exigiu.

A coisa olhava em volta como se estivesse escutando algo que Malérius não era capaz de ouvir.

— Vozes sussurraram em meus ouvidos. Acabam de me dar uma solução para esse problema.

— Que solução? Foram os demônios escondidos nas sombras que disseram? Não escutei nada. Diga-me, farei o que quiser. Faço tudo por você!

— Aproxime-se! — ela estendeu os braços para o hictu.

Malérius, mesmo com desconfiança, um certo asco da criatura que um dia amara e por ela cometera crimes, foi em sua direção. Sentiu o fedor da morte quando se aproximou.

— Beije-me e demonstre o seu amor.

Por um segundo ele hesitou. O feiticeiro fechou os olhos tentando lembrar-se da mulher que cobiçara todos os anos de sua juventude. Beijou-a sentindo a língua de uma verdadeira serpente envolvê-lo num torpor venenoso.

Depois do beijo, que durara não mais que um minuto, a coisa soltou o corpo seco e sem vida de Malérius no chão. Absorvera toda a energia vital do hictu. A beleza que outrora a fizera desejada retornara como as vozes em sussurro haviam dito. De hoje em diante, aquelas vozes seriam como deuses para ela. Deuses em que confiaria cegamente. Ela já não era mais a mesma. Todos os bons sentimentos que um dia nutrira, em uma outra vida, apagaram-se, fecharam-se num porão escuro da sua mente deturpada. Aquela mulher era algo novo, única, indiferente e egoísta.

Caminhou até uma das janelas da torre. Os cabelos compridos esvoaçaram ao vento. As curvas do corpo podiam ser comparadas as das deusas mais belas. Porém, o olhar profundo como as trevas denunciava que tipo de alma habitava aquele corpo. As orelhas pontiagudas não deixavam dúvida de que se tratava de uma representante da espécie dos ambiciosos hictus. Por sinal, a mais magnífica entre os seus e também a única que destilava veneno, escuridão e morte pelos poros.

A energia pulsava tão intensa que, depois do retorno à vida, ao tocar na beirada da janela, a torre inteira ficou escura. Tudo ao seu toque degenerava. Até mesmo a vegetação se alterou tornando-se doentia, maculada e modorrenta. A partir daquele dia, ela começou a arquitetar seu reinado de horror pelas terras que logo seriam conhecidas como Territórios Sombrios, os domínios da Dama do Escuro.

DESFILE

CERTA CIDADE DO INTERIOR, AFASTADA DA CAPITAL, QUANDO RECEBIA UMA NOVA ATRAÇÃO ENTRAVA EM FRENESI. Todos que souberam da chegada do circo disseram que não perderiam a noite de espetáculo da sexta-feira.

O Circo dos Horrores promovera, na noite anterior ao evento, um desfile na avenida principal da cidadezinha. Carruagens luxuosas, e ao mesmo tempo antiquadas, passaram diante da prefeitura, da farmácia, do mercado, da praça central, de algumas casas particulares e da igrejinha.

Se houvesse algum historiador por ali, reivindicaria aquelas relíquias; carruagens tão antigas deveriam estar protegidas da ação do tempo em um museu. Eram feitas de madeira nobre, algumas escuras, outras mais claras, brilhavam de tão lustradas. No alto dos veículos, a madeira era trabalhada em curvas ao melhor estilo de obras do rococó francês. As portas ornadas com desenhos lembravam inscrições místicas.

Os animais que puxavam tais carruagens haviam saído diretamente dos livros infantis e de terror. Alguns cidadãos ficaram com medo ao ver as aberrações daquele desfile incomum. Fecharam as janelas de suas casas para evitar o espanto. Porém, aquela visão breve e infame fora o suficiente para gerar pesadelos que iriam persegui-los durante o restante de suas vidas. Era possível contar esses assustadiços nos dedos de uma única mão. Entre esses, a carola mais famosa da igreja, o velho proprietário do armazém e sua filha, que não perdeu a oportunidade de xingar o seu cãozinho de estimação – Feioso – por estar correndo entre aqueles arruaceiros. Assim que conseguiu pegá-lo, fechou o sobrado da família. Um dos poucos médicos da cidade, especialista em traumatologia, também não gostava de festejos e se isolou deixando de partilhar daquele momento de euforia. Para finalizar esse grupo mal-humorado, como diria no dia seguinte um garotinho, o novo vigário, responsável pela manutenção da fé no lugarejo, bateu à porta da própria casa, ao lado da igreja, na esperança de que o ouvissem. Queria deixar bem claro que não concordava com a invasão daquelas monstruosidades em sua paróquia.

— Bando de pagãos — berrou. Teria muito trabalho com aqueles ignorantes, concluía o homem de Deus. A balbúrdia era tamanha que foi impossível alguém dar atenção para o que dizia.

Com a rua principal e a praça cheias, os cidadãos batiam palmas ou simplesmente riam incrédulos da quantidade de seres fantásticos que desfilavam diante deles. Alguns apontavam para a procissão e comentavam o quanto tais fantasias eram ridículas. As máscaras, então, de uma insensatez absurda. As crianças queriam tocar as roupas, sentir o material com que foram produzidas, ao menos aquelas que não lhes causavam tanto terror. Mas eram afastadas, quando se aproximavam, por anões quadrigêmeos. Todos eram vesgos e repletos de verrugas no rosto e nas mãos disformes.

Duas criaturas semelhantes a homens, altos e fortes, despidos e desprovidos de sexo, empunhavam uma faixa branca com letras vermelhas e garrafais: LE MONDE BIZARRE de MONSIEUR SERGE TISSOT. Seus corpos eram toscos, de formas retangulares, alguém arriscava dizer que eram feitos de argila. Caminhavam tão concentrados em sua tarefa que pareciam estar alheios ao restante do desfile. Agiam como robôs. Logo após os guerreiros de barro, vinha um grupo de faunos alegres e sorridentes, um tanto obscenos por andarem nus com as genitálias balançando em liberdade, tocavam flautas, violas e tambores. Batiam seus cascos no chão produzindo um sapateado irritante. Sem se importar com a higiene daquela cidadezinha do interior, defecavam na rua como se fossem cavalos em trânsito, verdadeiros animais. Um dos moradores esboçou indignação, mas foi contido pelo próprio prefeito que também observava o desfile:

— Tenha calma! Não se engane, meu caro eleitor, isso não é o que parece. Certamente, trata-se apenas de uma piada inteligente. Divirta-se, você sabe como são esses ilusionistas, são capazes de tudo, não é mesmo? — disse como se fosse o dono da obviedade e também da avenida suja.

A primeira carruagem, a maior delas, era puxada por um dragão. As pessoas se perguntavam como uma máquina podia ser tão perfeita. Nem nos melhores carnavais de rua haviam visto um exemplar daqueles. Media uns seis metros de comprimento, contando a cauda, por uns três de altura. As escamas davam a impressão de serem duras como pedra e apresentavam uma coloração azulada. Uma focinheira não deixava entrever a quantidade de dentes em repouso dentro da boca do dragão. Suas asas estavam atrofiadas e permaneciam amarradas por grossas cintas de couro. Nas patas não havia garra alguma. Os engenheiros esqueceram esse detalhe, percebe-se que não são tão bons, conjeturavam os espectadores mais próximos da fera, plenos de convicção. Os olhos da criatura ancestral estavam injetados de sangue e ódio. O animal bufava expirando uma fumaça enegrecida com cheiro de carne queimada. O homem que manipulava as rédeas atreladas ao monstro vestia um manto azul, brilhoso e repleto de símbolos astrológicos. Suas pupilas eram brancas como o leite. A cegueira era evidente, no entanto, alguns acreditaram ter visto seus olhos se movendo com sutileza. Ao seu lado uma mulher, rosto jovem, tão bela que parecia destilar pelos poros um suave perfume de amor intenso. Sobre o corpo de pele dourada, vestia um traje branco que acentuava suas formas. No interior do carro, uma mulher gorda, com o rosto empapado de pó de arroz e os lábios pintados de um vermelho sangue acenava para os homens com um paninho de seda rendado e sorria. Com ela, uma dúzia de poodles que se faziam ver pela janela quando saltitavam. Tinham sido pintados de rosa, roxo, azul, laranja e amarelo. Seus dentes minúsculos e afiados se sobressaiam das bocas nervosas, enquanto rosnavam.

O segundo veículo era puxado por criaturas antropozoomórficas. Uma delas com cabeça de chacal e a outra com cabeça de crocodilo. Estavam atreladas, aparentemente, por correias de ferro comum e vinham guiadas pelas mãos secas e alongadas de um homem. Tratava-se do homem mais magro do mundo. Não passava de pele, osso e cabelo. Era difícil crer que um sujeito daquele porte pudesse viver, a não ser que tivesse algum poder sobre a morte. Ele vestia um paletó preto, de tecido fino e engomado para a ocasião. Fazendo-lhe companhia havia uma mulher de vestido longo que ostentava pulseiras ricamente ornamentadas, anéis de lápis-lazúli, um colar de ouro representando um escaravelho e uma tiara encimada pelo olho de Hórus. Sobre o rosto, braços e pernas, viam-se ataduras. Em alguns pontos descobertos, podia-se jurar que havia carne em decomposição sendo alvo de pequenos vermes. Uma múmia, exclamaram alguns. Do Egito, um outro se arriscou a completar com segurança de quem entende. No interior da carruagem, percebia-se apenas uma luz esverdeada, o vidro da porta estava embaçado e fechado. Ninguém soube garantir o que vinha ali dentro, apesar de um dos habitantes afirmar ter visto uma coisa nojenta, sem forma definida, musgosa, repleta de raízes e folhas no lugar de um rosto, um verdadeiro muco escarrado, gerado de algum pântano fétido.

Entre o segundo e o terceiro veículos desfilavam malabaristas, contorcionistas e palhaços para animar o público. Todos pintaram as faces hediondas com cores exageradas. Os malabaristas eram exímios em sua arte, capazes de andar sobre uma bola grande, ao mesmo tempo em que utilizavam as mãos para jogar bolinhas para o alto, que mais pareciam pequenos cérebros, em movimentos rápidos e circulares. Outros caminhavam em pernas de pau, dando a impressão de que nunca conheceram outra forma de caminhar sobre o chão. Os homens que cuspiam fogo nem mesmo usavam tochas, faziam isso como quem resolve apenas assoprar o ar. As contorcionistas do grupo giravam o pescoço trezentos e sessenta graus e cuspiam escarros verdes na terra. Gargalhavam sem se importar com o medo que brilhava nos olhos dos moradores da cidadezinha. As estripulias dos palhaços eram bem violentas, batiam-se uns nos outros com porretes, davam cambalhotas, saltos mortais, usavam facas para sangrar os companheiros, blasfemavam, xingavam e, quando bem próximos ao público, não se envergonhavam de suas flatulências e eructações. Revelavam escárnio e repúdio estampado nos rostos pintados. Uns e outros não conseguiam esconder pequeninos chifres retorcidos que enfeitavam suas testas. Eu sei que são palhaços, mas não precisavam ser tão mal-educados, reclamou um comerciante da cidade ao sentir o mau cheiro expelido pelos artistas.

Um ciclope gigante de quase três metros de altura puxava a terceira carruagem com correntes cravadas com pregos em suas costas e ombro. A criatura era controlada por um corcunda miúdo. Dentro da carroça, uma criança abanava. Seu sorriso contente revelava satisfação integral em relação àquele momento. Rosto de lábios finos, cabelos castanhos e olhos frios, tão escuros quanto a noite, uma cova profunda que continha uma alma imortal. No alto da carruagem, uma placa de madeira gravada com letras cursivas: Monsieur Serge Tissot. A criança deve estar representando o pai, enfatizou uma moça de origem humilde, como se fosse certa sua observação.

Dois lobos de tamanho incomum, presos a coleiras e correntes de prata, faziam movimentar o quarto carro. Cada vez que paravam, o cocheiro estalava um chicote de ponta prateada no lombo dos animais. Eles ganiam, mas, ao que tudo indicava, não possuíam força suficiente para se rebelar contra o algoz: uma mulher de pele pálida, lábios carnudos de cor carmesim, olhos sedutores e pupilas avermelhadas. Com sorrisos sarcásticos para a plateia, deixava sobressair seus caninos longos e afiados em um arremedo de humanidade. Ao seu lado, um homem de feições semelhantes esboçava o mesmo jeito arrogante, enquanto mostrava os dentes avantajados, tal como sabres, ao público entusiasmado com tantas atrações grotescas. Enxergavam-se mais duas mulheres e um homem dentro do veículo, de tão iguais ao primeiro casal, aparentavam pertencer à mesma raça antiga e imemorial.

O último veículo, uma jaula sobre rodas, vinha puxado por quatro mulas sem cabeça. Os quadrúpedes, acima do pescoço, possuíam apenas um fogaréu intenso esvaindo-se de um enorme buraco. Fogos-fátuos azulados voejavam entre os animais de tração. Um carrasco, gordo e pesado, vestido com uma tanga e um capuz, caminhava ao lado dos animais. Carregava uma sacola sobre o ombro esquerdo e, na mão direita, empunhava uma lança. Com a arma, cutucava os prisioneiros que arriscavam colocar as mãos entre as grades tentando alcançar as pessoas mais próximas. O instrumento causava um choque elétrico, intimidando-os durante algum tempo. Um deles não possuía o braço esquerdo. Outro não tinha um dos olhos. O terceiro mancava, sem um dos pés. Ao quarto faltava o queixo e ao quinto, metade do cérebro. Não conseguiam pronunciar frase ou palavra completa. Apenas resmungavam e balbuciavam coisas ininteligíveis. Um dos espectadores contou, no dia seguinte, que tudo o que as criaturas sabiam dizer era: fome, fome, fome! Seus ouvidos, dizia ele, não o enganaram, afinal o homem fantasiado de carrasco, ao abrir o saco que carregava, jogara para o grupo de condenados um braço humano, devorado com avidez. Ainda se perguntavam os curiosos como aquelas pessoas eram capazes de interpretar tão bem seus papéis.

No final do desfile, montado em um unicórnio, um homem paramentado com cartola, vestido com fraque vermelho, camiseta e calça de veludo brancas, gravata borboleta e botas pretas de cano alto, levantou um megafone aproximando-o da boca encimada por um bigode ruivo e comprido que se enrolava em si mesmo. Sua voz soturna saiu amplificada pelo aparelho:

— É amanhã o grande show do Circo dos Horrores. Não deixem de comparecer. Todos serão muito bem-vindos. Suas presenças são verdadeiros combustíveis para nossas existências artísticas. Venham, venham conhecer pessoalmente Tirésias, Afrodite, Lucy Westenra, Nefertite, Morte, deuses egípcios, criaturas mitológicas, faunos, genuínos lobisomens, zumbis, fantasmas, demônios, bruxas e muito mais... Além disso, claro, não poderia faltar, o mestre Tissot, o sujeito que abriu as portas entre o mundo real e o sobrenatural. Ele proporcionará o maior espetáculo jamais visto em suas vidas. A entrada será franca para comemorar nossa primeira apresentação por essas bandas. Nossas portas estarão abertas assim que o sol se esconder atrás da serra. Aguardamos todos vocês!

Entrada franca! Exclamou a multidão. O público se entusiasmou com aquela informação. Assistir a um espetáculo daquele tipo, único na história da cidade, seria maravilhoso, imperdível, ainda mais sem ter de desembolsar um centavo sequer. Difícil era esperar quase um dia para ingressar no Le Monde Bizarre. Todos sabiam que a lona principal do circo e outras barracas menores foram montadas em um terreno não muito longe da cidade. De carro se chegava em menos de cinco minutos; de carroça, em dez, e a pé não se gastava nem vinte. Nenhum cidadão perderia aquele evento social, somente alguém muito sisudo ou, como gostavam de dizer os mais jovens, os sem cultura.

Na noite do espetáculo, a cidade esvaziou. Quase todos foram ao evento, menos o novo pároco, a carola, o traumatologista, o proprietário do armazém e a sua filha. Os outros que haviam assistido ao desfile ficaram tão fascinados com a prévia do show, como se tivessem sido enfeitiçados, que se mobilizaram em grandes grupos para se dirigirem ao circo. Teria sido uma noite silenciosa, na área central, não fosse pelo vento que insistia em soprar e gemer de maneira incomum. O pároco teve a impressão de escutar uma sinfonia de grunhidos. O médico podia jurar que gritos insanos ocorreram durante horas a fio. A filha do comerciante e a carola dormiram com os travesseiros espremidos contra os ouvidos. Já o proprietário do armazém se limitara a convencer-se de que era sua imaginação trabalhando. Apesar do pouco que havia visto na noite anterior, era muito fácil estar suscetível a uma espécie de medo descontrolado.

Nenhum deles se atreveu a abrir uma fresta sequer de suas janelas ou portas. Algo terrível devia estar acontecendo, no entanto, a razão não lhes permitia pensar nos horrores que se abatiam sobre os cidadãos do lugarejo. E o medo, no íntimo de suas almas, surgia como um monstro faminto capaz de fazer seus corações gelarem naquela madrugada fria em que não conseguiam nem mesmo fechar as pálpebras para adormecer tranquilos. Finalmente, aquela tortura psicológica terminou quando estava próximo do amanhecer.

O sol surgiu imponente e caloroso. Nenhuma nuvem para esconder o céu azul. O vento da véspera se calara. Com a chegada do dia, o ânimo do pároco retornou, preparando-se para rezar a primeira missa. Que estranho, sábado a igreja sempre lotava, pensou. Enquanto esperava pelos fiéis, apareceu somente a carola para o culto. Quando sua paciência se esgotou, não teve dúvida, reclamou em alto e bom tom, dirigindo-se à única presente no recinto sagrado, mas que gente pagã! Acompanhado pela mulher, que praticamente agarrava-se à sua batina, saiu da igreja com passos largos e decidido a acordar toda a população, se fosse necessário. Já na rua, percebeu que vinham em sua direção o médico, o comerciante e a filha. A moça carregava no colo o pequeno vira-lata de estimação, o qual sempre lhe fazia companhia.

Depois de se reunirem, perceberam o que era óbvio. O povo da cidade havia sumido. O silêncio era sepulcral. Será que o espetáculo do Monsieur Serge Tissot não havia terminado? O líder religioso foi buscar o carro, iriam todos ao terreno onde o circo se instalara. Em poucos minutos, chegaram ao local e, surpresos, não encontraram nenhuma estrutura armada. Nada das lonas, das estacas, das bandeirolas, das jaulas das feras ou das luxuosas carruagens antigas.

Desceram do automóvel. Alguns vestígios indicavam que o circo passara por ali, tais como o gramado esmagado devido ao peso do picadeiro, os furos abertos no solo, onde foram enterradas vigas de metal, e os sulcos na terra provocados pela passagem de veículos.

Feioso, o vira-lata, pulou dos braços da dona. Farejava o terreno enquanto corria faceiro. Chamado aos gritos pela filha do comerciante, retornou com algo na boca. Tratava-se de um osso, branco e limpo. Uma tíbia, exclamou o traumatologista, sem titubear; especialista como era em fraturas, conhecia de pronto qualquer osso humano. Preocupados com a maneira repentina que o circo havia sumido e, com ele, todos os cidadãos da cidade, encorajaram-se para vasculhar a área. Talvez encontrassem alguma pista do paradeiro de seus conterrâneos, ainda que fossem outros ossos ou, até mesmo, corpos.

No entanto, não encontraram mais nada. Depois da busca sem resultados, entraram no veículo, abandonando o local. Sem saber o que falar ou discutir, permaneceram calados. Suas expressões de assombro denunciavam os piores destinos que imaginavam para a população que tinha ido ao circo. Resolveram retornar à cidade, liderados agora pelo médico, e avisar as autoridades estaduais do sumiço geral que ocorrera. Já que os poucos policiais do lugar também haviam desaparecido.

O mistério tornou-se algo insolúvel. Surgiram hipóteses para aquela debandada inexplicável. Os agentes do governo consideraram os depoimentos daqueles cinco indivíduos como mentiras descaradas ou, simplesmente, devaneios, tanto que o caso foi encaminhado para renomados psicólogos que insistiram em afirmar tratar-se de uma alucinação coletiva. O principal jornal da capital noticiava que o desaparecimento logo se esclareceria. Talvez os sumidos apenas tivessem se cansado de suas vidas cotidianas e de uma cidade desinteressante, isolada no meio do nada. Era provável que tivessem se juntado à trupe do circo, se é que realmente existia tal grupo. Tornar-se um saltimbanco, para muitos, seria a solução para uma existência monótona, uma aventura incrível para se viver. A reportagem escrita por um conhecido jornalista descambou para a importância do lazer na sociedade contemporânea. Os cinco, como passaram a ser conhecidos, foram encarcerados em um manicômio, sendo tratados com os remédios mais potentes para conter as lembranças psicóticas de uma noite considerada irreal pelos doutores. Uma noite em que as aberrações do Circo dos Horrores de Monsieur Serge Tissot teimavam em desfilar, sem cessar, em suas mentes perturbadas.

Publicado pela primeira vez em *Le Monde Bizarre: O circo dos horrores. Belo Horizonte: Estronho Editora, 2012, p. 30-39.*

MÁSCARAS

NO ESCURO, O MEDO SE REVELA COM MAIOR FACILIDADE. Enquanto minhas pupilas se acostumam com o breu espesso, não consigo deixar de remontar a história bizarra que me conduziu até esse quarto de motel. A partir da morte do guitarrista da banda, comecei a notar coisas estranhas ocorrendo à nossa volta. Talvez, tenha percebido esse fato tarde demais. O sucesso sempre foi tudo o que sonhei. Teríamos dinheiro, garotas e trabalharíamos apenas com música.

Quantas vezes imaginei tocar guitarra tão bem quanto Jimmy Hendrix? Escrever poesias como Jim Morrison ou Raulzito? Eu e meus amigos faríamos qualquer coisa para sermos iguais aos nossos ídolos, ou quem sabe, até mesmo, superá-los. O nosso som, no início, não era lá grande coisa! Mas nos esforçávamos muito, estudar e praticar era essencial. Respirávamos música e nos alimentávamos de fontes roqueiras dos anos cinquenta à década de noventa.

Somos um bom reflexo daquilo que ouvíamos sem parar. Gravamos o primeiro CD depois de dois anos de muito ensaio. Numa noite de inverno, após uma das nossas tantas apresentações, conhecemos nosso produtor. O homem estava vestido com um capote preto que ia do pescoço até os tornozelos. Calçava coturnos do exército. Seu chapéu de abas largas escondia a testa e as orelhas. Os olhos escuros eram quase insuportáveis de se encarar, o rosto de uma brancura artificial e o queixo alongado era algo quase pontudo. E, ao contrário de todos os integrantes da banda, não tinha cabelos compridos. Ele se apresentou dizendo que estava na cidade à procura de talentos. Deixou o seu cartão e nos disse para entrarmos em contato.

Eu mesmo liguei para o sujeito e marquei a reunião que mudaria nosso futuro. Não conseguíamos acreditar que a sorte grande havia batido em nossa porta. O que parecia um sonho se concretizou em realidade na assinatura do contrato. No entanto, logo percebemos que nem tudo eram flores. Quando escrevemos os nossos nomes naquele papel, perdemos nossa liberdade. O produtor impôs as regras, e nós aceitamos sem contestar! Afinal, éramos novatos e sem experiência no mundo dos negócios. Queríamos apenas tocar e atingir a fama.

Nós nos tornamos o brinquedo daquele indivíduo. Verdadeiros fantoches. Sua primeira medida foi trocar o nome da banda. Seguimos com obediência essa e outras ordens dele. Fomos morar na capital cultural do país, lá a cena musical efervescia feito um vulcão a ponto de entrar em erupção. Os bares eram charmosos, sedutores, bastava ter grana para se conhecer gente interessante. Isso não nos faltou. O produtor recheou nossos bolsos. Sempre orientando para que nos mantivéssemos anônimos.

Não deveríamos revelar nossa verdadeira identidade a ninguém. Como faríamos isso? Logo viria a resposta. Começamos a trabalhar em estúdio as canções novas. A bateria do Máquina era enorme, cheia de peças e pratos da melhor qualidade. O vocalista tinha à sua disposição os microfones que desejasse. O guitarrista parecia viver em um mundo encantado ao trocar frequentemente de guitarra e violões. Eu preferia tocar em modelos diferentes de baixos *Fender*.

A aparelhagem técnica, caixas acústicas e mesas de som eram de primeira linha. O produtor sempre vinha acompanhado de um engenheiro de som, que gravava nossas músicas com uma perfeição incrível. O engenheiro tinha o mesmo aspecto físico do companheiro. Seu queixo era alongado e o rosto de uma palidez mórbida. Só agora eu sei que provavelmente os dois tenham vindo do mesmo lugar.

Nos momentos de folga, íamos vadiar pela noite barulhenta e colorida da cidade. Quando terminamos o disco, composto de treze faixas, nós discutimos com o produtor se não era necessário aprimorarmos algumas das canções. Boa parte do disco, na minha opinião, ainda parecia muito tosca. No entanto, ele disse que não precisávamos nos preocupar com detalhes, aquele trabalho seria um sucesso arrasador, bastava apenas obedecer às diretrizes. Todos nós concordamos, esquecendo a necessidade de elaborar com mais afinco algumas letras e melodias.

Em seguida, o produtor nos sugeriu usar máscaras na foto da capa do CD. Só aí descobrimos como faríamos para não revelar nossas verdadeiras identidades. O guitarrista aprovou a ideia de imediato e passou a idolatrar a sua máscara como se fosse uma entidade dotada de vida. Era uma coisa feita de acrílico e representava a face hedionda de um dragão chinês. O louco até cortou os cabelos para que o objeto se ajustasse melhor ao rosto e a cabeça. Assim que colocou aquela coisa, eu e os outros fizemos o mesmo com as nossas máscaras.

Depois que vestimos nossas novas identidades, não nos separamos mais delas. Perseguem-nos inclusive durante os sonhos, ou melhor, durante todos os pesadelos da noite, feito demônios. Em nossos shows, tínhamos de vesti-las sempre. O público adorava. Não que isso fosse algo original, outras bandas já haviam pintado a cara: *Secos e Molhados*, *Kiss*, *Misfits* e cantores como Alice Cooper e King Diamond, além dos mascarados do *Slipknot*. Mas para falar sério, quem se importa com a originalidade? As artes estão sempre se transformando em cima de alguma coisa que já existe. As pessoas precisam de ídolos e pronto. O mundo das artes é uma colcha de retalhos. Enfim, não posso negar o mérito do nosso produtor. Conseguimos chegar ao patamar de tocar em grandes festivais realizados no Morumbi e no Maracanã. Nossos bolsos estavam sendo forrados com muito dinheiro. No entanto, a fama não era nossa. As máscaras roubaram nossas identidades. Só agora percebo que são demônios vindos de algum círculo bem profundo do inferno.

Um dia nosso produtor nos deu uma notícia horrível. Nos contou que o guitarrista morrera em um acidente de moto, que tinha bebido demais, e que ninguém podia dizer o que se passava em sua cabeça para estar dirigindo a mais de duzentos por hora até bater num poste de concreto na calçada. A história abalou a banda. No entanto, o sujeito não derramou uma lágrima sequer. O homem era mais frio que uma pedra de gelo. Naqueles olhos escuros, não era possível encontrar o brilho de uma alma.

Foi um baque difícil de assimilar. Pensei que a banda acabaria. Mas o produtor não deixou nosso projeto esmorecer. Na semana seguinte, quando cheguei ao estúdio, vi nosso novo integrante. O Dragão Chinês empunhava a guitarra. Ele estendeu a mão para me cumprimentar. Não retribuí o gesto. Olhei para o produtor e para o pessoal da banda. O Máquina deu de ombros e disse: *Não temos escolha meu chapa!* O vocalista me incentivou a apertar a mão do sujeito que usava a mesma máscara do meu amigo guitarrista. Era uma mão branca e fria, não me impressionaria se aquele maldito fosse feito de cera. A ordem do produtor era para que não conhecêssemos sua identidade. Tive um acesso de loucura no instante seguinte. Eu disse que não dava para tocar com uma pessoa que não conheceríamos de verdade. E coisas desse tipo: *Essa é uma situação absurda, sem cabimento. Vocês estão loucos? Todos perderam o juízo?*

Lembro que saí do estúdio e fui comprar um trago. À noite, o Máquina e o vocalista me encontraram. Numa conversa acalorada, convenceram-me a continuar na banda. Os ensaios foram retomados no outro dia à tarde. Quando encontrei novamente o Dragão Chinês, percebi que seus olhos eram verdes e pareciam brilhar como se fossem uma lâmina. No fundo, eu sabia que aqueles olhos representavam uma verdadeira criatura do mal. Mesmo assim, o contrato que eu tinha assinado me obrigava a seguir em frente, eu não podia simplesmente largar a banda. Se fizesse isso, eu perderia tudo. Não queria voltar para a minha vida insignificante.

Alguns dias depois, pisamos no palco para fazer um show antológico. Nossos fãs nunca souberam da morte do primeiro guitarrista. Foi aí que eu compreendi que os verdadeiros famosos eram as máscaras. Poderíamos ser substituídos por qualquer um se o produtor assim o desejasse.

Não demorou muito para que acontecesse a segunda morte. As coisas pareciam andar mais depressa depois da primeira. Quando segurei a alça do caixão do nosso vocalista, era como se ele não estivesse lá dentro. O caixão estava leve. Por um momento, cogitei a possibilidade de ele viver em algum lugar bem longe dali. Longe daquele cemitério em que iríamos sepultar os seus sonhos para sempre. Meu amigo não passava de um punhado de ossos guardados. Talvez, nem mesmo os vermes quisessem aquela pequena parcela. O fogo havia devorado quase tudo. Foi uma morte horrível, o botijão de gás do apartamento em que morava explodiu. Um descuido fatal, foi a frase que um dos bombeiros usou para resumir o episódio. Em sua mão carregava o único objeto que havia resistido incólume às chamas: a máscara de acrílico de duas faces que usava nos shows. Um dos lados representava o sorriso e o outro a tristeza. A máscara resumia sua personalidade teatral, própria de alguém que nasceu para estar sobre o palco.

Decidi sair da banda. Logo não haveria mais ninguém mesmo. Da formação original, só restava eu e o Máquina. O baterista disse que eu não podia abandoná-lo, estávamos no mesmo barco. Nesse dia, deu-me alguns dos remédios que estava tomando. Experimentei uma daquelas bombas e me senti mais leve, mais tranquilo. A partir daí, ingeri pílulas e cápsulas de todas as cores. Umas serviam para acalmar; outras, para deixar ligado. Guardava o meu arsenal carnavalesco em um tubinho de filme. Então chegou o momento no qual a cor não importava, o essencial era estar doido. Resolvi continuar tocando, não podia desamparar meu camarada das baquetas.

Poucos dias depois da morte do vocalista, o produtor informou que encontrara o músico ideal para assumir os vocais. O efeito dos remédios me ajudava a esquecer as tragédias ocorridas com os meus amigos e dar menos valor à minha própria vida. Eu disse: *Vamos nessa! Não paro de tocar nem no inferno!* Ele sorriu, pela primeira vez o produtor tinha dado um sorriso de verdade. Se eu não tivesse tomado todas aquelas coisas que vinham em caixinhas de tarja preta, juraria que aqueles dentes... todos aqueles dentes, sem exceção, eram tão pontiagudos quanto os dentes de um animal carnívoro. *O cara é um demônio, um demônio mesmo!* Eu repetia sem parar em voz baixa. E que diferença isso fazia para mim? Nada, pois já me sentia num verdadeiro inferno. Os ensaios foram retomados. Mesmo distante das minhas melhores faculdades mentais, parecia que eu não havia esquecido como afinar um baixo. Na maior parte do tempo, eu tentava tocar de olhos fechados para não precisar encarar os dois novos integrantes da banda.

Esses fatos demoraram meses para se desenrolar, até que anteontem as coisas começaram a ocorrer muito rapidamente. Fui visitado por um sujeito esquisito, baixo e magro que disse ter coisas importantes para conversar comigo. Falei que não queria comprar nada, pois havia reparado na mala preta que ele carregava. Quase fechei a porta no seu nariz, mas ele insistiu. Disse que não era um vendedor, e sim um especialista. Um especialista em ouvir discos em frequências baixas. Dizia-se um homem com dom para decifrar mensagens ocultas. Eu ri, no entanto, ele permaneceu sério. Os óculos de lentes fundo de garrafa que usava me deram mais vontade ainda de continuar gargalhando. Então ele disse, eu sei quem é você, qual o seu nome, qual a sua banda, e de onde você vem. Fiquei estático. Ninguém poderia saber aquelas informações. Eu e meus amigos não passávamos de ilustres desconhecidos. *Posso entrar?* – ele pediu. Não esperou resposta e invadiu minha casa. Sentou no sofá e pegou da maleta um notebook. Colocou para rodar um CD. Reconheci a estampa da capa do nosso disco. *Venha*, disse ele, *quero que você escute com atenção*. Ficamos durante horas escutando as músicas que eu ajudara a compor. Mas não as escutávamos normalmente. O sujeito disse que criara um programa capaz de fazer tocar a música em outra frequência. A cada frase eu me surpreendia. Com uma bíblia na mão, ele apontava as partes do apocalipse que eram recitadas nas canções. Até as mortes do guitarrista e do vocalista foram profetizadas nas últimas faixas. Eu não sabia o que dizer. Aquilo parecia um sonho ruim. Perguntava-me por que ele estava fazendo aquilo. Qualquer um podia gravar frases soltas no meio de uma música se tivesse conhecimento técnico. No entanto, eu acreditava nele. Sabia que tinha algo errado com o produtor e com aqueles novos músicos. Resolvi beber uma garrafa inteira de uísque. Minha cabeça já estava cheia de pílulas coloridas. Talvez, por isso, cada frase de voz gutural que irrompia dos pequenos alto-falantes do aparelho parecia sair de uma masmorra: *Prisioneiros do inferno se libertarão para derramar o sangue dos inocentes!* E mais, eram frases ditas por vozes bem reais, que pareciam ter o poder de saltar do aparelho eletrônico para a minha sala.

O sujeitinho falou sobre o perigo que minha alma corria. As dos meus dois amigos mortos já deviam estar sofrendo no inferno, dizia ele. *O que posso fazer?* – perguntei ainda sem acreditar. Ele quis saber se tínhamos mais músicas gravadas além daquelas. *No estúdio temos mais canções*, respondi. *Temos de escutar tudo o que vocês produziram, talvez possamos encontrar alguma resposta*, disse ele. *O mal não pode agir sem nos dar uma solução, o antídoto reside nele mesmo*, continuou. Ele perguntou se eu estava compreendendo. Movimentei a cabeça em sinal de aprovação, mas a verdade é que naquela hora eu estava totalmente desorientado. Depois daquilo, não conseguia sentir sob meus pés nenhum palmo de chão concreto e real em que eu pudesse pisar. O inferno me acenava como a única solução para o meu destino. Quem, afinal, era o produtor? Um agente das trevas, sem dúvida, era isso que minha mente afirmava, mas a razão não queria admitir. Como poderia enfrentar o produtor, nunca havíamos dito não para suas esquisitices. Além do mais, confesso que ele me causava arrepios.

À noite, criei coragem e fui ao estúdio. Na carteira, guardara o endereço do homenzinho decodificador de mensagens. Eu tinha intenção de pegar as novas músicas e levar para ele escutar. Nós ensaiávamos em um bairro afastado do centro. Um lugar tranquilo para se gravar e ficar longe dos curiosos. O engenheiro de som morava lá. Quanto ao produtor e aos dois novos músicos, eu não fazia a menor ideia de onde eles poderiam se abrigar. Suas residências eram uma incógnita para mim e para o Máquina.

Levei comigo um punhal de prata. Com o dinheiro que ganhava, muitas vezes comprei coisas exóticas. Essa arma foi uma delas. Acho que se trata de uma peça única. O punho tem o formato de uma bela sereia. O vendedor me afirmara que aquele gume afiado era capaz de aniquilar até mesmo lobisomens. *Isso, é claro, se homens-lobo existirem*, dissera ele aos risos. Essa conversa me ajudara a acreditar que o objeto tinha poderes extraordinários contra qualquer coisa sobrenatural, pois foi o que me salvou.

Deixei o punhal escondido na cintura, dentro da calça jeans. Toquei a campainha, o engenheiro de som não demorou a abrir a porta. Olhou para o relógio e perguntou o que eu estava fazendo por lá. A próxima gravação se realizaria apenas dali a dois dias, informou. Eu disse que precisava escutar as músicas em que estávamos trabalhando. *A essa hora?* – perguntou. Seu rosto não se movia, sua expressão facial era inexistente. Até aquele momento, nunca tinha reparado nesse detalhe macabro, talvez eu estivesse vivendo uma espécie de transe naqueles dias. Um encantamento que fora quebrado ao escutar, sob uma nova perspectiva, as minhas próprias canções. *Quero melhorar!* – respondi. *Meu baixo pode ficar melhor*, tentei persuadir o engenheiro. Ele escancarou a porta. Entrei. Pela primeira vez, percebi o fedor que o lugar exalava. Um odor de carne podre. *O que foi?* – ele perguntou. Talvez tenha percebido minha expressão de nojo. *Nada*, eu disse, tentando esconder a repulsa que agora sentia dele e daquele estúdio. Ele ligou a parafernália do som e sentou-se em uma cadeira. *Você não precisa ficar comigo*, eu disse, *eu me viro, sei lidar com a aparelhagem. Vá descansar*, sugeri. Ele me olhou, pareceu ter refletido por um instante. Saiu sem dizer qualquer coisa e fechou a porta. Peguei um CD que trouxera e comecei a gravar as músicas do futuro álbum. Permaneci de pé, estava muito tenso para me sentar.

Eu podia enxergar pelo vidro da sala os instrumentos repousando no estúdio. O relógio no interior da sala marcava esse horário pouco agradável: meia-noite. Antes que a última música estivesse gravada, pude ver pelo reflexo, no mesmo vidro, a porta sendo aberta. Por instinto, peguei da cintura o punhal. Quando me virei, vi o engenheiro de som com um taco de beisebol pronto para esmagar a minha cabeça. Enfiei com toda a força possível minha arma no peito dele. Um grito inumano saiu de suas cordas vocais. E uma golfada de sangue negro escorreu pela boca. Ele desabou no carpete cinza como se fosse uma tábua. Agachei-me ao seu lado e conferi se tinha algum vestígio de vida naquele corpo. Toquei em seu pescoço e em seu peito, não havia pulsação alguma. O desgraçado estava morto com uma única facada certeira. Agarrei o punhal e, quando fiz menção de retirar a arma do seu peito, o maldito estremeceu, levantou os braços na direção da minha garganta. Antes que pudesse me sufocar, empurrei com mais força o meu brinquedo no seu coração. Somente a cabeça da sereia ficou de fora daquele corpo. O sangue negro e fétido escorria do ferimento fatal. Não me atrevi a retirar a adaga de seu repouso. Coloquei o CD gravado no bolso e saí de lá correndo. Não queria ser surpreendido pelo produtor ou pelo Dragão Chinês e o seu mais novo camaradinha vindo do inferno.

Algumas quadras do estúdio eu encontrei um táxi. O motorista me levou até o endereço que indiquei. Fui visitar o especialista, o sujeitinho que abrira meus olhos para o mundo das mensagens satânicas. As luzes da casa estavam apagadas, a não ser, creio eu, pela lâmpada de um abajur em uma das salas. Nesse aposento, pela janela semi-aberta, pude ver o balançar de uma sombra alongada projetando-se na parede. Um corpo oscilava feito um pêndulo sustentado por um fio. Aquela visão era suficiente para saber que o especialista tinha sido enforcado ou então se matara. Se houvesse um assassino, talvez ele estivesse bem próximo espreitando na escuridão.

Fugi daquele lugar o mais depressa possível. Pensei em voltar para casa. Local muito óbvio. Eles me procurariam lá e não me perdoariam por ter matado o engenheiro. Mas e se ele não estivesse morto? Será que, se alguém retirar o punhal do seu peito, ele não voltará à vida?

A essa altura já devem estar me procurando. Liguei para o Máquina. Precisava avisá-lo. Contar tudo o que eu descobrira. O telefone tocou algumas vezes até que foi atendido. Era a voz do produtor. Seu timbre era inconfundível. *Você demorou a ligar*, disse ele, antes mesmo de saber que era eu no celular. *O que vocês querem?* – perguntei aos berros. *Precisamos de você para trazer mais um prisioneiro do inferno*, respondeu. *Onde está o Máquina?* – eu quis saber. *Em nosso poder!* – ele foi sincero. *Passe o telefone pra ele!* – ordenei. *É impossível!* – disse o produtor. *Agora!* – gritei. *Do contrário vocês nunca vão me encontrar*, ameacei. *Oink, oink, oink!* – foi a resposta que recebi de uma voz não humana. O Máquina, nos shows, usava a máscara de um javali com dentes enormes. Joguei o celular no chão. O aparelho se espatifou por completo. O baterista certamente estava morto. A sua máscara havia assumido seu lugar nesse mundo. Só faltava eu.

Por sorte, saí com dinheiro suficiente no bolso e costumo andar com meus cartões de crédito. Fui ao primeiro banco vinte e quatro horas que encontrei e saquei tudo o que podia dos caixas eletrônicos. Com os bolsos forrados, e sem o perigo de ser reconhecido pela fama, deixei a capital cultural do país. No dia seguinte, ainda consegui sacar mais um bom montante de verba pela manhã. Descobri a conta encerrada durante a tarde.

Agora de madrugada, descansando nesse quarto térreo e escuro de motel, avalio tudo o que me aconteceu. Gostaria de escutar as músicas da banda naquela frequência baixa do programa inventado pelo baixinho esquisito. Estou com o CD ao meu lado, no colchão. Talvez, a resposta para eliminar os malditos ex-prisioneiros do inferno esteja em alguma das canções. Estou cansado, pronto para dormir e esquecer quem eu fui. Escuto um barulho na rua. Tenho a impressão de ver, entre as frestas da persiana, uma coisa me observando... Uma criatura. Eu reconheceria aquele rosto em qualquer lugar... É a minha máscara.

O ESCOLHIDO

PERCORRI POR MAIS DE MEIA HORA, COM MEU AUTOMÓVEL, UMA ESTRADA EMBARRADA ATÉ CHEGAR A ESSE LUGAR ERMO. No meio do vasto campo, localizo o casarão decrépito. Em se tratando de uma festa, não tenho receio de entrar. Mesmo que o silêncio ao redor e do interior da habitação me cause uma estranha sensação de desconforto. Outros carros estão estacionados no terreno. No entanto, suas presenças frias não me deixam mais tranquilo. Vazios, impessoais, parecem arautos de ferro aguardando minha chegada.

Nuvens escuras aprontam-se para derramar sua ira sobre nós. Sou o último convidado a comparecer. Dois indivíduos colocam uma trave de madeira para trancar a porta principal. Outros cerram as janelas e as cortinas. Chamas de velas iluminam de forma precária o ambiente quase imerso nas trevas.

Um trovão rompe a noite. Logo em seguida, uma chuva torrencial desaba sobre a terra. A luminosidade dos relâmpagos atravessa as tábuas trincadas das paredes. Entre relâmpagos, trovões e o som cadente de pesados pingos, eu desejo encontrá-la.

Estamos protegidos do frio e da água que despenca. No entanto, posso perceber que em algumas partes do recinto existem poças provenientes de goteiras. Há muito não se faz uma limpeza no lugar. Constato o fato ao roçar a palma da minha mão sobre um dos móveis. Poeira e teias de aranha grudam-se em meus dedos. Dada a velhice de toda a estrutura e o descaso dos anfitriões, não deixo de imaginar quantos milhares de cupins transitam por aqui devorando madeira.

Moro nessa cidade faz três semanas. Vim até aqui impulsionado pela minha libido: quero conquistar a garota mais bonita que meus olhos já puderam ver e ter uma noite de amor com ela. Conheci novos amigos nos primeiros dias de universidade. Eles me disseram que eu gostaria de participar de uma festa mascarada. Lorena estaria conosco e eu teria chance de beijá-la pela primeira vez.

Procuro por Lorena, mas não a identifico. Por um motivo óbvio, todos vestem máscaras douradas diferentes, incluindo eu. Um deles diz, em alto e bom tom para que todos ouçam, que, em breve, o mestre maior estará conosco em carne e osso. O grupo vibra. Eu fico quieto, pois não sei de quem se trata.

Pressinto que uma enorme energia negativa adensa no casarão isolado no meio do vale. Tremo dos pés à cabeça. Estou vestido com um pesado manto, portanto não é de frio que sofro, mas de algo que desperta em mim receio. Uma espécie de sexto sentido me diz que devo ir embora, correr, fugir logo dali. Suspeito que a tempestade esteja acontecendo em função da festa. Parece bobagem, no entanto, não consigo tirar essa ideia fixa da cabeça. Que diabos de festa é essa, queria perguntar, mas me falta coragem. Não há música, bebida, nem mesmo algazarra entre os convidados. Todos cochicham, alguns deles me olham, posso enxergar os seus olhos maliciosos. Debaixo da máscara, começo a transpirar.

Concluo que as pessoas sejam o problema. Elas estão me causando calafrios, tenho vontade de gritar, perguntar onde estão aqueles que conheço, aqueles que me convidaram, onde está Lorena.

Decido ir embora, espero que não seja tarde. Caminho de costas, passo a passo, bem devagar, tentando não chamar muita atenção. O ar pesado e empestado pelo pavio das velas, da cera e do suor dos mascarados começa a me causar náuseas.

Quando chego próximo à porta, alguém me barra. Um dos convidados pega gentilmente no meu ombro.

— Logo tudo estará acabado, tenha paciência — diz ele, em um tom de absoluta frieza.

Então, conduz-me entre o grupo de mais ou menos trinta indivíduos até o local onde está uma grande mesa de madeira, coberta por uma toalha vermelha e felpuda.

Uma porta se abre para a entrada de alguém alto e corpulento. Ele manca, seu caminhar é imperfeito. Não veste máscara, somente um capuz que pouco pode disfarçar os cornos retorcidos e pequenos despontando da testa. Os olhos são como esferas de fogo. Anéis em chamas no interior de órbitas vazias. A face coberta de pelo, o nariz equino, os dentes acavalados e afiados me apavoram.

Quando aponta para mim, estremeço. Finalmente, pergunto pelos meus amigos, pela garota que amo. Peço ajuda de Deus. Pelo visto, esse ato de súplica é o momento que todos esperam para escarnecer do meu medo, da minha fraqueza. Grito. As gargalhadas dos mascarados irrompem no recinto, estremecendo o casarão. Poeira cai do teto. São os cupins, creio eu, em plena atividade. Tenho a impressão de escutar os insetos devorando a madeira podre.

Corro até uma das janelas. Esperneio, mas diversos braços me impedem de fugir. Tento me agarrar nas cortinas espessas sem sucesso. Minhas unhas roçam a parede e algumas se quebram, deixando marcas de sangue. Sou jogado sobre a mesa e despido do manto. Fico estirado, sem forças para me mexer, enquanto satã satisfaz seus desejos.

Depois de um tempo que parece interminável, a festa mascarada atinge o ápice e continua madrugada adentro, todos copulando com todos, homens com homens, mulheres com mulheres, mulheres com homens. Eles cantam suas canções fúnebres e odiosas em nome de satã, ferindo meus ouvidos. A beberagem de absinto e de sangue é ininterrupta. Eles utilizam navalhas para cortar pulsos, coxas e braços. Uns sugam o sangue dos outros como se fossem vampiros. Inebriam-se.

Tento reagir, levantar, mas é impossível. Uma dor lancinante me impede.

Fumaça de ópio infesta o ambiente. Em cada canto do recinto, os malditos podem usufruir de narguilés. Estão extasiados, em profusa euforia, trata-se de uma orgia sem fim. Loucos, viciados, bruxos vão direto para as masmorras do inferno! O anfitrião da noite tempestuosa se diverte na companhia daquele bando de humanos selvagens e pagãos.

Por fim, agradeço o punhal que Lorena, já sem a máscara, atravessa em meu coração. A beleza que outrora admirava havia se perdido e dado lugar a um semblante sádico e tenebroso. Rezo, em um último suspiro, implorando aos cupins do casarão que derrubem toda a estrutura podre sobre as cabeças dos desalmados. Que meu túmulo seja também o túmulo de meus algozes.

Tudo se apaga.

Publicado pela primeira vez em *Marcas na Parede. São Paulo: Andross Editora, 2009, p. 185-188.*

MISSA DIABÓLICA

1. Infortúnios

Primeiro foram as plantações. Os campos tornaram-se estéreis. No rastro desse infortúnio, logo os rebanhos pereceram. O mau augúrio começou na minha fazenda quando um bezerro nasceu com duas cabeças. Naquele momento, eu ainda não podia suspeitar que o mal havia se instalado tão perto de mim. Hoje me arrependo de ter vindo morar aqui com minha esposa. Queria tentar a sorte, diziam que era um bom investimento ser um grande agricultor ou pecuarista. Insisti com minha esposa para que mudássemos nossas vidas. Ela era professora, ganhava pouco e vivia enfurnada em bibliotecas públicas perdendo tempo com bobagens.

Um dia, de maneira repentina, minha esposa aceitou meus argumentos. Conforme eu planejara, viemos morar no interior do estado. No início, ela parecia interessada em me agradar. Com o passar do tempo, foi se isolando em um mundo próprio, protegida por uma pilha de livros que acumulava cada vez mais e mais. Nunca tive curiosidade de ler ou vontade de discutir o que ela lia. Nossa falta de diálogo, em especial sobre os gostos pessoais dela, talvez tenha sido o princípio de nossa desgraça. Agradeço a Deus por não termos filhos para vivenciar a situação em que nos encontramos.

Os tempos estão tão difíceis que tive de demitir os empregados, pois não havia mais como pagar salários. Não deveria me lamentar, mas é inevitável, teria sido melhor investir meu tempo e trabalho em uma cidade grande e bem iluminada. Talvez ser proprietário de um restaurante. Agora não há mais volta. A verdade, pura e simples, é que temo até mesmo minha sombra depois de tudo o que ocorreu.

Quando conto o pouco que restou do gado, sempre descubro que tenho um ou dois a menos. Bois e vacas morreram em grande quantidade.

As carcaças ainda estão espalhadas pelo campo. A carne seca e magra tem servido de alimento para carniceiros, moscas e vermes. A natureza devorando a natureza, sem trégua. Nossas terras, agora, nada mais são do que imensos cemitérios que expõem carcaças ao ar livre. E pensar que, no princípio, tivemos um ano promissor, com lucros em nossas vendas.

Aqui, no vilarejo mais afastado do centro do município, alguns dizem que homens e mulheres devem ter cometido um grave pecado perante Nosso Senhor. Estamos recebendo um castigo cruel e avassalador. Uma mão de ferro, implacável, assolou-nos com desgraças, verdadeiros infortúnios.

Ocorreram chuvas de granizo fora de época, geadas muito intensas. Quando o calor se aproximou, deixou a terra dura feito pedra e seca a ponto de ser quase impossível germinar qualquer coisa. Pragas de gafanhotos comeram o pouco que restou dos grãos. Lembro que, em uma manhã, a nuvem de insetos tinha se tornado tão grande que o próprio sol foi nublado por uma sombra viva e asquerosa. Depois de entrarmos em contato com o prefeito, o governo injetou dinheiro em nossas plantações. Mesmo assim, não foi possível recuperá-las. Somente um milagre poderia nos trazer salvação e consolo.

Depois das plantações sucumbirem e dos animais definharem, em toda a região, casos estranhos passaram a ser relatados pelos moradores. Por exemplo, uma mulher morreu ao dar à luz, juntamente com o recém-nascido. Isso não seria algo incomum, a não ser pelo fato de que o bebê se tratava de um verdadeiro monstro. Nasceu com três dedos em cada mão e em cada pé, dois sexos e dois pequeninos ossos proeminentes na testa. Um horror, coisa para esquecer. Feliz da mãe que morreu. Se eu fosse o pai, teria matado a criatura com as próprias mãos. O homem, pelo que ouvi dizer, desde então, está internado em uma clínica para loucos.

O que intrigava a todos os moradores do lugar era a rapidez com que tal desgraça se apossara de nossas vidas pacatas. Em menos de dois anos, estávamos falidos. Entre as conversas que travávamos no único bar da região, deixávamos a imaginação tecer as mais improváveis hipóteses relativas àqueles assustadores incidentes. Lembro-me da última noite em que fui lá. O cheiro de fumo e aguardente recendia. O desânimo era total. Não havia uma janela aberta, apenas a porta escancarada deixava entrar a luminosidade da noite de lua cheia. Poucos lampiões acesos davam um ar lúgubre ao recinto construído de madeira pouco nobre. Sabia-se que o proprietário deixara de pagar a conta da luz elétrica fazia mais de mês.

Um dos moradores, o mais inflamado, estava a ponto de gerar uma revolta. Relacionava o início de todas as mazelas à chegada de três estranhos: um homem, sua esposa e a cunhada. Os três adquiriram uma propriedade ao lado da minha, que havia muitos anos estava desabitada. Tratava-se de uma pequena cabana erguida em um terreno pedregoso e irregular. O máximo que conseguiriam daquela terra seria sustento para sobreviver. No entanto, o processo de plantação e de colheita que empreenderam foi um sucesso. Somente eles estavam livres do azar que parecia se abater sobre todos os outros.

Temia pela sorte deles, pois, a qualquer momento, o fazendeiro revoltado organizaria um grupo para invadir as terras daqueles três. Já podia ver, como naqueles filmes de terror, os vilões empunhando tochas e invadindo o castelo do conde Drácula ou do Dr. Frankenstein para purificar com fogo as criaturas do inferno. Desacreditei o homem, quase ri dele por tamanho descontrole e disse que devia se acalmar. Ele me fitou com ar de insanidade, a barba por fazer, os cabelos desgrenhados e oleosos. Continuou, sem se abater, com argumentos insensatos. Sua conversa soava como se fosse superstição, não cansava de dizer que as duas eram bruxas, concubinas de satã, e o homem, um aprendiz do Coisa Ruim, denominação que insistia em utilizar. Eu, no entanto, limitava-me a balançar negativamente a cabeça em sinal de desaprovação. Somente concordaria com acusações que pudessem ser provadas pela razão, mesmo que algo perturbador estivesse ocorrendo entre nós.

Percebi que as pessoas, a propósito, apenas homens, pareciam dispostas a escutar o louco. Decidi ir embora. Meu cavalo também morrera. E somente usaria o carro, que deixara na fazenda, em uma emergência, pois não podia nem mesmo gastar com gasolina. Voltei para casa a pé.

O frio do inverno se fazia sentir na pele, castigando mesmo quem usasse um casaco leve como o que eu vestia. A lua cheia banhava a terra com sua luz prateada. Apesar da atmosfera aparentemente tranquila, eu sentia uma estranha sensação. Parecia que meus passos, todos os meus movimentos, eram vigiados. Estava me tornando paranoico. Era como se as árvores ao longo da beira da estrada tivessem olhos. Se fossem garras, seus galhos retorcidos poderiam me alcançar com uma simples lufada de vento. Um arrepio percorreu minha espinha. Que pensamentos mais estranhos! Levei um susto quando uma coruja levantou voo da copa de uma araucária. Pude ver suas órbitas oculares amareladas me fitando. Por um instante, achei que fosse me atacar. Porém, tomou outro rumo, só Deus sabe para onde. Talvez estivesse protegendo um ninho. Levei quase uma hora para chegar à minha casa. Ainda não eram nove horas da noite. Ao menos, meu relógio de pulso ainda funcionava.

Entrei no sobrado. Minha esposa tomava café quente, aos seus pés estava nosso cão de guarda, um *rottweiller*.

— Você chegou tarde hoje — disse ela. — Venha beber alguma coisa — levantou-se do sofá. — Sua aparência não é boa. Precisa fazer a barba e vestir roupas limpas.

Acariciei meu próprio rosto. Ela tinha razão. Lembrei-me de quando havia pensado que o homem no bar, por sua aparência e discurso, tratava-se de um louco. Talvez eu não fosse mais do que isso também: um verdadeiro louco naqueles dias. A roupa que vestia estava suja, surrada e com cheiro de suor. No entanto, não sentia vontade alguma de tomar sequer um banho.

Sentei no mesmo lugar que minha mulher ocupava anteriormente. Estava frio. Ela me trouxe um chá com ervas. O aroma estava delicioso. O sabor, melhor ainda, lembrava frutas silvestres. Sempre que perguntava o nome daquele chá, ela se limitava a rir e dizia apenas para que eu o bebesse. Logo uma sensação de bem-estar me envolveu. Conversamos um pouco sobre o clima de insegurança que se abatia sobre nós e a impotência da população para resolver todos os problemas. Fiquei com sono e sem fome, talvez fosse o efeito da bebida. Dei um beijo em seu rosto e subi as escadas em direção ao nosso quarto, disse para que viesse logo deitar comigo. O cão me acompanhava com os olhos atentos.

Abri a porta do quarto, estava tudo escuro. Procurei pelo interruptor, mas antes que pudesse acioná-lo, bati em uma pilha de livros que estava sobre o criado-mudo. Praguejei. Não aguentava mais aquelas coisas inúteis espalhadas pela casa. Liguei a luz e juntei os exemplares. Por acaso, olhei a capa de uma das obras. Tinha um título enorme, escrito em vermelho e em letras garrafais: *Martelo das Bruxas*. Fosse em outra época, não teria dado a menor importância para aquilo. O fato de ter travado uma conversa sobre bruxas, naquela mesma noite, impeliu-me a ter interesse especial pela obra. Um sono arrebatador me envolvia. Atirei-me sobre o colchão agarrado ao livro. Pretendia começar a lê-lo, mas fui vencido pelo cansaço. Estava decidido, na manhã seguinte iria me inteirar sobre aquele assunto com minha esposa. Por enquanto, precisava dormir para repor as energias e esquecer os infortúnios da vida.

2. Bruxas

Acordei em um sobressalto. Fazia tempo que não despertava antes de os primeiros raios de sol adentrarem o quarto. Sentia uma tontura desconcertante, como se tivesse ingerido algum tipo de medicamento. Apalpei a cama procurando minha mulher. Ela não estava ao meu lado. Levantei. Esfreguei os olhos para me acostumar ao escuro. A luz prateada da lua invadia o quarto pelo vidro da janela. Olhei na direção do matagal que começava a se elevar sorrateiro ao lado da casa. Avistei um vulto caminhando entre as macegas úmidas e brancas de geada. Uma mulher de cabelos longos, negros, magra e alta. Caminhar decidido e firme. Vestia somente uma camisola azul ignorando o frio do inverno. Era minha esposa, sem dúvida. Levantei a janela sentindo o ar gelado bater em meu rosto. Gritei seu nome. Ela pareceu não me escutar. Continuou em direção às árvores do matagal que dividem o terreno dos novos vizinhos com o nosso. Calcei com dificuldades as botas e vesti um pesado casaco de lã por cima da roupa suja com que eu me deitara. Desci as escadas cambaleando. Alguma coisa não estava bem comigo. Era como se eu tivesse passado por uma ressaca, depois de beber uma ou duas garrafas de uísque. Saí de casa, meus sentidos pareciam afetados por algum tipo de entorpecente. O fato é que não dispunha de perfeitas faculdades mentais naquele momento. Cambaleei. Tracei um caminho irregular, quase em zigue-zague. Eu pareceria um bêbado para qualquer um que me visse.

Entrei na mata, um pedaço ainda preservado da flora nativa do Brasil. Vi uma mancha azul mais adiante, tratava-se do vestido de minha esposa. Eu a seguia de longe, não conseguia alcançá-la. Era como se minhas botas pesassem mais do que chumbo. Finalmente ela parou em uma clareira. Encostei-me em uma árvore para tomar fôlego. Ia chamá-la. Porém, preferi ficar quieto quando percebi que ela não estava só. Decidi observar primeiro. Aquele comportamento, enfrentar o frio no meio da madrugada, não era algo comum.

Na clareira, visualizei mais pessoas em volta de uma fogueira. Entre elas reconheci o rosto de algumas mulheres que vivem em nossa comunidade. Minha esposa se despiu para imitar a nudez de todas as outras. Fiquei estupefato, sem saber o que pensar. O que estava acontecendo? No centro do terreno, próximo ao fogo que crepitava, havia uma mesa comprida com um farto banquete.

Uma espécie de cerimônia estava sendo oficiada por um homem vestido com um manto. Tratava-se, pude ver a face, de meu vizinho. Ao lado dele, feito estátuas de mármore, encontravam-se sua esposa e cunhada. Também se despiram, como havia feito minha esposa. Mostraram os seios empinados, as coxas torneadas e os sexos desnudos. Em um caldeirão de ferro instalado sobre lenhas e verbenas que ardiam em chamas, o homem começou a jogar ingredientes. Então, disse para que todas as presentes pudessem escutá-lo:

— Sangue de morcego, serragem e fuligem triturada para confeccionar a gordura dos bruxos. Uma bandeja de ossos, um terço com conta de guizos e o crânio de um feto. Quando essa mistura esfriar, untaremos nossos corpos e voaremos pela noite em nome do mestre maior. Neguem a religião Daquele que vocês adoravam antes de conhecer Satã — vociferou o bruxo.

— Nós negamos — todas as bruxas se manifestaram olhando para o céu, como se enfrentassem os anjos.

O homem se desvencilhou do manto e, ao fazê-lo, revelou o pênis ereto. Pegou um crucifixo ao lado de uma banqueta e cuspiu no objeto. Depois, pisou na cruz e a arremessou, quebrada, entre as adoradoras do demônio. Uma espécie de frenesi tomou conta de todas as participantes do evento. A missa diabólica seguiu com um cântico incompreensível. De tão estranho, aparentava estar sendo cantado ao contrário. No final da melodia endiabrada, as mulheres vibraram:

— Satã, conceda-nos a honra de sua presença! — continuaram resmungando. — Já vociferamos contra a bíblia, recitando-a ao inverso. Apareça, nós imploramos!

Do meio do mato, escutei galhos estalarem. Alguma coisa se aproximava. Surgiu entre as árvores uma sombra. A princípio, parecia a silhueta de um homem alto e curvado. Minha visão parecia me trair... Não se tratava de um homem, mas de um cão gigantesco... Esfreguei os olhos para tentar enxergar melhor... Vi um bode de tamanho fora do comum... um carneiro... um monstro com asas... a cada instante a coisa de mil formas se achegava com um caminhar coxo até a lareira. Aproximava-se para aninhar-se entre as mulheres. Caí de joelhos no chão, fiquei prostrado sobre o mato úmido. Perdi quase todas as forças depois dessa alucinação desconcertante.

Satã sentou em um trono sendo paparicado pelas bruxas, de todas as idades, de corpos jovens e de corpos velhos. Sua expressão de volúpia, agora um rosto quase humano, com cornos na cabeça, revelava suas intenções pecaminosas. Relâmpagos se destacaram na noite amaldiçoada iluminando bem aquela face demoníaca. Trovões, como se fossem martelos, ribombaram pela terra. As bruxas, viciadas no enxofre que se desencadeava da criatura do mal, festejaram alucinadas sua presença.

Assim que a gordura dos bruxos esfriou, todas se lambuzaram com o produto pernicioso, inclusive o feiticeiro. Começaram a fornicar em uma orgia de cunho incansável. Agora, com o unguento espalhado pelos corpos, tive a impressão de que elas levitavam, de que poderiam alcançar as estrelas e zombar de Deus enquanto realizavam aquela missa.

Petrificado como estava, talvez atingido por algum sortilégio, não tinha força alguma para me levantar. Minhas pernas fraquejavam, meu coração parecia a ponto de parar de bater. Toda a minha essência corrompia-se pela proximidade daquele mal. Gostaria de morrer. Mas não conseguia nem mesmo mover um músculo, prostrado pelas inverossímeis visões de um mundo bizarro. Era como se minha própria alma já tivesse sido capturada. Arrebatada por toda a desgraça que nos assolava.

Não tardaria para acontecer. O Homenageado, sentado em seu trono, com as mulheres em seu colo, avistou-me de joelhos no chão, como um fiel pagando penitência. Ele apontou para mim, sorriu e depois gargalhou. Desejei fugir, correr... Mas continuava paralisado. Seus olhos de fogo me fitavam, mostrando através das pupilas a entrada do inferno. Oh, não! Quanto terror, tortura e dores inimagináveis estavam reservadas aos seus inimigos e aos pecadores.

Num gesto de força de vontade, a última que me restava, consegui desviar o olhar. Somente para assistir à outra visão desagradável. Uma de suas seguidoras, quase em um piscar de olhos, transformou-se em um mocho e, num hábil voo, aproximou-se de mim. A bruxa me encarou, fazendo gelar minha alma. Piou de forma estridente e, com suas garras, arranhou-me profundamente a carne. Depois disso, perdi a consciência.

3. Sem saída

Minha mulher abriu as cortinas das janelas do quarto. Já era de tarde, percebi pela altura do sol no céu. Meu corpo doía. Ela sorriu e disse que eu devia me alimentar. Colocou diante de mim uma bandeja com café farto. Agarrei a caneca e sorvi o líquido com avidez. Foi quando pude ver um curativo, bandagens em torno do meu braço esquerdo. Braço com que eu tentara me defender de um ataque... O ataque de uma ave de rapina!

Quando começara a pensar que sofrera apenas dos males de um pesadelo muito real, o terror da noite anterior retornou com força total. Com pavor, encarei a mulher que agora me parecia uma verdadeira estranha.

— Não se preocupe — disse ela. — Você foi marcado ontem à noite por uma antiga bruxa e terá a oportunidade de escolher: ser um de nós ou então enfrentar os seus piores pesadelos. Na próxima noite de sexta-feira, negue Deus e será poupado. Se o fizer, viverá em paz conosco. Acredite, quero muito que você fique do nosso lado.

Ela me deixou só. Antes de sair, sorriu de uma maneira que quase me tranquilizou. No entanto, era possível apagar da memória aquele culto odioso. Pesadelo, realidade, já não sabia dizer. Preferia não ter de passar por tudo aquilo de novo. Vesti calça, camiseta e sapatos. Sentia-me febril, sem esperanças, abatido.

Saí do quarto. Caminhei com passos leves pela casa, não queria que a mulher me escutasse. Estava decidido a ir embora, seria o mais acertado a fazer. Nada mais importava para mim nesse lugar. Quando atingi a porta que dava para a rua, escutei sua voz.

— Não faça isso. Fique! Sei que você e todos os outros esperam por um milagre. Nossas plantações serão ricas de novo. Basta que rezemos por Ele, somente isso.

Ao olhar para o campo, observei a natureza com outra percepção. Era como se todo o lugar estivesse infestado por um mal indescritível. Haveria algum sítio para onde eu pudesse fugir depois de ter a visão profanada pela presença do diabo e daquelas feiticeiras devassas? O vento que batia nas árvores mais adiante recendia um ar empestado com aroma de chumbo e gás metano. As folhas, nas copas das araucárias, pareciam guizos de serpentes. Os plátanos, olhos monstruosos que me analisavam dos pés à cabeça, conscientes dos meus pensamentos. Pude enxergar sorrisos bestiais nos troncos enrugados das malditas árvores que cercavam a propriedade.

O nosso *rottweiller*, de pelo baixo e liso, tronco encorpado e focinho proeminente, postou-se diante de mim. Rosnou apresentando dentes amarelados e uma baba grossa como quem diz "não se mexa, eu estou no controle". O animal invadia minha mente com a maior naturalidade.

Sem coragem de enfrentar o cão, olhei para trás na tentativa última de implorar pela minha partida. Lá estava aquela em quem um dia eu confiara a poucos metros de distância. Diferente, alterada, não como se mostrara poucos minutos atrás. Nas covas orbitais, um olhar de ave noturna, pupilas em forma de esferas escuras que me fitavam. Com palavras doces e venenosas derramando-se dos lábios carnudos e vermelhos disse:

— Fique. Aqui é o seu lar! O milagre está por vir. Apenas aceite. O que me diz? — ela estendeu a mão direita, uma verdadeira garra pronta para me capturar.

Em meu coração sinto apenas medo. As cordas vocais emudecem, não sou capaz de dar qualquer resposta.

Publicado pela primeira vez em *Sagas vol. III: Martelo das bruxas. Porto Alegre: Argonautas Editora, 2011, p. 111-124.*

RITO NECROMANTE: CRIAR ZUMBI

O GRUPO ERA O DE SEMPRE. Eles se encontravam regularmente, há mais de seis meses, uma vez por semana. Toda sexta-feira, antes das vinte e duas horas, chegavam ao ponto de encontro. Tratava-se de uma cabana em uma região afastada. Não havia luz elétrica. Utilizavam lampiões distribuídos por locais estratégicos da precária habitação.

Uniam-se por um mesmo objetivo: manipular certos elementos da natureza. Para isso, necessitavam conhecer o oculto. Descobriram, a partir de suas leituras profanas, que era possível regenerar o corpo humano com rituais de cura. Começaram as experiências em uma noite fria de junho. Inscreveram, com nanquim, símbolos no corpo de um dos confrades e também cortaram a palma de sua mão. Deram sequência ao culto entoando um cântico dissonante. Assim que terminaram o processo, viram o profundo corte se fechar deixando a pele em perfeito estado. Comemoraram até o amanhecer. Afinal, progrediam em suas pesquisas.

Na semana seguinte, encontraram-se novamente. O confrade que servira de cobaia não compareceu. Era sua primeira falta. O mais novo ligou para o celular do companheiro. Ninguém atendeu. Combinaram que um do grupo ficaria responsável por visitá-lo e, de maneira enérgica, cobrar sua falha em não participar da reunião.

Precisavam continuar seus estudos, por isso, deixaram de lado a ausência do colega. Foi quando um dos confrades, o mais eloquente e laborioso, cometeu um ato insano. Depois, justificou-se dizendo se tratar de um passo essencial no aperfeiçoamento da arte que praticavam. Pegara uma faca afiada e, com o objeto perfurante, estocou um dos companheiros. O rapaz dobrou-se sobre o próprio corpo e caiu no assoalho. Os outros gritaram, empurraram o colega chamando-o de assassino, enquanto se esforçavam para socorrer o ferido.

O confrade do ato desmedido pediu calma aos demais. Argumentou que bastava utilizar os conhecimentos que adquiriram naqueles últimos dias. Os companheiros deitaram o sujeito agonizante em um dos sofás despindo-o para inscrever em seu corpo os símbolos referentes à regeneração. Depois, iniciaram os mesmos cânticos entoados na outra sexta-feira. Sabiam que se tratava de louvores a um desconhecido deus profano. Surpreenderam-se com o resultado. A grave perfuração desaparecera e, com ela, a sensação de dor. Logo riram da loucura do apressado confrade e encheram taças de vinho para brindar.

Outro final de semana chegou. Porém, dois dos confrades não compareceram. Exatamente os indivíduos que participaram como cobaias dos últimos rituais. Aquele que fora esfaqueado na semana anterior ficara com a incumbência de visitar o companheiro que se ausentara. Com isso, os três que marcavam presença na reunião não sabiam ainda o que acontecera com o primeiro confrade, tampouco com o segundo.

Decidiram manter a programação. Empunharam lanternas para seguir o trajeto que levava até o cemitério rural. Chegaram ao terreno sagrado após alguns minutos de caminhada. Encontraram um mausoléu de tijolos pouco suntuoso. Ao redor da construção, de maneira ordenada, erguiam-se lápides e cruzes.

Consigo, os confrades carregavam sacos de sal. Então, aplicaram a substância sobre o terreno. Mas não de forma aleatória. Compunham o melhor possível, nessa tarefa, os mesmos símbolos que utilizaram com os confrades para curar seus ferimentos. A terra preta ficou marcada com as inscrições.

Os três entoaram os antigos cânticos como nas noites anteriores. Esperavam ansiosamente por resultados positivos. Pararam de cantar apenas quando um deles pediu atenção e ordenou que olhassem na direção de uma das lápides. O sal fumegava sobre a terra, uma fumaça se desprendia da substância concedendo um ar sobrenatural à madrugada.

A superfície da terra revolvia-se, como se viva estivesse. O grupo teve a impressão de que parasitas gigantes cavavam túneis sob o solo à procura de oxigênio. Outros pontos da terra se movimentavam. Primeiro, ascenderam mãos com peles descascadas, músculos visíveis e dedos esqueléticos. Depois, surgiram cabeças, algumas com cabelos desgrenhados e compridos, outras carecas que revelavam cérebros ainda úmidos. Faces secas, crânios sem globos oculares e mandíbulas com dentes estragados. Corpos frágeis acompanhados de vermes bem alimentados ganhavam ar puro infestando-o com o odor de carne pútrida. Alguns ainda vestiam as mortalhas sobre as carcaças. Mulheres com vestidos longos de rendas brancas, homens dentro de paletós com gravatas e crianças enfeitadas para festa.

Os confrades pareciam estar em um transe de horror. Não conseguiam gritar nem mesmo movimentar seus músculos. Estavam extasiados e, ao mesmo tempo, estupefatos com o feito que realizaram.

Os mortos deixaram as covas. Arrastaram-se e movimentaram-se de acordo com o que suas pernas decompostas permitiam. Balbuciaram palavras desconexas, pois há muito tempo suas bocas não emitiam qualquer som. Suas mãos se estendiam na direção dos confrades. Dois deles se calaram ao perceber a intenção daqueles cadáveres. O terceiro não gritou, não gostaria de ser chamado de covarde se sobrevivessem àquela turba de mortos-vivos. Queria escapar. Por isso, sem avisar os outros, correu. Fora do cemitério, sentiu-se seguro para olhar o que acontecia. Enxergou um de seus companheiros ser agarrado no tornozelo por uma mão que brotava da terra. E o outro tropeçar ao iniciar uma fuga estabanada. No chão, aquele confrade foi alvo fácil para os perseguidores que cravaram os dentes em seu corpo. Ele gritou. Implorou ajuda. Mesmo assim, não obteve melhor sorte que a morte rápida. O outro, preso pelo tornozelo, logo foi envolvido pelos braços das criaturas restantes. As coisas vindas da terra profanada pareciam apreciar cada mordida daquela refeição.

O sobrevivente não conseguiu encarar o banquete até o final. Repleto de asco e medo voltou para o ponto de encontro dos confrades. Entrou na cabana, quase sem fôlego, depois da fuga. Acendeu um lampião que havia em uma mesinha ao lado da entrada. Surpreso, avistou duas figuras em pé, a menos de um metro dele. Pôde constatar que se tratava dos confrades ausentes. Eram evidentes as transformações que ocorreram em seus corpos.

Um deles, com dificuldade para articular as palavras, em razão de um inchaço em seu pescoço, disse:

— Pensei que estávamos realizando rituais de cura — sua mão, braço, ombro, pescoço e rosto, somente do lado direito, estavam necrosados.

— Nossos rituais de cura não funcionavam — tentou se justificar o confrade. — Precisávamos inovar.

— Então a inovação se concretizou primeiro comigo, não é mesmo? E depois com ele? — apontou para o outro confrade, em evidente estado de decomposição. — E agora? Estamos definhando. Você pode nos curar? Sinto dificuldade para pensar. Nosso companheiro já não articula mais frases, seu cérebro está se desligando da nossa realidade.

— Sinto muito, mas não há nada que eu possa fazer para ajudá-los no momento — admitiu a derrota e a frustração da falta de conhecimento necessário para reverter a situação.

— Compreendi. Não posso contar com você — depois dessas palavras, pulou sobre o colega. Então, envolveu o pescoço do adversário entre seus dedos fortes e começou a enforcá-lo.

O outro confrade se aproximou com movimentos lerdos e mordeu o braço do traidor. Mastigou a carne suculenta. Depois, cravou os dentes na cabeça do outro que só fazia gritar. O cheiro do cérebro o deixava mais excitado. Entendeu, a partir daquele momento, que carne humana era um combustível vital para sua existência. Uma verdadeira iguaria para qualquer zumbi.

Publicado pela primeira vez em *Zumbis: Quem disse que eles estão mortos?* *São Paulo: Editora All Print, 2010, p. 43-47.*

RÉU

"Deixai, ó vós que entrais, toda a esperança".
Dante Alighieri

ESTAVA TUDO ESCURO.

Não havia sensações que pudesse sentir. Sem olfato, sem visão, sem audição, sem tato. Apenas uma certeza, aos poucos minha consciência emergia de um fosso profundo. Abri as pálpebras e continuei absorto em trevas. O silêncio sepulcral me intimidava a ponto de causar temor. Finalmente, uma luz branca intensa foi acesa sobre meu rosto. Ofuscou minha visão causando incômodo.

Percebi que meu corpo cansado se encontrava sobre uma cadeira. O objeto rangeu ao mínimo movimento de desconforto. Olhei para o lado na tentativa de fugir daquela luz maçante. Então pude ver um rosto. Somente um rosto, pois o resto do corpo se escondia nas sombras. A figura possuía olhos inquisidores que me fitavam. Da boca sisuda e vermelha daquele indivíduo, soou uma voz de trovão que estremeceu meu peito:

— Tu que vieste até aqui, tão estupidamente, podes me dizer o que houve, com tuas próprias palavras?

Fiquei em silêncio. Não sabia o motivo pelo qual estava sendo interrogado. Muito menos o fato de ter sido preso naquele lugar. Havia uma estranha sensação que se apossava de mim, parecia que o tempo tinha parado.

Ele continuou me olhando, como quem aguarda uma resposta. E não a teve, pois preferi dizer algo que não me comprometesse:

— Senhor, não tenho a mínima ideia por que estou aqui.

— Posso compreender — disse ele indiferente. — É tudo um caso de amnésia temporária. Conheço bem esse tipo de situação. A falta de memória é um mecanismo natural para mascarar a realidade dos fatos. Mas nós vamos recuperá-la. Podes ficar certo disso. Saibas que é de suma importância para a definição do teu destino trazer à tona os últimos atos.

Ele se calou. Mantinha-se pensativo e misterioso. No escuro, pude distinguir seu perfil. Tive a impressão de ver asas em suas costas. Levantou o braço direito. Num movimento rápido, estalou o polegar e o indicador.

Diante de mim, surgiu, como em um passe de mágica, um homem magro vestindo roupas iguais às minhas. Não consegui identificar sua face distorcida pela raiva. Uma luz vermelha pairava sobre seu rosto e a ira moldava sua careta medonha.

Três holofotes foram acesos formando um círculo de luz no chão. Uma cama se materializou revelando o caráter fantástico do ambiente. Sobre o colchão de molas, um casal de amantes se movimentava intensamente. A princípio, não tive certeza de que os conhecia. A mulher cavalgava nua sobre o parceiro e urrava de prazer. Vadia, pensei em dizer, mas fiquei calado.

Minha atenção se desviou para o homem magro vestido igual a mim. Ele carregava um cutelo bem afiado. Prevendo um mórbido acontecimento, tentei me levantar, mas meu corpo parecia pesar dez vezes mais do que o normal.

— Pare! — gritei reunindo toda a força dos meus pulmões.

— Ele não pode te escutar. A ira o deixou surdo. Fica quieto e observa – ordenou o inquisidor saindo da escuridão. Contemplei suas enormes asas escuras e não me encorajei a enfrentá-lo.

O homem se aproximou da cama. Não fazia barulho com seus passos sorrateiros. Então, quando estava suficientemente perto, despejou sobre os corpos suados toda a raiva, a fúria de marido atraiçoado. A lâmina de açougueiro penetrou as costas da mulher que, como se fossem um tablete de manteiga, não ofereceram resistência. Em seguida, cravou-se no peito do amante, sem dar oportunidade para defesa.

O assassino perdeu a conta das vezes que perfurou a carne dos desafetos. Somente depois que seus músculos se cansaram, perdendo a capacidade de movimentar com presteza o braço de carrasco, é que parou de golpeá-los. Não importava que já estivessem moribundos, queria saciar sua ira.

Com mais determinação do que antes, almejei levantar. Aquilo não era uma encenação teatral, eu podia sentir o cheiro de sangue e a tensão que pulsava no coração do assassino. Não conseguia, porém, deixar o assento da cadeira. Era como se braços invisíveis me prendessem e também me obrigassem a assistir a toda aquela cena bizarra.

— Covarde! — gritei para o algoz dos amantes. Depois, voltei-me para o inquisidor e também o xinguei. Insultei-o pela maneira de proceder. Afinal, deixara que aquela carnificina acontecesse diante dos próprios olhos e nada fez para interceder. Apenas observava impassível, indiferente, frio com toda a situação que ocorria.

Para minha surpresa, as luzes que focalizavam a cama se apagaram. Não pude mais enxergar o sangue em profusão que tingia os lençóis, nem mesmo os amantes esfaqueados ou o desesperado assassino.

O inquisidor disse com um tom de malícia na voz:

— Espero que o ato final faça despertar tua memória adormecida.

Na direção oposta ao crime, acendeu-se outro facho de luz. Lá estava o assassino. Não foi difícil prever o que aconteceria. Desta vez, nem mesmo cogitei em intervir, ou seja, impedi-lo de cometer mais uma insanidade. Havia entendido, finalmente, que naquele lugar eu era somente um espectador. Ele subiu no parapeito e se jogou estatelando o corpo na calçada de uma movimentada avenida.

Escorei a cabeça entre as mãos, vertigens me assolaram, a verdade demolia meu coração partido.

— Por quê? Eu perdi o senso, a direção, enlouqueci. Tire-me daqui — chorei.

Percebi o grave erro que havia cometido.

— Teu julgamento está feito. A consciência é o juiz supremo de todos os casos. Com tua memória restituída, deves cumprir a pena que te aguarda. Declaro as provas contra ti: ira, assassinato e suicídio.

Depois de indicar meus crimes, pronunciou uma frase mística que possuía a força de uma chave:

— Deixai, ó vós que entrais, toda a esperança.

Portas pesadas de aço, anteriormente escondidas pelas trevas do ambiente, abriram-se com um rangido irritante. Escancaradas, revelaram as entranhas ferventes do plano inferior mais temido pela humanidade. Batedores demoníacos voaram em minha direção. Espetaram ganchos em meu corpo, aprisionando-o a correntes de ferro. Gargalharam em meus ouvidos, babando e grunhindo blasfêmias. Então, carregaram minha alma de sombra para seu mundo de desespero.

Publicado pela primeira vez em *Fiat Lux II: Por anjos e demônios. Rio de Janeiro: Editora Multifoco, 2010, p. 127-130.*

PASSAGEM

DOR. AGONIA. ESCURIDÃO.

Diante dela, um barco. Os pés descalços pisam na terra molhada à beira de um rio estagnado. É incômodo e frio sentir a presença da água parada. Um indivíduo na proa, vestindo um manto puído, estende o braço e abre a mão esquelética à espera do que é seu por direito.

Não é possível ver o rosto do barqueiro sob o capuz. Apenas uma escuridão profunda gela a alma. O ambiente é silencioso e o ar, pesado. A mulher toca nas ancas, por instinto, à procura de bolsos. Percebe que usa apenas uma camisola leve e transparente. Não carrega nada consigo. Dá dois passos na intenção de ingressar na embarcação.

O indivíduo retrai o braço estendido, agarra um remo e, com o objeto, impede a aproximação da mulher. Ela volta para a margem. O barqueiro, como se nada tivesse acontecido, estende novamente o braço e abre a mão esquelética.

Depois de não ser aceita, ela decide entrar nas trevas que a circundam. Sua jornada parece durar algumas horas; seus pés tocam lama, nada mais do que isso. Enfim, sente a água molhar seus tornozelos; está de volta à presença do barqueiro. Era como se caminhasse em círculos, mas estava certa de ter seguido apenas em linha reta. Resolve sentar no lodo. Encolhe-se, deixando a cabeça encostar nos joelhos. Então, abraça as próprias pernas. Não sabe o que fazer. Apenas fecha os olhos. O tempo deixa de ter qualquer significado naquele lugar.

Quando a paz do esquecimento parece se instaurar em seu espírito, ela desperta de um sono impossível de se concretizar. Nos domínios do barqueiro, a paz é um sonho irrealizável. Diante de seus olhos, enxerga um vaso desbotado, decorado com flores murchas. O objeto de porcelana está sobre um túmulo de cimento. Na lápide, lê o próprio nome, a data em que nasceu e o dia de sua morte. Uma fotografia de quando fizera dezoito anos expõe seu rosto considerado belo pela maioria dos garotos de sua idade. O marido a considerava uma mulher bonita e inteligente, alguém para acompanhá-lo durante toda a vida. Queria encontrá-lo. Voltar para seus braços fortes, mãos carinhosas e sorrisos ternos.

Próximo ao seu túmulo, vê um homem velho abrindo uma cova. Ele também a percebe e arregala os olhos em uma expressão de surpresa e medo. Fica paralisado, seu batimento cardíaco acelera. Ela, sem saber exatamente o porquê, consegue interpretar sentimentos e sensações sutis. E aprecia suas novas habilidades. O medo constitui-se em uma espécie de combustível para o novo corpo etéreo que possui. Ignora aquele homem e levita pelo cemitério.

Encontra pessoas em um cortejo e transita entre elas. No entanto, desta vez, constata que ninguém a percebe. Resolve cochichar algo ruim no ouvido do padre que está pronto para iniciar os ritos fúnebres. Ele coça a orelha e, em seguida, benze-se sem motivo aparente. Ela definitivamente começa a se divertir com a situação. Ri da própria desgraça. Tornou-se um fantasma.

Depois do acesso de riso e de gargalhadas infernais, lembra-se mais uma vez do marido. A lembrança e o desejo intenso de encontrá-lo são suficientes para transportá-la para o apartamento em que moravam. As janelas estão fechadas. Ela desliza, alguns centímetros acima do chão, até o quarto. Sem precisar abrir, atravessa a porta. Tem a sensação de que farpas de madeira rasgam sua essência. Isso a enfraquece um pouco, mas não o suficiente para fazê-la parar. Encontra o marido deitado com outra. Dormem abraçados. Ela berra, expondo o ódio por ser trocada, esquecida, somente porque partiu do mundo dos vivos. A televisão liga. O marido acorda e esfrega os olhos se perguntando como o aparelho pôde funcionar sozinho. Talvez tenha tocado sem querer no controle remoto. Mas o objeto está na cabeceira, longe do alcance de sua mão ou de seus braços estabanados. O canal acessado está fora de estação. Só o que se escuta são chiados. Ou são grunhidos, gritos? Um ponto escuro se destaca entre inúmeros pontinhos brancos e negros que se alternam na tela. A mancha aumenta de proporção; parece se tratar de uma sombra com forma humana. O homem sacode a companheira ao seu lado. Precisa que alguém também veja aquele fenômeno estranho. Como nos filmes de terror, um cadáver, com o rosto de sua falecida esposa, quase salta da tela. Quando a namorada acorda, constata que o companheiro está gelado, com o coração a mil por hora, o rosto esmaecido e o olhar petrificado em direção à televisão desligada. Ela pergunta o que aconteceu, mas ele não responde. Fica mudo e apenas aponta com o indicador trêmulo para o aparelho.

Depois de ver fantasmas, o coveiro tentava agir naturalmente, mesmo que às vezes ainda ficasse tenso e com um pouco de medo. Ainda mais quando se deparava com espíritos horrendos que nem o daquela mulher. Não era a primeira vez que ocorria esse tipo de situação, afinal ele trabalhava naquele ofício desde a adolescência, quando aprendera tudo com seu pai. Conhecia alguns truques básicos. Entre eles, colocar uma moeda sobre o túmulo do morto. Assim, contribuiria para enviar a alma penada em sua viagem pelo rio Estige.

Logo que aquele espectro sumiu, procurou em seus bolsos por uma moeda; só encontrou notas. Não podia desperdiçar dez reais com alguém que já havia partido. Para o barqueiro, o valor não faria diferença. Foi até sua casa, que ficava no mesmo terreno do cemitério, e pegou uma moeda de cinco centavos dentro de uma niqueleira. Voltou ao túmulo em que avistara o espírito e depositou o trocado junto à fotografia da falecida. Em seguida, escutou um grito de raiva que o apavorou. O vaso sobre o túmulo rachou em diversas partes.

O coveiro fez o sinal da cruz em um ato de fé, como se aquilo fosse capaz de defendê-lo de qualquer coisa ruim. Soube naquele instante que a mulher não desejava partir. Porém, já era tarde. Ela faria a travessia do Estige, contrariando a própria vontade. A passagem estava paga.

Publicado pela primeira vez em *Moedas para o barqueiro: contos fantásticos sobre a morte. São Paulo: Andross, 2010, p. 167-169.*

CAMPO DE MARTE

EU E MAIS SETE AMIGOS FOMOS VIAJAR PARA UMA PRAIA NO SUL DO PAÍS. Uma praia conhecida pelas suas belezas naturais e um farol que ilumina os marinheiros durante a noite.

Acordei há pouco e estou tentando reconstruir nossos últimos passos até o dia de hoje. Saímos de casa numa sexta-feira ensolarada de inverno. Fomos em dois carros, cada veículo comportou quatro pessoas. Nossa viagem durou seis horas e pouco. Chegamos à praia com as bundas e as costas doídas, mas nem por isso nosso ânimo diminuiu. Rumamos direto para o camping que ficava na parte alta do vilarejo de pescadores.

Os veículos subiram o íngreme trajeto de poeira que levava até o penúltimo andar do morro. Enquanto subíamos, observávamos a paisagem exuberante formada pelo mar esverdeado, dunas e mata atlântica. Em um ponto oposto ao qual estávamos, visualizamos o farol. Parecia que a edificação esperava com ansiedade a chegada da noite para cumprir sua tarefa de iluminar o caminho dos viajantes do mar.

Enfim, chegamos ao camping. Cada casal montou uma barraca e sobre as barracas instalamos uma lona gigantesca. Nosso acampamento lembrava um cortejo cigano. Pretendíamos durante a noite conhecer o Campo de Marte. Tratava-se de uma depressão concêntrica no nível mais alto do morro. Parecia, conforme um dos meus amigos que já estivera lá, uma cratera aberta por um meteoro.

Começou a entardecer, em breve o sol não estaria mais conosco. Em nossas mochilas, colocamos lanternas, garrafas de vodca e vinho. Levamos também sanduíches. Na minha mochila, coloquei itens especiais: velas pretas, isqueiro, uma faca, papel, lápis, borracha e dados. O pessoal queria aprender a jogar *Role Play Game*. Confesso que, se eu soubesse das forças sinistras que habitavam o topo do morro, nunca teria brincado com a mente dos meus amigos. O que poderia ter sido uma bela noite estrelada e de lua crescente foi um espetáculo de vísceras espalhadas pela terra.

Quando chegamos ao campo, ainda era possível enxergar sem utilizar as lanternas.

O local era repleto de pedregulhos e a terra ligeiramente avermelhada. Em seu centro, havia um pentagrama feito de pedras. Um dos rapazes perguntou quem teria construído o símbolo. Nenhum de nós poderia dar aquela resposta. Uma das meninas disse que ficara toda arrepiada e que tinha um sentimento ruim sobre estarmos sozinhos naquele lugar. Eu, no entanto, estava adorando. Afirmei que deveríamos jogar ali mesmo, sobre o pentagrama.

As meninas sugeriram para que voltássemos para o acampamento. Mas os rapazes incentivaram minha ideia. Queriam se mostrar corajosos, mostrar que não tinham medo algum. Contudo, tenho certeza de que lá no nosso íntimo, no fundo do nosso inconsciente, uma espécie de receio sutil já aflorava. Começamos a acender as lanternas, pois a noite chegara. No ponto mais baixo da depressão, constatamos que o vento não circulava. Abrimos as garrafas de bebidas, e eu acendi as velas, uma em cada ponta da estrela ornada no chão.

Um flash no horizonte do Campo de Marte chamou nossa atenção, era o farol do morro ao lado que foi aceso e começou a piscar regularmente para nós em intervalos de alguns segundos.

Bebemos um pouco, antes que eu explicasse as regras do jogo. O pessoal já sabia o básico e o mais importante: todos interpretariam personagens e realizariam suas ações dentro de um universo ficcional criado por um mestre, neste caso eu.

Notei que, dentro do pentagrama, a terra tinha algumas rachaduras sutis e, delas, tive a impressão de que se desprendia alguma espécie de nuvem ou vapor. A princípio, pensei que era minha imaginação fértil embalada pela vodca.

Tive de abandonar a ideia das folhas de papel, lápis e dados. A noite se tornou fria e todos queriam manter suas mãos nos bolsos ou em volta da cintura das namoradas. Assim, o jogo ganhou uma dinâmica diferente... muito... muito mais real.

Comecei falando sobre a criação do universo, sobre deuses antigos e a formação do planeta Terra. Perdi o fio da meada sobre a história que eu contava quando uma nuvem vermelha e densa despontou das rachaduras no chão.

Então fomos surpreendidos por uma aparição. Sobrevoando nossas cabeças, no centro do pentagrama, materializou-se um guerreiro. Vestia um peitoral de ouro, um elmo que lhe escondia a face, uma saia que ia até os seus joelhos e sandálias de couro. Em suas costas, pude notar que estava dependurado um escudo e, na bainha de seu cinto, uma bela e ornamentada espada carmesim.

— Finalmente! — disse ele. — Eu estava à espera de jogadores. Minha arena necessita de um conflito.

Tentei falar, mas minhas ações não eram mais minhas, era como se algo ou alguém tivesse se apoderado do meu corpo e da minha alma. Não consegui ver o semblante de meus amigos ou de minha namorada. Todos tinham suas faces cobertas por uma sombra.

— Meu nome é Marte — falou o guerreiro. — Se Virgílio não estivesse ocupado nesse instante, ele mesmo lhes diria que vocês estão sobre uma das entradas do inferno. Podem ter certeza de que esta noite vocês passarão pelas grutas que levam ao Poderoso das Profundezas. Mas, antes disso, temos de nos divertir.

Marte olhava para nós com um sorriso irônico e cínico.

— Teremos apenas uma regra: para salvar suas almas, eliminem os adversários e sobrevivam. Conselho: na sua vez de atacar, escolham com sabedoria sua ação, pois é bem provável que não tenham uma segunda chance.

Fez-se um segundo de silêncio.

— Que tenha início o combate! — retumbou a voz poderosa.

Marte subiu mais alto no céu em sua forma etérea e se transformou em um pequeno ponto vermelho na imensidão de estrelas.

Nós todos nos levantamos e nossos vultos assumiram posições de defesa. Um de nós foi deixado pela escuridão e seu novo semblante se revelou. Uma mulher de vestes prateadas e transparentes apareceu sob a luz das estrelas. Seu cabelo penteado em forma de coque revelava os belos traços de seu rosto. Eu tentei lembrar quem ela era antes do jogo começar, mas fui incapaz de saber, minha memória parecia ter sido desligada de algumas funções. Em suas mãos, a mulher tinha um pergaminho. Desenrolou o papel antigo e, com o semblante totalmente impassível, informou:

— Eu sou uma Sibila. Conheço o futuro, mas não tenho poderes para mudá-lo. Minha obrigação é revelar a mensagem dos oráculos. Assim está escrito: "A fantasia nada mais é do que a pura realidade e a realidade apenas um jogo que ficou no passado".

Grande mensagem, esclarecedora, pensei com ironia, sem conseguir dizer nada.

Um personagem do canto oposto de onde se encontrava a profetisa se materializou. Era um guerreiro ciclope de porte imponente. Ele grunhiu o próprio nome:

— Meu nome é Polifemo. Não gosto daqueles que enxergam mais do que eu. Principalmente, alguém que pensa que pode ver o futuro.

O ciclope com um martelo de guerra na mão pulou com ferocidade e rapidez sobre o corpo da jovem mulher indefesa e esmagou os ossos da sacerdotisa, até que ela parou de respirar sofrendo em agonia.

Uma risada frenética despontou de alguma parte do campo revelando outra figura grotesca em volta do círculo. Esse outro personagem tinha um corpanzil e sua forma constituía elementos de diversas naturezas. Sua massa corporal parecia conter o fogo, os mares, as rochas, os planetas, as estrelas e milhares de olhos. Ele permaneceu parado e com uma expressão insana em seu rosto disforme. Ao seu lado, surgiu outro participante na arena. Montava um cavalo alado e branco. O homem disse:

— Sou Perseu e este que me acompanha é Pégasus. Nascemos para enfrentar a vilania e os malditos seres que não respeitam a vida. É nossa vez de agir, e temos uma dúvida cruel. Deveríamos acabar logo com esse ciclope estúpido, chamado Polifemo – apontou sua espada para o ser desajeitado –, ou acabar com esse monstro ignorante que achou graça na morte da bela profetisa?

Olhou para os outros presentes e, não obtendo resposta, continuou sua explanação:

— Pois bem, o ciclope tem apenas um olho, sua imperfeição faz dele um troglodita sem alma. Poderemos cuidar de seu destino depois. Mas não podemos admitir que um ser dotado de tantos olhos e de tantas estrelas em seu corpo seja capaz de rir do destino nefasto de uma donzela. Por isso, acabaremos contigo, ó ser imperfeito da natureza!

Pégasus agitou as asas e voou demonstrando agilidade no que fazia. Pararam bem alto no céu, observando os espectadores. Perseu pegou sua espada e a brandiu no ar fazendo um zunido que só os melhores heróis sabem fazer.

O cavalo e o homem como se fossem apenas um ser desceram tal qual um míssil na direção do inimigo escolhido. Para a surpresa dos que assistiam, o ser disforme multiplicou seu tamanho em segundos e com o seu peito tragou o herói e seu aliado para dentro da escuridão de seu corpo multifacetado. Fechando um dos punhos, a criatura urrou o próprio nome:

— Sou Caos e voltei para reclamar meu direito sobre o universo.

— Comece por mim — disse outra criatura que saiu das sombras.

Um ser alado de fogo iluminou todos os personagens na arena áspera do Campo de Marte.

— Que seja! Minha ação será acabar com você — disse Caos.

Caos pulou sobre o pássaro de fogo que o havia desafiado, e uma luta de titãs iluminou a praia de pescadores, como se houvesse uma tocha imensa no topo daquele cume assombrado. O chão tremeu e os túneis que levavam ao Poderoso das Profundezas se abriram ainda mais. Os vermes e os demônios que existiam lá embaixo, no inferno, fizeram-se ouvir quando rastejaram nas entranhas da terra.

Caos engoliu o pássaro alado com uma bocarra do tamanho de um campo de basquete. O fogo que correu por suas artérias inumanas encheu de força aquele terrível ente da natureza. A criatura tinha uma voracidade capaz de abocanhar o mundo inteiro. Porém, já havia realizado sua rodada, outros guerreiros tinham a chance de se manifestar e agir antes que ele cumprisse seus desígnios de devorador do universo.

O fogo que corria dentro de Caos iluminou os participantes que restaram. Em pé, na arena, estava o ciclope, duas mulheres e um lobo, um homem e um tritão. Uma das mulheres se aproximou do centro do círculo, pois era a sua vez de agir. Formosa e radiante, uma verdadeira deusa do Olimpo, ela carregava uma caixa de ouro.

Eu quase reconheci aquela deusa como se fosse minha namorada. Mas ela estava um tanto diferente, na verdade, todos nós havíamos mudado. Com certeza, não éramos mais os mesmos depois que começamos a jogar.

— Eu, Pandora, em minha ação, abro a caixa dos males do mundo e liberto seu último conteúdo — disse a garota.

De dentro da caixa, saiu uma pequena ninfa de trinta centímetros de altura. Seu corpo reluzia diversas cores impossíveis de serem descritas. Meus olhos se encheram de lágrimas, e sua imagem com certeza comoveu todos. Mesmo Caos não soube o que fazer naquele instante.

A pequena ninfa, ou fada como quiserem, voou na direção de uma mulher acompanhada de um lobo e cochichou algo na orelha pontiaguda da personagem. Depois, dirigiu-se até o local onde estava parado um homem de aspecto musculoso, vestindo uma armadura de diamantes, com cabelos e barba brancos. A fada também confabulou algo no ouvido dele e sumiu além da depressão do Campo de Marte.

— Sou Diana, filha de Gaia. Sou a representante da Mãe Terra nesta arena — apresentou-se a mulher com o lobo.

Ela vestia uma calça verde e brilhante, coturnos escuros e uma camiseta colada ao corpo esguio. Seus cabelos verdes-claros eram curtos e seus olhos, amêndoas esverdeadas. Carregava consigo um arco e diversas flechas na aljava.

Diana disse com a voz calma enquanto se aproximava do homem com a armadura de diamantes:

— E então, velho, aceita a proposta da ninfa?

Ele se dirigiu até ela.

Caos observava atento aos movimentos dos dois.

— Meu nome é Zeus e, conforme as palavras de Esperança, apenas a força da Natureza e da Ordem podem eliminar Caos.

Caos arregalou os olhos que agora eram dois planetas minúsculos faiscantes de raiva.

Zeus bateu palmas e segurou a mão esquerda contra a direita. Seus cabelos brancos e longos se arrepiaram como se houvesse eletricidade correndo pelo seu corpo. Ele levantou os braços e ficou de costas para Caos. Uma bola branca e tempestuosa se formou nas mãos do deus.

Diana, seguida do lobo, ficou à frente de Zeus e apontou uma flecha para o seu coração. A deusa, um segundo antes de disparar, desviou a seta na direção das mãos do aliado. O dardo feito da mais antiga das árvores, a Árvore da Vida, aquela onde habitava a serpente, rumou direto para a bola de eletricidade que emanava das mãos de Zeus e, quando atravessou aquela matéria poderosa, transformou-se em um relâmpago letal e único no universo. O tiro voou rápido e certeiro. Sem chances de defesa, o imponente Caos, que crescia sem parar, sentiu o baque estremecer seu corpanzil descomunal.

Gigantesco e disforme, Caos explodiu na noite da pequena praia de pescadores. As fagulhas de sua matéria caíram como chuva sobre o solo do Campo de Marte. A terra vermelha e arenosa da depressão brilhava com o chão salpicado de estrelas.

Antes que Zeus pudesse festejar, olhou para mim com os olhos intrigados e cheios de felicidade. Gritou:

— Hera! Minha esposa, como chegou aqui?

Correu na minha direção. Sem poder evitar, meu corpo se movimentou sozinho, indo ao encontro do deus. Ele me abraçou, e antes que pudesse me beijar, ainda bem... cravei um punhal na sua nuca. Zeus caiu morto na arena, traído por uma ilusão. O punhal da arma decorada brilhava no chão, estaqueado na cabeça do meu rival.

Percebi que os olhos dos outros participantes pousaram sobre mim. Eu havia realizado a ação do personagem. A forma do meu corpo mudou. Olhei para as mãos, que em um momento atrás eram finas e delgadas, elas assumiam um aspecto horrendo, transformavam-se em algo viscoso e cheio de escamas. Enquanto a aparência transmutava, comecei a falar:

— Zeus está morto. Cumpro a ordem de meu pai Netuno, Deus dos Mares. Eu, Proteu, cumpri minha missão.

— Metamorfo ardiloso — xingou Diana.

O lobo da deusa rosnou para mim.

No campo, das fagulhas que o corpo de Caos semeou, uma forma constituiu corpo. Uma mulher nua e de pele vermelha nasceu da terra fertilizada por Caos. Seus cabelos como labaredas dançavam no ar parado da arena. Seus olhos de fogo olharam para todos que estavam vivos no Campo de Marte e falou:

— Meu nome é Fênix. Enquanto minhas cinzas existirem, eu sou imortal!

Marte adorando tudo o que via resolveu se aproximar novamente da arena. O deus da guerra desceu de seu trono e materializou-se no campo de batalha:

— Vocês são ótimos! Estou me divertindo muito!

Todos olhavam surpresos para ele, o deus agora tinha um corpo material, capaz de ser ferido e de ferir.

Marte continuou sua conversa:

— Também quero participar. Cansei de ser juiz. O turno, agora é meu!

— Não interrompa — falou Fênix. — Eu não terminei minha ação.

— Ressurgir das cinzas foi sua ação, querida.

Fênix ficou quieta por um instante. Parecia refletir sobre a situação:

— Deixe-me atacar com você! — ela sugeriu.

— Se é o que você deseja, então, junte-se a mim! Agora que decide participar do jogo, as regras acabaram. Sou ou não sou o Deus da Guerra? Há, há, há! — Marte riu à vontade e Fênix o imitou. Acho que foi nesse momento de distração que Pandora fugiu.

Fênix levantou os braços e conjurou lanças de chamas que singraram na direção de Diana e de Proteu, ou seja, eu estava sendo atacado. Percebi que uma das lanças de fogo atravessou o corpo do lobo da deusa e ateou fogo no animal. Também fui atingido. Marte fincou a ponta de sua espada no coração de Polifemo. Quando o ciclope fechou seu olho e desabou, pude perceber que o farol da pequena praia dos pescadores se apagara. Naquele instante, eu também perdia a consciência sentindo dores em meu corpo...

Agora estou sob as luzes do teto de um quarto. Tento me lembrar dos detalhes da história, mas não tenho certeza do que realmente aconteceu. Olho para as minhas mãos e constato mãos humanas, suspiro aliviado. Afinal, ainda sou eu mesmo. Não sou um metamorfo.

No meu quarto, entra furtivamente uma figura que eu pensava conhecer. Observo a visitante. Para ter certeza de quem é, esfrego os olhos na tentativa de enxergar melhor. Primeiro, acho que se trata de minha namorada, em seguida, lembro que a mulher era muito parecida com Pandora. Carrega uma caixa cheia de símbolos.

— Oi! Como você está? — ela pergunta.

— Não sei... Acho que estou bem — por um instante vacilo, mas logo faço a pergunta que necessito. — Por favor, me diga, você é Pandora, ou minha namorada? Devo estar ficando louco.

— Acho que sou as duas. Estamos habitando o mesmo corpo. É impossível lhe dar respostas agora. Talvez elas não existam. É complicado explicar. Por enquanto, tudo o que sei é que devemos ir embora daqui.

Quanto mais depressa, melhor. Em breve, o quarto vai estar cheio de policiais.

— Mas por quê?

— Nossos amigos estão mortos! E sua faca ficou cravada na nuca de Zeus... quer dizer... do Antônio.

— Eu... eu não entendo.

— Pandora está me dizendo que temos que sair daqui já — diz a garota com dupla personalidade abraçada à relíquia que transporta.

— Não, isso é insano.

— Você prefere ficar aqui e ser preso?

— Você enlouqueceu de vez!

— Não se lembra das palavras da Sibila?

— Sim. Eu lembro. A fantasia nada mais é do que a pura realidade e a realidade apenas um jogo que ficou no passado.

— Conclusão?

— O que era fantasia virou realidade.

— Venha. Vamos sair daqui enquanto podemos.

— Meu personagem é um metamorfo assassino — eu digo incrédulo enquanto me levanto da cama.

— Não fale assim de Proteu — Pandora me alerta. — Tenho certeza de que aos poucos vocês vão se conhecer melhor.

— Espero que você tenha razão. Por que você carrega essa caixa esquisita? — minha curiosidade só aumenta.

— É coisa de Pandora. Ela disse que devemos capturar alguns demônios que estão vagando por aí.

— Que demônios especificamente?

— Os males do mundo. Foram soltos quando abrimos a caixa para libertar a ninfa Esperança.

— Entendo! — minto descaradamente. — Como vamos fazer para sair desse prédio? Conforme você disse, já deve haver policiais rondando o hospital.

— Proteu cuidará disso. Confie nele.

Aquela forma absurda de homem-peixe se revela em mim mesmo, posso ver quando olho para as minhas mãos. Logo meu corpo adquiri a forma de uma inofensiva velhinha de cabelos brancos. Descubro naquele momento que Proteu possui um senso de humor ridículo. Isso me faz simpatizar com ele.

Eu e minha namorada, ou Pandora, já não faz mais diferença, saímos com tranquilidade sorrindo com um ar irônico para os policiais que entram no hospital. Realidade ou fantasia? Para nós, não importa mais a fronteira entre esses territórios.

BISÃO DO SOL POENTE

1. Preâmbulo do inferno

Kane Blackmoon desceu da sela de seu corcel negro. Era final da tarde, logo o sol estaria se pondo no oeste. A sua viagem já durava duas semanas. Pela última grande cidade que passara, leu os cartazes de procurados. A maior recompensa seria paga pela captura de Hernandes Calderón e seu bando. Kane soube do provável paradeiro dos criminosos ao entrar em contato com um de seus informantes. Como a fonte era segura, decidiu se engajar na busca. Era hora de ganhar alguns dólares fazendo o que gostava. Poderia jogar cartas ou explorar viúvas, porém, preferia caçar. Kane era incapaz de roubar. Ser um caçador de recompensas, para ele, tratava-se de um trabalho digno. As pistas produzidas pelo bando, o roubo de mais um banco e arruaças em cidades isoladas levaram-no até o vilarejo em que agora se encontrava. Descobrira que os bandidos, ao assaltarem o banco, deixaram um funcionário morto com uma bala na testa e o xerife com três tiros pelo corpo. Nos outros lugares, roubaram *saloons*, ranchos e violentaram mulheres.

Kane achava que logo outros caçadores de recompensas, pistoleiros de aluguel ou mesmo pessoas buscando vingança dariam conta de Hernandes Calderón e seus cupinchas. Portanto, quanto antes encontrasse os criminosos, melhor. Do contrário, não colocaria a mão no dinheiro.

A noite se aproximava. Mesmo com um poncho, o frio poderia castigar. Tanto o frio quanto o calor eram penitências de igual medida. Durante o dia, o sol rachava a pele feito brasa. A temperatura do deserto enlouquecia qualquer um que fosse fraco de espírito. Talvez por isso, no velho e estranho oeste, tantos homens e mulheres se tornavam loucos. Cães desgarrados, prontos para salivar raiva sobre suas presas. Não por acaso, tiroteios eram comuns naquelas terras sem lei. Um corpo morto, assassinado, facilmente se tornava parte do cenário do deserto. Sem ser enterrado, virava banquete para os urubus.

Kane amarrou os arreios do cavalo em uma trave de madeira. O animal começou a beber a água depositada em um tanque. O vilarejo estava quieto. Quieto demais, concluía o caçador de recompensas. Desconfiado daquele silêncio sepulcral, Kane sacou seu Colt. Não havia movimento algum por lá, apenas o assobio do vento e a poeira voejando em torvelinhos esparsos. Queria tomar um banho, ouvir a música de um piano e ver mulheres dançando *cancan*. Mas passou a acreditar que nada disso aconteceria. Primeiro, porque aquele vilarejo estava incrustado no fim do mundo; depois, porque todos os vivos pareciam ter abandonado o lugar.

O rastro dos seus inimigos indicava, sem dúvida, que tinham chegado àquele lugar. Aproximou-se de uma das janelas do *saloon*. Quase todos os vidros estavam estilhaçados. Lá dentro pôde ver mesas e cadeiras quebradas, seus pedaços espalhados pelo chão, assim como garrafas estouradas. Não enxergava com nitidez a desorganização dentro do recinto, pois a noite já se aproximava. Teria de entrar para ver melhor.

Empurrou as portas, que ficaram balançando após sua passagem. O cheiro de bebida derramada invadiu suas narinas. Seu olfato também identificou odor de suor e sangue. Mantinha o revólver pronto para disparar em qualquer coisa que, porventura, representasse algum perigo. Moscas zuniam de um lado para outro. As esporas das botas de Kane tilintavam enquanto as solas esmigalhavam fragmentos de vidro.

Enxergou o primeiro corpo estirado ao lado do tampo caído de uma mesa redonda. Era uma mulher, deduziu pelas roupas, o vestido vermelho e preto bordado. O rosto, irreconhecível. Mais adiante, outros corpos de homens e mulheres, com as vísceras esparramadas, os ossos em exposição. Uma verdadeira carnificina. Kane tapou o nariz com o braço esquerdo, enquanto empunhava a arma firme na mão direita.

— Que diabos aconteceu aqui? — perguntou Kane para si mesmo.

Resolveu examinar os corpos. Eis que encontrou um dos bandidos que perseguia, reconheceu pela barba ruiva e a obesidade aparente. Tratava-se de Willi Fat Joe. O procurado havia cometido vários delitos, dentre eles assassinar crianças. Tivera um destino tão cruel quanto seus crimes. As entranhas estavam dispersas pelo assoalho de madeira e os olhos arrancados das covas orbitais. Kane Blackmoon inconscientemente agradeceu ao algoz. Ele próprio não faria melhor. Caminhou entre os mutilados. Talvez encontrasse os comparsas de Willi. E qual não foi a sua surpresa quando topou com os olhos vidrados de Jack Stonehead. Ao menos os olhos dele, diferentemente de Fat, ainda estavam no lugar. Como o próprio apelido dava a entender, Jack – Cabeça de Pedra – arremetia contra os adversários uma cabeçada fatal sempre que perdia dinheiro em um jogo de cartas, que se desentendia com um companheiro de bando ou com alguém que tivesse a péssima ideia de mexer com suas prostitutas. Não havia até o momento, segundo os rumores, alguém que não caísse diante desse duro e inusitado golpe. Kane, mesmo com todo o currículo do ladrão, sabia que Jack era o menos perigoso do bando. Sua morte, no entanto, fora tão horrível quanto a de Fat Joe. O corpo estava distante da cabeça, ainda não se sabia onde. Talvez embaralhado entre outros braços, pernas e troncos que haviam sido separados de seus respectivos proprietários.

Notou que todo o *saloon* tinha sido peneirado de balas. Os chacinados lutaram por suas vidas. Apesar disso, por alguma razão do inefável destino, seus tiros de desespero não surtiram o efeito desejado contra o que os atacara.

— Adeus, recompensa! — lamentou Kane em voz alta.

O caçador de recompensas tinha dúvida se apenas a cabeça bastaria como prova de que se tratava de Jack. Além do mais, entregar uma cabeça em bandeja para algum juiz o colocaria no rol dos caçadores mais cruéis. Kane podia matar, mas não era um sanguinário. Para tudo havia um limite. Quanto ao corpo gordo de Willi, não era viável carregar e, pior, corria o risco de que não reconhecessem o rosto sem os olhos.

O cheiro de sangue e carne em decomposição começava a atabalhoar seus sentidos. Alguns ratos já se alimentavam dos mortos. Logo haveria mais do que roedores e moscas por ali. Carniceiros adentrariam aquele cemitério em forma de *saloon*. Logo coiotes e urubus seriam atraídos pela fragrância.

Kane passou a mão em uma garrafa de uísque fechada, que por milagre havia sobrevivido à chacina. Ainda tinha alguma esperança de receber pelo trabalho. Um dos bandidos teria de ser suficiente. Continuaria procurando por Hernandes Calderón, o mexicano, até encontrá-lo. Decidiu averiguar todos os lugares daquele vilarejo para achar o corpo ou, então, uma pista do paradeiro de Calderón, caso tivesse conseguido fugir daquele inferno na terra.

Enfim, guardou o Colt no coldre. Não havia nada vivo naquele lugar. Sentou sobre os degraus da entrada do *saloon* e abriu a garrafa. Antes de continuar, precisava tomar uns goles para aquecer a goela e pensar melhor quais seriam seus próximos passos.

Depois que o álcool surtiu algum efeito, Kane Blackmoon decidiu investigar a redondeza. Abriu as portas das casas e encontrou o mesmo quadro de desespero estampado no rosto das vítimas. Isso quando ainda conservavam suas faces, sem terem sido desfiguradas por potentes garras. O caçador imaginou que poderia se tratar de um animal o causador daquilo tudo. Um urso, talvez. Riu. A luz da lua cheia incidiu sobre o seu rosto jovem, mas de aspecto calejado. Bêbado, começava a crer que aquilo era obra do demônio ou de uma entidade sobrenatural.

Até mesmo os cavalos pereceram diante da fúria daquela coisa assassina que atacara o local. Kane queria se ver livre do ar empestado. Começou a juntar feno e a colocá-lo em frente à porta do *saloon*. Impregnou de óleo e ateou fogo ao material. As chamas lamberam a madeira. Logo se insinuaram pelas paredes, feito serpentes, e alcançaram o telhado. Com a garrafa de uísque quase vazia, ficou observando o fogo se agigantar. As labaredas se proliferaram, atingindo as casas ao lado.

O banco da cidade também foi abarcado pelas línguas de fogo. Kane, antes de começar o processo incendiário, encontrara no prédio o cofre aberto e vazio, as chaves jogadas no chão, ao lado de um corpo. O que teria acontecido antes, perguntava-se: a chacina ou o assalto? O assassino e o assaltante eram a mesma pessoa? *Não seja ridículo, Kane*, dizia para si mesmo, *não foi uma pessoa que derramou todo esse sangue. E também não foi uma fera que roubou um banco*. Estava num impasse, além de estar bêbado. Não sabia bem o que pensar naquele momento. Continuou observando o fogo e a alimentá-lo durante horas.

Sua empreitada durou toda a madrugada. Por fim, montou em seu cavalo, que estava a uma distância segura do incêndio que promovera. Apesar de não saber o que havia ocorrido naquele preâmbulo do inferno, podia apostar sua cabeça com o diabo que Hernandes Calderón havia assaltado o banco. E, de alguma maneira, não sabia como, safara-se do ataque mortal. Porém, antes de partir, deveria encontrar alguma pista que pudesse seguir.

Kane Blackmoon fora provido com olhos de falcão, intuição de gato e uma pitada certa de sorte incomum. Viu na avenida principal o brilho de um objeto caído no chão de terra. Tratava-se de uma moeda, como averiguou logo em seguida, revelada pela incidência dos primeiros raios solares. Após a primeira, Kane achou uma segunda, que estava distante apenas alguns metros. Mais adiante uma terceira, então uma quarta e uma quinta. Até que parou de encontrá-las.

A partir das moedas perdidas em fila, identificou a trilha deixada por três ou quatro cavalos. Todos, provavelmente, carregados, pois suas ferraduras ficaram bem marcadas na terra alaranjada. Carregados, concluiu Kane, com mantimentos e sacos repletos de dólares.

— Calderón, para onde você está indo? — murmurou. O caçador de recompensas tinha uma nova trilha para seguir.

2. Xamã *sioux*

Kane seguiu a pista das ferraduras dos cavalos. Por vezes, quase perdera o rastro. Sempre que a terra se tornava mais dura e pedregosa, as marcas desapareciam. Ele e o cavalo que montava já demonstravam todo o cansaço de atravessar terras que ferviam abaixo de seus pés, quando encontraram um lugar favorável para descansar.

Calderón devia estar muitas horas à frente. Não adiantaria apertar o passo, o melhor agora seria parar. Encontrara uma grande árvore em uma parte do percurso menos árida. Ali descansaria durante a noite. Ainda tinha um bom suprimento de água, que deveria dividir com sua montaria. Sentou sobre um cobertor que levava em suas jornadas e encostou-se ao tronco largo da árvore, acomodando-se.

O sol, enfim, começava a se despedir. Para Kane, ver o deserto ao pôr do astro-rei significava contemplar uma das mais belas obras que qualquer homem ou mulher jamais pintaria. Então, vislumbrou, diante daquele quadro, o movimento de uma figura. Tratava-se de uma pessoa montando um cavalo. Vinha em sua direção.

Era um índio *sioux*. Mesmo de longe, Kane era capaz de reconhecer as principais etnias indígenas. O homem montava um *mustang* marrom. Ao chegar perto, perguntou para Kane:

— Posso lhe fazer companhia?

— Prefiro ficar sozinho — respondeu Kane, ríspido.

— Talvez eu tenha a resposta para o massacre que você viu. Não tem curiosidade de saber o que houve naquele vilarejo?

Kane ficou quieto por um instante. Tudo que pudesse ajudá-lo na captura de Calderón era importante.

— O que você sabe, *sioux*?

— Tenho um nome. — O homem, em torno dos cinquenta anos, apeou do cavalo e amarrou as rédeas em uma árvore menor que ficava ao lado da árvore de Kane. — Chamam-me de Sunset Bison.

— Sou Kane. Kane Blackmoon.

O *sioux* sentou-se ao pé da árvore e disse:

— Já conheci mais de um Lua Negra. É uma família de nome interessante.

— O que tem de interessante no nome da minha família, índio? — Kane começou a não gostar daquela conversa.

— Se quiser me chamar de índio, espero que não fique chateado de chamá-lo de mestiço.

— Se veio aqui para me ofender, velho, vá embora!

— Não tenho essa intenção. A cor de sua pele e os traços indígenas são evidentes. Sua alma transita entre a essência dos caras-pálidas e dos nativos da nossa terra.

— Nem todos têm a mesma certeza que você. A maioria das pessoas me vê como um homem branco.

— Talvez seja pelo fato de se vestir como um. Estou seguro de que, lá em seu íntimo, você percebe que as pessoas olham de maneira estranha para você. É inevitável, pois todos aqueles que são diferentes sofrem a ação daqueles que se consideram normais. Conte-me sobre sua família, talvez eu conheça algum dos seus parentes.

— Meu pai era índio. Um *hopi*. Nunca me empenhei em desvendar quem ele foi. — Kane mentiu sobre o seu interesse na história do próprio pai. — Minha mãe era branca. Uma mulher muito bonita. Infelizmente, morreu de tuberculose quando eu ainda era criança. Então, meus avós maternos cuidaram de mim por um tempo. Falar de meu pai com eles era assunto proibido. E sobre minha mãe, quase nada contavam. Por isso, *sioux*, não há o que eu possa lhe dizer mais sobre qualquer um dos dois. Quer um gole? — Kane estendeu para o índio um resto do uísque

que havia sobrado da noite anterior. Tentou descontrair aquela conversa que enveredava para um assunto que considerava desagradável.

— Tenho a minha própria bebida, Kane. Obrigado.

Sunset Bison pegou uma garrafa de uma sacola de couro. Retirou a rolha. Depois, bebeu o líquido alcoólico, forte e artesanal. O próprio *sioux* havia produzido a bebida.

— E, então... O que sabe sobre o massacre? Posso adivinhar que você está me seguindo desde aquele cemitério em forma de cidade.

— Você se engana, Kane. Não estou seguindo você. Estou seguindo o bando de ladrões.

— Pouco importa se você está atrás do bando de Hernandes Calderón há mais tempo do que eu. Trabalho sozinho e não vou dividir a recompensa. — O tom de Kane se mostrava como uma ameaça. — Agora sobrou somente o mexicano para capturar, pois os outros estão mortos.

— Não estou aqui por causa da recompensa, Kane. Dinheiro é uma invenção medíocre dos homens brancos.

— Não me faça rir. Olhe para você e para seu povo. Perderam todos os territórios para a expansão dos americanos. Restaram somente migalhas, apenas reservas isoladas e alguns pontos de resistência. O dinheiro venceu, a democracia americana arrasou tudo o que vocês representavam.

— Suas palavras são duras, Kane. Infelizmente, para mim e para o que resta do meu sangue, você está certo. Mas não de maneira completa, o que representávamos vai sobreviver. Wakan Tanka, O Grande Espírito, nunca morrerá. Isso será apenas uma transição. Os pálidos, cristãos democratas e republicanos, como você diz, um dia irão desaparecer do solo sagrado. Assim rezo. E você verá que outros também farão preces por isso.

— Desculpe se fui duro. A conversa está rumando para um ponto sem volta. Nem o conheço. Sinceramente, não existem motivos para discussão. É melhor que deixemos a política de lado. Estou curioso para saber o que aconteceu com todas aquelas pessoas. O que foi que as matou? O que foi que dilacerou seus corpos?

— Vou contar para você. Mas para isso precisamos selar nossa amizade. É possível que você esteja com vontade de perguntar "quem disse que quero ser amigo desse *sioux*?". Em tempos passados, conheci uma família *hopi* em que todos se chamavam Lua Negra. Aceite fumar comigo o cachimbo sagrado, um verdadeiro presente da Filha do Sol, a bela e maravilhosa Whope. Acompanhe-me, por favor. Precisamos relaxar.

O *sioux* pegou de sua sacola um cachimbo decorado com diversos desenhos que lembravam sóis e com a cabeça de um bisão entalhada na ponta. Depositou o fumo, de forte odor, e o acendeu.

— A primeira tragada é sua, Kane Blackmoon. Aceite-a de bom grado! E prepare-se para encontrar as manifestações de Wakan Tanka.

Estendeu o objeto para Kane.

3. Cachimbo sagrado

Kane Blackmoon tragou o fumo do cachimbo. Depois, passou para as mãos do *sioux*. Continuaram fumando durante minutos até que Kane escutou um barulho atrás de si. Podia jurar que se tratava de um farfalhar de grandes asas. Virou a cabeça com rapidez para ver o que era. Avistou apenas o deserto e o cenário rochoso adiante.

Não fez comentário algum sobre aquilo. O *sioux* o observava com o olhar sério e compenetrado. Deu outra tragada. Kane podia sentir a própria cabeça ficando leve, leve como uma pluma. A todo instante, tinha a impressão de que perderia a consciência.

— O que está acontecendo? — Enfim, resolveu perguntar.

O índio não respondeu. O semblante do *sioux* era sério, quase animalesco. Parecia que chifres retorcidos haviam surgido diabolicamente em sua cabeça. Mas se tratava apenas de um chapéu que ele colocara.

Kane perguntou mais uma vez e não houve resposta. O caçador de recompensas estava confuso. Sua visão ficou embaçada. Esfregou os olhos com as costas das mãos. Talvez tivesse fumado demais aquela erva que o índio lhe oferecera. Piscou as pálpebras na tentativa de ver melhor. O *sioux* havia desaparecido. *Onde o homem havia se escondido?*, gostaria de saber Kane. Apenas a vontade de desvendar o paradeiro do índio fora suficiente para movê-lo do estado letárgico em que se encontrava. Blackmoon voou. Que loucura era aquela que se passava com ele? Kane voava sobre o deserto à procura de Sunset Bison.

A visão do caçador de recompensas nunca fora tão boa durante a noite. No entanto, naquele momento, era como se pudesse ver com cem lamparinas de fogo amarelo diante de si. Do alto, avistava o terreno pedregoso do deserto. Lá embaixo, pôde ver o movimento de um coelho entre a vegetação rasteira, enxergou uma serpente engolindo um rato e, bem distante, um bisão correndo. O *sioux* não havia mentido, aquele cachimbo só podia ser um presente de um deus ou de uma deusa. Um artefato capaz de realizar coisas fantásticas.

O vento envolvia Blackmoon como se fosse um transporte, levando-o mais adiante. Começava a se aproximar do bisão solitário que corria sem descanso por aquelas terras ermas. Os cornos do animal eram dourados e seu pelo também, nunca avistara um bisonte daquela magnitude. Era imenso, bem maior do que o normal.

Kane Blackmoon percebera que o animal perseguia um bando de cavalos. Um homem guiava os quadrúpedes, puxando-os por rédeas. Somente pela força do pensamento, Kane conseguiu chegar mais perto. Viu a face barbuda e de feitio quadrado de Hernandes Calderón. O bandido estava logo ali.

O bisão quase abordava o grupo, que parecia inconsciente de sua presença. Foi então que uma sombra se avolumou surgindo das costas de Calderón. Uma sombra repleta de tentáculos, dezenas de olhos vermelhos e dentes afiados. A coisa emitia uma energia pulsante, com uma vibração capaz de causar medo. Seus inúmeros olhos avistaram o bisão e também visualizaram Kane em pleno voo. O caçador de recompensas percebeu que a criatura estava protegendo Hernandes Calderón, que parecia alheio a tudo aquilo. Aquela visão dos infernos ficou ainda pior quando tentáculos investiram contra Kane. Teve a impressão de que seria agarrado em pleno voo e depois mastigado pelos dentes afiados que brotavam de inúmeras bocas nojentas inundadas de saliva esverdeada. O susto fez com que o caçador de recompensas ficasse mortificado. Logo em seguida, perdeu a consciência.

4. Corvo

Kane acordou. Ao lado dele, havia uma fogueira acesa pelo *sioux* com o objetivo de protegê-los do frio. O índio, em posição de lótus, abriu as pálpebras assim que o caçador de recompensas se sentou.

— Você apagou, Blackmoon. Lembra-se de alguma visão?

— Que dor de cabeça — Kane acariciou a nuca. — Parece que levei uma pancada.

— Isso é comum para quem não está acostumado. Diga-me, o que você lembra?

— Você chama tudo o que presenciei de visão, *sioux*? Para mim foi muito real. Voei pelo ar frio do deserto, durante a noite, como se fosse um pássaro. Enxerguei, mesmo na escuridão, os menores animais correndo e rastejando pela terra. E vi um búfalo inacreditável. E... um maldito demônio feito de sombra, tentáculos e dentes. A coisa tentou me abocanhar. Tenho de admitir que fiquei com medo. Nesse ponto, perdi a consciência.

— É bom que você se lembre desses fatos. Realmente não foram simples visões. Você viveu cada instante pelo qual passou. Seu espírito protetor se revelou pelas propriedades mágicas do cachimbo. Dê graças a Whope.

— A que espírito protetor você se refere, Sunset?

— Assim é bem melhor. Vejo que está se acostumando a me chamar pelo nome. Pensei que tivesse percebido. Você voou, rapaz. Um pássaro o protege. Não se lembra de ter visto as asas ou o próprio bico diante dos olhos?

Depois dessa pergunta, era como se Kane pudesse recompor suas lembranças. Asas negras o acompanhavam durante a visão e, diante de seus olhos, um largo e longo bico, também negro.

— Um corvo? — perguntou Kane sem muita convicção.

O índio sorriu e disse satisfeito:

— Você é inteligente, Kane, tal como seu protetor. Acredite nisso e cada vez mais o totem que rege sua vida vai estar a seu lado. O espírito do corvo o guiará em muitos momentos. Agora que ele foi revelado, estará presente sempre que precisar.

— É estranho... Sinto como se eu já o conhecesse há muito tempo.

— Eles estão conosco desde que nascemos. Mas nem todo aquele que carrega o sangue índio é capaz de vê-los ou de entender a sua presença sobrenatural. Você precisa aprender como entrar em contato com o seu totem. Basta que saiba chamá-lo.

— E como faço isso?

— Deve aprender a se concentrar, Kane. O primeiro passo é conhecer a fundo o seu espírito protetor. Por enquanto, sua aprendizagem inicial deve se dar com o uso do artefato doado por Whope. Use algumas vezes o cachimbo sagrado para encontrar o corvo.

— Não sei se acredito em tudo o que está me dizendo, parece loucura.

— Pare de pensar como os homens brancos. Seu sangue índio deve falar mais alto agora. Depois de ter visto o corvo se revelar em você, tive certeza de que a família Lua Negra se manifesta com força em seu espírito. Os *hopi* que conheci tinham no corvo o principal espírito de adoração. A inteligência do pássaro lhes revelou muitos rituais capazes de eliminar os espíritos raivosos que vagam em nossas terras. Não é por acaso que se chamavam de Lua Negra, todos eles, dos bisavôs aos que restam. Se é que existe algum deles ainda vivo além de você!

Kane ficou quieto. *Seria verdade o que dizia Sunset?*, perguntou-se. O *sioux* continuou:

— Isso mesmo, não faça essa cara de bobo. Os brancos conquistadores exterminam tudo o que tocam. Os Lua Negra chamavam-se assim por manifestar um alto grau de conhecimento sobre os espíritos que vagam pela noite buscando devorar os homens e, creia em mim, para esses espíritos vorazes, tanto faz a cor da pele de um indivíduo. Os Lua Negra foram caçadores, caçadores de espíritos destrutivos. Eles caçavam aberrações que vagavam entre nós e que, às vezes, ainda se manifestam.

— Vá com calma, Sunset! Você quer dizer que eu, além de ter um espírito protetor, sou descendente de caçadores de criaturas bizarras e do inferno?

— Inferno é um conceito do homem branco, Kane. As manifestações espirituais podem ser de diversos tipos. Boas, más ou simplesmente neutras. E não vivem em um inferno ou em um paraíso como os cristãos querem. Elas se manifestam no Espírito do Universo, do qual Wakan Tanka é o maior de todos. Seu trabalho, Kane Blackmoon, assim como o dos seus antepassados, é caçar anomalias, é manter o equilíbrio.

— Como assim "trabalho"? Meu trabalho é ganhar dinheiro caçando foras da lei.

— A partir de hoje, não será o único. Após a manifestação do corvo, você não se livrará dele tão fácil. Ele é o seu estigma daqui para frente. Temos uma tarefa. Vamos aprisionar o espírito canibal.

— Quer dizer que agora nos tornamos uma dupla?

— Talvez, depois que fumamos do mesmo cachimbo.

— Fumar do mesmo cachimbo não nos torna uma dupla de

caçadores. E não fique chateado, não podemos nos tornar "amigos inseparáveis" em apenas algumas horas.

— Fui aliado dos Lua Negra. Se isso não é suficiente para nos tornarmos amigos, acredite que o cachimbo sagrado de Whope é.

— Vamos supor que aquela visão seja real mesmo. E que aquela sombra surgida do inferno seja uma entidade do mal capaz de nos atacar. Como poderíamos detê-la?

— Pare de falar em inferno. Não me canse com essa palavra. Assim que expulsarmos a sombra do corpo daquele homem, nós a aprisionaremos aqui. — O *sioux* mostrou um pote de cerâmica pintado com figuras de animais.

— O que é isso?

— Uma prisão. Graças ao meu avô, Anpaytoo, o Radiante, o demônio foi enclausurado no passado. Os bandidos, enquanto se aventuravam pelo deserto passando próximo da reserva dos *sioux*, refugiaram-se em minha caverna, local em que guardo coisas perigosas. Ao revistarem alguns dos meus objetos, por descuido, deixaram cair o pote. Tiveram o azar de lascar a borda da tampa, foi por ali que o espírito saiu e se instalou no corpo de um deles. Todas as noites de lua cheia, a sombra deixa o hospedeiro e devora as criaturas vivas que encontra pela frente até que tenha saciado sua fome. Ontem foi a primeira noite, depois de décadas, que o espírito teve a oportunidade de se alimentar. Imagine ficar preso durante todos esses anos. Ele estava faminto mesmo... Pudemos perceber a orgia promovida por ele naquele vilarejo.

— Não podia mesmo ser coisa de qualquer animal conhecido... Acredito em você. Parece de fato que algo sobrenatural está ocorrendo. Como faremos para dar cabo do espírito maligno?

— O espírito amplia alguns dos sentidos de Calderón. Ele pode ver melhor, teve sua velocidade e a força aprimoradas. A coisa deixa o corpo do bandido apenas à noite, durante as luas cheias, como eu disse a você. Mas isso acontece somente quando se sente seguro. Ele é esperto e conhece aqueles que possuem espíritos protetores. Tem medo de nós, índios, pois sabe que podemos aprisioná-lo. Por sorte, Hernandes Calderón está isolado no deserto. Ao menos por essa noite, o espírito canibal não vai devorar pessoas.

O *sioux* começou a derreter prata no fogo.

— O que está fazendo? — perguntou Kane.

— Vou fazer uma bala de prata para você. Isso será suficiente para libertar o espírito canibal. Basta acertar no coração ou na cabeça de Calderón.

— Por que você mesmo não utiliza a bala em seu revólver?

— Não devo utilizar revólveres. Corro o risco de errar, minha visão já está fraca, não é mais a mesma da época em que era jovem. Minha mão treme. Você sentirá isso quando começar a envelhecer e será bem pior se continuar bebendo como eu bebo.

— Prefiro que Calderón não seja morto. Se entregá-lo vivo às autoridades, recebo uma recompensa maior.

— Será demorado e perigoso expulsar a criatura se não acabarmos com o hospedeiro. Pode ser feito, porém não tenho os materiais certos comigo. Por isso, essa é a única maneira segura. Não esqueça, ele é um bandido perigoso, procurado por diversos crimes hediondos. Seja inteligente, como o corvo que o protege. Você está ainda preocupado com dinheiro? Pense, isso não será problema. Basta lembrar que Calderón roubou um banco. Para que você precisa de recompensa?

Kane ficou quieto, o *sioux* tinha razão.

Começava a amanhecer quando Sunset Bison entregou a bala de prata para Kane. O caçador de recompensas colocou o projétil em seu Colt sabendo que não podia errar. Conforme lhe disse mais tarde o xamã *sioux*, a prata era um dos elementos fatais contra espíritos malignos e criaturas sobrenaturais.

O *sioux* levantou, parecia cansado, não havia dormido nem um pouco durante aquela noite. Os dois recolheram seus objetos e os guardaram nas mochilas sobre as garupas dos cavalos. Finalmente, voltaram a perseguir o mexicano.

5. Hospedeiro

Guiados pelos rastros pouco visíveis das montarias de Hernandes Calderón, que se confundiam com outras marcas de ferraduras, Kane e Sunset se aproximavam de uma cidade. Era início da noite. E a lua cheia começava a se apresentar em todo o seu esplendor. Os dois sabiam que, talvez, naquele momento, o espírito de sombra e tentáculos já poderia estar atacando ou mesmo ter devorado os moradores daquela localidade. No entanto, o *sioux* contava com a cautela do inimigo: inteligente e perspicaz, o espírito não atacaria sem antes examinar sua zona de ação.

A dúvida que Kane e o *sioux* guardavam se dissipou tão logo chegaram à entrada da cidade isolada no meio do deserto. Pessoas circulavam pelas ruas, ainda havia vida naquele fim de mundo.

— Vamos procurar por um *saloon*. Não existe lugar melhor para encontrar Calderón, se ele estiver por aqui — disse Kane arrumando a aba do chapéu.

Sunset Bison assentiu com um meneio afirmativo da cabeça. Logo descobriram o *Espora de Ouro*. Desmontaram de seus cavalos na frente do estabelecimento.

— Agora é com você, Kane. Se ele estiver lá dentro, traga-o para fora — disse Sunset.

Aos índios não era permitido entrar em qualquer *saloon*. Eram considerados o degrau mais baixo da escala social no velho oeste.

Kane, antes de entrar, disse:

— Sabe, Sunset, fico me perguntando por que você não deixa o espírito de tentáculos solto por aí? Seria uma vingança contundente contra aqueles que assassinaram seu povo.

Sunset Bison segurou-o pelo ombro e respondeu com seriedade:

— É minha responsabilidade mantê-lo preso. Se meu avô o aprisionou, respeito essa atitude e a preservo. É uma questão de honra para mim. E, além do mais, ainda que eu ache a maioria dos homens brancos estúpidos, não preciso também agir como se fosse um idiota. Sei que parte deles tem boa índole, mesmo que seja uma minoria. E se você quer saber, Kane, meu melhor amigo nos tempos difíceis era branco. Aprenda isto: não é a cor da pele que importa, mas a atitude de cada pessoa, isso sim é o que vale. O homem é construído pelos seus atos.

O *sioux* soltou o ombro de Kane, permitindo que ele avançasse em direção ao *saloon*. Ao entrar, era evidente a fumaça densa de charutos e cigarrilhas. As paredes de madeira pareciam impregnadas com aquela essência e também com o cheiro de álcool. O caçador de recompensas foi até o balcão. Quase todas as mesas estavam ocupadas. O som do piano era abafado pelas risadas e pela conversa barulhenta. Kane pediu um trago, enquanto perscrutava todos os cantos. Avistou mexicanos, americanos e um homem negro que devia estar acompanhado de alguma pessoa considerada importante. Do contrário, não teria acesso ao recinto. No velho oeste, as pessoas não tinham os mesmos direitos. Todos, ou quase todos, riam embalados pelo álcool, uns e outros entorpecidos pelo mezcal. Jogavam cartas, dados e conversavam com prostitutas que, na maior parte do tempo, deixavam as coxas à mostra e, mais raramente, os mamilos rosados escaparem do corpete.

Em um canto, despreocupado, Kane avistou Hernandes Calderón. O mexicano participava de uma mesa de carteado. Pelo que tinha ouvido falar, as confusões armadas pelo fora da lei sempre iniciavam quando perdia altas quantias no *Black Jack*.

Kane, enfim, encontrara-o. De dentro do bolso do casaco, pegou o cartaz de procurado e conferiu de novo o retrato ilustrado do bandido. Não tinha dúvida, era Hernandes Calderón. Deixou uma moeda sobre o balcão para pagar a bebida que havia pedido. Acabou com o conteúdo em um gole. De maneira sutil, sem chamar atenção, Kane se aproximou da mesa, por trás do mexicano. Em seguida, sacou seu Colt e colocou o cano na cabeça do bandido.

— Não se mexa, Hernandes, você está na minha mira. Considere-se preso!

Os homens pararam de jogar. O pianista, ao entender o que estava acontecendo, suspendeu a música e todos os olhares se desviaram para Kane.

O caçador de recompensas mostrou uma insígnia de xerife falsa, guardando-a no bolso da calça tão rápido quanto a revelara. Depois, sacou um par de algemas com o qual, sem resistência de Calderón, prendeu-o.

— Venha, Hernandes. É hora de pagar pelos seus crimes.

Antes que Kane pudesse levá-lo, o crupiê reclamou:

— O bastardo ainda não pagou a aposta dessa rodada! — Seu tom era de indignação.

— Vou incluir na lista de crimes que ele cometeu, não se preocupe! — disse Kane, sem olhar para trás.

O crupiê falou um palavrão e sentou-se à mesa se justificando com os outros jogadores. O pianista voltou a tocar. Kane arrastou, sem dificuldades ou protesto, o mexicano para fora do *saloon* e o levou para uma rua lateral afastada de olhares curiosos. Por um momento, esquecera de Sunset Bison, estava interessado em obter informações sobre o dinheiro que Calderón havia roubado. O caçador de recompensas supunha que o bandido deveria ter escondido a quantia roubada em um hotel, até que fosse embora da cidade. Não perdeu tempo em interrogá-lo:

— Quero saber onde está o dinheiro — disse Kane, com rispidez, olhando bem nos olhos do ladrão.

Calderón abriu um sorriso irônico. Em seguida, levantou os braços mostrando que havia arrebentado a corrente das algemas. Kane não podia acreditar no que via, a força do mexicano se tornara sobre-humana. As órbitas oculares do fora da lei se tornaram como um poço profundo.

— O corvo! — disse uma voz rouca. Em seguida, o bandido deu um soco no peito de Kane, que o levantou do chão derrubando-o a três metros de onde estava. — E o Bisão, ficou escondido no deserto? — perguntou com uma fala de arrepiar qualquer pessoa.

— Estou aqui — respondeu Sunset.

O *sioux* se afastara das sombras onde permanecera oculto. Carregava na mão esquerda um chocalho colorido e decorado com penas de águia. Na mão direita, um saco de couro escuro. Começou a entoar um cântico e a movimentar o instrumento de percussão. E se aproximou do mexicano, ficando a menos de um metro dele.

— Bisão infame! Por que pensa que tem o direito de me expulsar desse corpo? Por que não cuida de suas coisas? Se me deixar aqui, prometo, pode acreditar, preservarei aqueles que têm seu sangue. Porém, se tentar me expulsar e não conseguir, vou devorar todos! Todos! Tenho palavra!

Sunset Bison continuava cantarolando a melodia de tom fúnebre, tentando não prestar atenção nas palavras do demônio. O cântico do índio era poderoso. Por um segundo, o *sioux* parou de tocar o chocalho, abriu o pequeno saco de couro e jogou sal sobre o rosto do possuído. A pele da face de Calderón queimou, se soltando e expelindo uma fumaça branca. Contudo, foi só. Em seguida, os ferimentos estavam curados e uma gargalhada sinistra ecoou da garganta do homem.

— E pensar que por algum momento fiquei com medo de você, Bisão. Wakan Tanka não deve acompanhá-lo. Palavras mágicas, um chocalho e sal não são suficientes... Falta ingrediente nessa mistura, há, há, há, há, há! Isso apenas me causa cócegas!

Calderón, sem entender exatamente o que seu corpo fazia ou dizia em certos momentos, percebeu a própria mão pegar no revólver de seu cinturão. Rápido, como poucos, disparou uma bala que atingiu as costelas do *sioux*. Sunset Bison curvou-se perante a dor, deixando cair o chocalho e o saco de couro.

Enquanto o espírito se preocupava com Sunset, Kane se arrastara até o Colt que estava caído no chão. Sem alertar o inimigo, apenas apertou o gatilho e, com precisão, acertou o alvo. A bala de prata estourou a testa do mexicano. Pelo ferimento mortal que o projétil causou, uma nuvem negra abandonou o hospedeiro.

Kane Blackmoon, ao ver Sunset baleado, culpou-se por não ser rápido o bastante e nem ter feito o que o *sioux* pedira desde o início. Já estava começando a simpatizar com o índio e até mesmo a criar um certo sentimento de amizade. Se Sunset morresse, seria em função de sua ganância. O mal do homem branco corria em suas veias, o desejo pela fortuna roubada o impedira de acabar com Calderón.

Em uma cidade como aquela, isolada no deserto, um ou dois tiros não eram suficientes para fazer com que as pessoas saíssem às ruas, deixando a falsa segurança de seus lares ou, então, os prazeres de um *saloon*. Tiros para o alto durante a noite eram comuns, qualquer bêbado gostava de imaginar que poderia acertar a lua ou as estrelas com suas balas. Somente um tiroteio faria com que o xerife saísse da comodidade de sua cadeira estofada.

Calderón morreu. Sobre o seu corpo estendido e sem vida, um espírito de sombras repleto de tentáculos, olhos e dentes se avolumou. Os olhos vermelhos, sedentos de sangue e inflamados pelo ódio, dirigiram-se com exclusividade para o caçador de recompensas. Kane tornou-se o alvo da coisa.

No entanto, ele ainda poderia contar com Sunset, O Grande Espírito não havia abandonado o *sioux*. A força ancestral de Wakan Tanka se manifestou em uma intensa luminosidade amarela, na forma de raios do sol que cobriram o índio, concedendo-lhe energia para continuar vivo. De um bolso interno do seu casaco, o *sioux* pegou, entre suas mãos pintadas de sangue, o pote de cerâmica repleto de inscrições, obra de Anpaytoo, o seu avô.

— Retorne agora para a sua prisão, maldito! — vociferou Sunset.

O *sioux* levantou a tampa e o espírito maligno de tentáculos e sombras foi engolido pelo artefato.

6. COVA RASA

Sunset Bison fechou a prisão mágica, cuja tampa avariada havia sido colada. Sua missão estava cumprida. A manifestação de Wakan Tanka desaparecera após o combate.

— Kane, busque nossos cavalos. Preciso estancar o sangue... — disse o *sioux*.

O caçador de recompensas não discutiu o pedido de Sunset. Foi buscar as montarias e, ao voltar, encontrou o *sioux* debruçado sobre o corpo de Calderón.

— Veja o que achei. — Sunset tossiu um pouco de sangue.

O *sioux* estendeu um maço de dólares enrolados para Kane e também uma folha. Tratava-se de um mapa com um ponto no deserto. O mexicano havia enterrado o dinheiro roubado. Kane começava a compreender que o espírito canibal permitiu, na maior parte do tempo, que Calderón estivesse lúcido e agisse como uma pessoa comum. Assim era mais fácil se infiltrar na sociedade humana e compartilhar seus prazeres.

— Ajude-me a levantar, Kane.

Blackmoon fez o solicitado pelo *sioux*. Sunset caminhou amparado e com dificuldade até o cavalo. Em seus pertences, pegou gaze e um unguento preparado com ervas curativas para limpar e fechar o ferimento. Kane o ajudou nesse processo, entretanto, o sangue não queria parar de escorrer. O rosto do *sioux* estava pálido.

— Vamos embora daqui — ordenou o xamã.

— Você precisa de um médico — arriscou Kane.

— Não me faça rir. O que um médico poderá fazer que eu não posso? Além do mais, qualquer médico branco vai preferir me matar aos poucos do que me curar. — Sunset tossiu outro tanto de sangue. — Chega de discussão, logo não terei forças... Vamos embora! Tenho tudo o que preciso para extrair a bala e me curar. Ajude-me a subir no cavalo, vamos...

Depois dessa breve querela, os dois deixaram a cidade. Kane não fez menção de carregar o corpo de Calderón para receber a recompensa que almejava. Abandonou o mexicano estirado lá mesmo, no escuro e na rua. Ainda era noite quando pararam próximo à beira de um córrego protegido por árvores. Kane ajudou o *sioux* a desmontar e o deitou sobre a relva. Naquele instante, teve certeza de que o xamã não teria condições de curar a si mesmo. Sunset não reclamou nenhuma vez da dor e da morte que logo o levaria.

— Todo sol, após o poente, torna a alvorecer. Fui feliz! Obrigado por me proporcionar essa última aventura, Kane — foram as palavras derradeiras de Sunset Bison. Ele viveu apenas mais alguns minutos.

Kane abriu uma cova rasa. Nela depositou o corpo de Sunset e seus pertences, menos o cachimbo sagrado de Whope, que levaria como lembrança do *sioux*. Cobriu-o, então, com terra e pedras. Em silêncio, fez uma reverência ao xamã. Era hora de partir. Manteve consigo o mapa de Calderón e o pote que aprisionava o espírito de sombras e tentáculos. Ser o guardião daquele artefato mágico era o mínimo que poderia fazer, após ter deixado Sunset perecer por causa de sua ganância.

Antes de seguir viagem, Kane Blackmoon avistou um corvo sobre as pedras que serviam de túmulo para o amigo. A ave o acompanharia, de agora em diante, por todos os cantos do velho e estranho oeste.

Publicado pela primeira vez em *Sagas vol. II: Estranho Oeste.*
Porto Alegre: Argonautas Editora, 2011, p. 17-43.

O LITRO DE DIAMANTES

1. Desejo de coronel

Fazia calor no sertão. O jagunço escutava com atenção todas as orientações do coronel. Precisava cumprir uma missão.

— Quero que ele sofra! Ninguém desacata minha autoridade.

— Não se preocupe, coronel. Ele vai sofrer. Se me der licença... — antes de partir, o homem com o suor escorrendo pelo corpo retirou o chapéu em sinal de respeito.

O fedor de cachaça estava incrustado na roupa do coronel. Tirou um molho de chaves do bolso da calça branca de linho. Ao caminhar pelo corredor da casa, deteve-se na frente de uma porta. Girando a chave no ferrolho, um sorriso bêbado com teor de depravação aflorou em seu rosto. Na escuridão do aposento, a luz vinda de fora penetrava tímida.

Um rosto assustado foi iluminado precariamente. Na cama, uma mulher jovem tapava o corpo. Do pescoço aos pés, ela tentava se esconder com o lençol de seda. Os cabelos negros e os grandes olhos de topázio incendiavam o desejo do velho coronel. Tão logo a porta fechou, pelos aposentos e corredores da casa grande, os escravos, a mulher e os filhos do coronel puderam escutar gemidos e soluços que se prolongaram durante toda a noite.

2. Chumbo na madrugada

Abel corria pela caatinga. Talvez pudesse despistar os perseguidores quando chegasse aos morros. Cânions, cavernas e grutas seriam bons esconderijos durante algum tempo. Ele conhecia locais secretos, bastava conseguir fugir dos seus algozes e, então, teria chance de se vingar. A cada passo ficava mais perto de encontrar um refúgio. Mas suas pernas não aguentavam mais de tanto correr. Seu cavalo não suportara o ferimento em uma pata quebrada. Tinha sido um verdadeiro azar ter perdido o animal tão cedo. Por isso, agora estava só em um campo de árvores secas e raquíticas. A lua cheia revelava sua silhueta em fuga.

Podia escutar os cães farejadores ganindo e ladrando sem parar. Quando olhou uma vez para trás, viu que se aproximavam. Atrás dos perdigueiros, vinham três homens montados em cavalos. Carregavam espingardas e pistolas.

Talvez tivesse alguma chance se os enfrentasse. Não podia mais correr. Suas pernas ardiam como se estivessem sendo assadas em brasa. Os olhos dos cães cintilavam e a baba em suas bocas escorria feito veneno. O tambor do revólver de Abel estava cheio. Sacou a arma e deu um disparo. O barulho foi seguido de um dolorido lamento canino.

— Um a menos pra me perseguir — disse em voz baixa.

Retomou a fuga enquanto os outros cães cheiravam o companheiro de quatro patas estirado no solo seco e rachado. Abel ainda tinha esperança de escapar...

Nas casinhas de pau a pique isoladas no meio do sertão, foram ouvidos mais de uma vez trovões. Crianças acordavam para ver se a chuva estava chegando. Mas não era a chuva que se anunciava. Os pais ordenavam que as crianças voltassem para as camas imediatamente. Os adultos sabiam o significado daqueles sons, eram disparos, balas de chumbo singrando a madrugada violenta.

3. Enforcamento

O coronel deixou o quarto que fedia a cheiro de suor, sexo, cachaça, lágrimas e sangue, por volta do meio-dia. O molho de chaves tilintou em seus dedos trêmulos enquanto trancava a fechadura, enclausurando a prisioneira. Gritou pela mucama exigindo um banho fresco para se revigorar. Foi apenas depois do almoço que surgiu na soleira da porta o jagunço. Os dois foram até a sala de reunião do coronel para conversar.

— E então? — perguntou o coronel ansioso.

— Não foi fácil, mas mandamos o homem pro inferno.

— Quero saber os detalhes. Conte tudo.

— Perseguimos o tinhoso pela caatinga. Passamos entre espinhos, pedras e mandacarus. O homem era valente, parecia uma onça brigando pela vida.

O coronel colocou as mãos entrelaçadas sobre a pança.

— Ele acertou um dos nossos cães. Isso atrasou a captura.

— Espero que não tenha sido Sansão. Não gostaria nem um pouco de perder meu cão preferido.

O jagunço ficou calado com os lábios apertados. O silêncio do homem fez com que as sobrancelhas do coronel se arqueassem em sinal de fúria.

— Imbecil! Você não é capaz de manter um cão tão valioso vivo? Quero um enterro decente pro Sansão. Ouviu bem?

— Sim, coronel! Daremos um enterro de herói para o cão — as palavras do jagunço saíram cuidadosas.

— Continue a história, idiota.

— Depois do tiro em Sansão, alvejamos a noite. De vez em quando, auxiliados pela luz do luar, víamos o perfil do fugitivo e disparávamos contra ele. Durante a perseguição, rastros de sangue surgiam no caminho. Havíamos acertado o cabra. Depois disso, foi mais fácil encontrá-lo.

Um segundo de silêncio se fez antes da próxima frase do jagunço:

— Nós o avistamos em pé ao lado de um mandacaru gigante. O tinhoso se esvaía em sangue e, antes de dizer qualquer coisa, disparou todo o conteúdo do revólver tentando nos atingir.

O jagunço ficou quieto novamente escolhendo as palavras certas.

— Fala, homem, antes que eu perca a paciência! — esbravejou o coronel.

— A bala acertou em cheio o peito do Sebastião. Ele desabou do meu lado.

— O Tião devia ter seguido a vida do garimpo. Nunca foi bom com uma espingarda. Providencie um enterro decente pra ele.

— Hércules também foi atingido.

— Droga, homem! Você só me traz notícia ruim — o coronel deu um pulo da cadeira e sacou o revólver que pendia no cinto. — Outro cão morto já é muita incompetência...

O cano da arma estava posicionado no centro da testa, entre os olhos do jagunço.

— Pro seu próprio bem... É bom que ele tenha sofrido muito.

— Com um tiro de espingarda que eu mesmo disparei, os dedos de Abel foram arrancados da mão que segurava a arma — disse com a voz trêmula. — Paulo acertou o joelho dele fazendo com que o cabra caísse feito um saco de macaxera no chão.

— Ele implorou pela vida? — o coronel sentou na cadeira estofada, guardando o revólver no coldre.

— Não. Abel era um sujeito valente.

— Poupe-me de admirações por aquele peste... — suspirou o coronel começando a ficar entediado. — E o que mais fizeram pra que ele sentisse dor?

— Fizemos com que engolisse uma caranguejeira viva — o jagunço suou frio ao lembrar-se do desespero de Abel.

— Um bicho peludo e de oito patas descendo por uma garganta é uma boa lição pra quem não me obedece. E o que mais?

— Rasgamos a barriga dele e, com as próprias tripas, nós o dependuramos no alto do mandacaru. Um enforcamento como nunca se ouviu falar por essas bandas.

— Morte merecida. Morreu como devia morrer. Ele já matou muitos homens no sertão. Não era nenhum santo.

— Posso ir, coronel? Preciso arranjar o enterro do Sebastião... e dos cães.

— Vá, meu afilhado. Da próxima vez, não cometa erros. Trabalhar nessa casa exige dedicação total e eficiência.

O jagunço tirou o chapéu para se despedir. Em seus olhos crispava ódio. Talvez todos naquela região odiassem o coronel, mesmo assim ninguém se atrevia a contestar seu poder. Aqueles que tentavam discutir suas decisões obtinham um veredicto certo: topar muito cedo com a temida e inefável Morte.

4. Garimpo

O garimpo, ao amanhecer, fervilhava de gente. Bandos de garimpeiros desciam a rua de pedra até a beira do rio. A pergunta que circulava entre os trabalhadores era apenas uma: onde estavam os principais jagunços do coronel? Aqueles cabras da peste sempre ficavam de olho no garimpo de diamantes. Naquela manhã, havia aparecido somente dois deles. Os outros quatro, os mais enfezados, ainda não haviam se apresentado.

Antes do final da tarde, todos ficaram sabendo que o braço direito do coronel, o endiabrado Abel, tinha ido embora. Abandonado suas funções. Outro jagunço havia tomado o seu lugar na preferência do homem mais poderoso da região. Também ouviram que Sebastião fora atacado por uma onça e morrera bravamente protegendo as redondezas do bichano danado. Por algum tempo, as pessoas acreditaram nessas histórias.

Porém, alguns dias depois, em uma parte assoreada do rio, um velhote encontrou o corpo de Joana, noiva de Abel, sem vida boiando em uma vala. Esse fato fez com que muitos garimpeiros e moradores associassem a morte da mulher ao desaparecimento do futuro marido. Mesmo assim, ninguém se atrevia a falar do caso em praça pública. Somente na segurança das suas casas, de vez em quando, famílias tentavam adivinhar o que teria acontecido ao jagunço mais capeta do coronel.

5. Livusia

Para abafar os comentários que corriam pela cidade, nada melhor do que uma festa. O enterro de Sebastião e dos cães que mataram a onça foi um evento brilhante na cidade. Todos os convidados beberam e comeram à vontade. Foi contratado um trio de músicos da cidade vizinha. O coronel bebeu bastante pinga e, com ele, arrastou para o quarto uma jovem, noiva de um garimpeiro. A festança foi quase até o amanhecer e, quando o silêncio na casa grande era sepulcral, o coronel acordou com um leve ruído de passos.

— Quem está aí? — perguntou sonolento e embriagado.

Uma sombra se movimentava em seu quarto. O coronel se apressou em pegar o revólver na cabeceira ao lado da cama.

— Não perca tempo com armas, coronel. Eu sou uma assombração. Você não pode me machucar com chumbo — disse a voz estranha oculta no escuro.

O coronel deu uma olhadela de soslaio para ver se a mulher havia acordado. Parecia que estava dopada tal era o compasso da sua respiração lenta. A coisa se aproximou.

— Fique aí mesmo ou eu cuspo fogo.

Uma pequena risada preencheu a escuridão:

— Há, há, há, você não entendeu nada do que eu falei, não é mesmo, coronel?

Aquela voz incomum, feita de vento e eco, fez a arma na mão do coronel tremer.

— Sou uma livusia — continuou a sombra.

— Conta outra. Não acredito nessa baboseira de livusia. Fantasmas não existem. São idiotices que o populacho gosta de inventar para assustar criancinhas. O que você quer? Diga logo ou eu mando bala!

— Conheço o paradeiro de grande riqueza.

— Riqueza? — o olhar do coronel incendiou de curiosidade.

— Sim, riqueza. Guardo um litro de diamantes em meu poder. Pedras encantadoras e valiosas!

— Diga-me onde está essa preciosidade, sua coisa da peste? — o coronel levantou da cama apressado.

— Siga-me! — disse a livusia oculta pelo escuro.

O homem colocou a calça e as botas. Os cadarços do calçado foram amarrados sem muita precisão pelo coronel que, ao olhar para o escuro, não viu mais a aparição, somente a porta do quarto surgia escancarada. O velho quase careca, de fiapos desgrenhados na cabeça, saiu do aposento e, no fim do corredor, avistou a assombração lhe acenando.

— Seja rápido, coronel, e terá o tesouro que merece.

Um breve piscar de olhos foi suficiente para perder de vista aquela coisa mais uma vez. O coronel ajeitou o cinto e dirigiu-se até a sala procurando o visitante. Pela janela, pôde ver a figura sombria à sua espera.

— A coisa é rápida! — resmungou o homem pensando no brilho dos diamantes que em breve colocaria a mão.

O ar na madrugada do sertão refrescou o rosto do coronel quando desceu as escadas da varanda. O velho teve de forçar a vista para enxergar a livusia a quase cem metros de distância.

— Espere por mim, maldito coisa da peste! — acelerou o passo.

Entre um grito e outro, de xingamentos para a aparição, o dia amanheceu.

— Danada, quando vamos chegar? Meus pés já estão criando bolhas — quase sem respiração, o coronel não se cansava de reclamar e seguia a assombração como se estivesse enfeitiçado.

Parou para tomar fôlego e olhou para o chão. Tirar os olhos da livusia foi suficiente para perdê-la de vista mais uma vez. Aproveitou para limpar o suor da testa e dos olhos com um lenço branco. Avistou mais adiante um mandacaru gigante. Caminhou na direção do imponente cacto. Conforme se aproximava, podia perceber diversos urubus empoleirados nos galhos espinhosos e outros no chão bicando uma carniça fedorenta.

O coronel disparou chumbo nas aves de rapina matando três ou quatro. Penas negras espalharam-se por todos os lados. Quando o pequeno exército de criaturas aladas debandou para os arredores, um cadáver foi revelado. O velho tapou o nariz com o lenço para barrar o odor que o miserável exalava. Lembrou-se imediatamente da noite em que dois de seus cães morreram.

Empurrou o esqueleto com o bico da bota. Nisso, pôde ver ao pé do mandacaru uma coisa brilhando. O velho se agachou ao lado do defunto. Era o gargalo de uma garrafa. Desenterrou o objeto com impaciência. Ao retirar o vidro da terra, foi surpreendido por uma quantidade de diamantes graúdos em seu interior. Despejou parte do conteúdo em uma das mãos para admirar o achado. As pedras já estavam esculpidas e deviam valer uma fortuna. O velho, ao levantar, deu um pontapé no que restava do crânio do infeliz Abel e esbravejou:

— O que é do coronel ninguém tira. O que é do coronel sempre volta para o coronel! — bateu com a garrafa no peito estufado.

O velho zarpou dali com um sorriso triunfante no rosto. Os urubus voltaram a se banquetear do pouco de carne que ainda restava naqueles ossos. Cada vez que o coronel admirava as pedras, durante o caminho, o brilho no seu olhar se tornava mais e mais sádico.

6. Amaldiçoados

Quase sem perceber, com a passagem de apenas alguns dias, o coronel foi perdendo os escassos fios de cabelo que lhe restavam no corpo. A pele foi murchando aos poucos e se enchendo de manchas roxas. Seus músculos tornaram-se cada vez mais fracos. Em uma noite, ele acordou banhado em suor. A esposa dormia. Pulou desesperado do colchão e acendeu um candeeiro. Ajoelhado, levantou uma tábua solta no assoalho.

Ao direcionar a luz para dentro do esconderijo, não encontrou nada. O buraco estava vazio.

Saiu do quarto murmurando impropérios. Um barulho no quarto do filho lhe chamou a atenção. Entendeu que se tratava do ranger de molas de uma cama. O filho era cabra-macho, um orgulho para a família, viril feito o pai, pensava o coronel. O velho deu um sorriso malicioso. Sem conseguir conter a curiosidade, o coronel se aproximou da porta e olhou pelo buraco da fechadura. Não perderia a oportunidade de ver um belo par de seios nus balançando.

O que ele viu, no entanto, o deixou descontrolado, à beira de um ataque cardíaco. Com um chute, arrombou a porta do quarto, escancarando a privacidade do filho. O garoto tratou de esconder a nudez com um lençol, enquanto o apavorado jagunço que estava com ele logo começou a implorar perdão.

Sobre a cama jazia o litro de diamantes. O conteúdo da garrafa brilhava como nunca aos olhos do coronel. Possuído pela fúria, o velho agarrou a arma do jagunço, que estava em cima de um móvel antigo ao lado da porta. Velozes e quentes, as balas foram despejadas sobre os ladrões. O coronel não deu importância alguma às lamúrias dos infelizes amantes.

Com o canto dos olhos, pôde ver um vulto se movimentando no fundo do aposento. Antes que outras pessoas chegassem até o quarto para saber o que estava acontecendo, uma gargalhada infernal fez com que a casa inteira estremecesse. O velho deixou a arma cair no assoalho para abrigar entre os seus braços a garrafa.

Depois daquela noite, muitas histórias foram contadas sobre a morte do filho do coronel. A versão oficial do fato, dada pela família, parecia não ter convencido a população do vilarejo. Para que o povo tivesse alguma novidade para comentar e esquecesse a morte do rapaz, todos, sem exceção, foram convidados para a cerimônia de casamento da filha do velho.

Um mês depois do ocorrido, o casamento estava para se realizar. Antes de ir para a igreja, o coronel resolveu averiguar a tábua solta embaixo da cama, para ver se os diamantes estavam no mesmo lugar. Tinham sumido novamente. Ficou descontrolado. No entanto, desta vez, seguiu o conselho de um boticário. Bastava beber um xarope para acalmar os nervos. Abriu uma gaveta e bebeu todo o remédio que o homem havia lhe prescrito. Limpou o suor que brotava da testa. Em seguida, ajeitou a roupa e tentou esquecer-se das pedras preciosas. Precisava se controlar para acompanhar a noiva na entrada da Igreja.

O xarope era tão forte que embriagava mais do que cachaça. Os olhos do coronel ficaram embaçados, sua língua enrolada para falar e as pernas trôpegas. Somente quando subiu a escadaria da igreja, de braços dados com a filha, conseguiu admirar a beleza da moça e do vestido branco. Em volta do pescoço dela, havia algo que lhe era familiar.

Quando entraram na igreja, sob o olhar atento dos convidados, os mais observadores já podiam notar que algo estranho estava acontecendo. A juventude da noiva se deteriorava. Começou com alguns fios de cabelo negro tornando-se brancos. Depois, com a pele tornando-se enrugada. Ela sentiu-se cansada de súbito. Os músculos perderam as forças, os pulmões tinham dificuldade para respirar e a visão ficara turva. Pôde perceber nas expressões assustadas de seus convidados que algo ruim acontecia com o seu corpo. Quando se aproximou do altar e estendeu a mão para o noivo, ele deu um grito de pavor. Um envelhecimento acelerado aconteceu na frente de todos os convidados que assistiam à cerimônia.

A pele da garota murchou e, por fim, derreteu deixando à mostra os ossos. A transformação do rosto foi a mais terrível de se ver. A beleza a abandonou em poucos segundos para se transformar em algo grotesco, seco e cadavérico. A filha do coronel virou um amontoado de poeira. Junto dela, sobrara um vestido de rendas brancas, o buquê de rosas e um colar de diamantes.

Os convidados correram da igreja clamando por Deus. Só então, o coronel percebeu que os diamantes do colar eram os seus preciosos diamantes que haviam sumido. Ele praguejou:

— Danados! Aqui estão vocês — disse enquanto juntava as pedras. Ajoelhado, ele assoprava os diamantes do colar, tentando limpá-los das cinzas.

O coronel ficou sozinho na igreja durante horas. Limpou os diamantes um por um até que ficassem brilhando. Era noite quando saiu. Descia as escadarias quando avistou em pé, no último degrau, uma mulher. Ela tinha uma garrafa vazia na mão.

— E então coronel, está feliz com os seus diamantes?

— É lógico que estou. Nós nos conhecemos?

— Sim. Você me assassinou.

Ele olhou com mais atenção... É claro que conhecia aquela cabrita arredia. Era Joana. Logo percebeu que não estava sozinha. Abel a acompanhava. As livusias se aproximaram do coronel. Ele ficara estático apenas a espera de um destino cruel. Quando seus inimigos tocaram em seu corpo, sentiu o gelo do inferno penetrar em sua alma podre e corrompida.

Na manhã seguinte, o padre encontrou o velho com os olhos esbugalhados e a boca aberta num gesto de horror. Em suas mãos, o litro de diamantes com o colar em seu interior. Pouco depois do falecimento do coronel, o rio assoreou e o garimpo nunca mais foi lucrativo naquela região, obrigando os moradores a abandonarem suas casas. A garrafa permanece escondida atrás do altar da igreja decrépita até hoje.

O SERVIÇO

ACORDEI EM UM LUGAR QUENTE. Passei a mão na testa e percebi o suor molhando os dedos. Minha respiração, constatei, era ofegante e o peito pulava de excitação.

Estava em uma caverna, o lugar escuro, abafado e apertado criava uma atmosfera de inquietude. Não olhei para trás, apenas resolvi caminhar na direção de uma luz avermelhada. Tateando, como um míope sem óculos, as rugosidades frias e úmidas daquele ambiente, segui por um corredor estreito e irregular.

Quando atingi o final do trajeto, uma luz intensa despontou da escuridão. Protegi os olhos com as mãos, o clarão foi se dissipando aos poucos e revelando um amplo salão carmesim. Nessa grande sala, havia mesas de escritório, computadores, cadeiras, máquinas de escrever, arquivos e bonecos de cera engravatados.

Os bonecos derretiam no calor quase vulcânico. Observei as faces mais de perto, mas não via nada além de imagens deformadas, seres sem vida e sem consciência. Um desses manequins estava abraçado em um computador, amava aquele objeto como se fosse o ser mais importante de sua existência patética.

O ambiente lembrava uma cena congelada da realidade, uma realidade insana, repleta de funções profissionais mecanicistas. Continuei caminhando pelo *habitat* bizarro. De duas janelas, um brilho branco e pálido saltava como um flash. Enxergar através do vidro era impossível. Talvez o mundo lá fora, sem sentido, não pudesse ser visto pelos meus olhos tristes. Ou melhor, quem sabe, eu não quisesse saber mais da realidade.

No momento, não gostaria de me lembrar do meu nome, nem da minha profissão, mas uma voz insistente chamava por mim naquele inferno.

— José! — convocava-me a voz sedutora e rouca.

Por entre uma floresta de escrivaninhas, arquivos e bonecos de cera, caminhei até que meus pés descalços sangraram. Eu procurava a origem da voz familiar e maldita. Eu julgava que minha mente ia estourar.

Por que, não sei dizer, fui transportado por algumas lembranças. Pela memória acabei libertado do lugar estranho em um instante. Lembro-me de ter olhado o relógio. Eram pontualmente vinte horas quando atendi ao telefone. A voz imperativa de meu chefe ordenava para eu estar no serviço às nove da manhã. Eu executaria um daqueles trabalhos especiais. Escutei as instruções e sentei no sofá da sala para tomar umas latas de cerveja e assistir à televisão. Detesto televisão, não gosto dos programas de auditório, não gosto de filmes dublados e odeio novelas, mesmo os noticiários me cansam. Torturei a mim próprio nessa atividade enfadonha, afinal, eu merecia algum tipo de castigo.

Trim!

O eco estridente de um telefone me fez abandonar os devaneios em que me encontrava, eu não precisava ser crítico de televisão naquele instante. De volta ao cenário particular, entre arquivos de centenas de metros que imitavam arranha-céus malucos, montanhas de pastas, cadeiras, sofás, escrivaninhas, bonecos de cera e armas de todo tipo, procurei, e procurei quase insano, por aquele som feroz que fazia me lembrar de um compromisso sujo. Eu estava em uma espécie de ferro velho do futuro, mas a verdade é que não poderia ter certeza de nada naquele ambiente caótico. Quando me agachei, bem próximo ao barulho ensurdecedor, percebi um pingo de sangue escorrer do meu nariz e pintar uma folha de papel branco que repousava no chão. Ignorei a dor que me beliscava aos poucos. Inquieto, levantei uma pilha de papéis, talvez, eu tenha levado uma eternidade, não sei, mas acabei encontrando um celular novo no meio daquelas quinquilharias.

Com a visão embaçada, esfreguei os olhos para enxergar o número de onde vinha a ligação. Não via nada, um sono pesado invadia minhas pálpebras. Alô, eu disse. Você está atrasado, uma voz sinistra falou do outro lado da linha.

Dei um pulo da cama. O suor escorria pela minha pele. O celular berrava como se estivesse sofrendo convulsões no travesseiro ao lado. Ufa! Aliviado, empenhei-me para esquecer o sonho esquisito.

Na parede do banheiro, o espelho refletia meu rosto manchado de sangue. Tomei um banho frio para tentar aliviar a tensão do corpo. Não podia mentir para mim mesmo, não aguento mais esse trabalho.

Vesti a roupa e, por fim, coloquei uma bela gravata italiana recordando as palavras do chefe: "uma boa vestimenta não desperta suspeitas em ninguém". Sábia diretriz, ele sempre tinha razão.

O motor do carro assobiou quando girei a chave na ignição. O dia estava lindo: sol, calor, sem nuvens, e um céu azul esplêndido. O trânsito calmo, as ruas quase vazias, não dava para acreditar, era tudo tão estranho quanto o meu pesadelo.

Olhando para as ruas, lembrei como a minha ascensão profissional foi rápida. De um funcionário comum na empresa onde trabalho, acabei ascendendo a uma ordem secreta! Isso mesmo, a partir de então as coisas mudaram. Fui convidado por um amigo para fazer parte do grupo. Não tinha nada a perder. Fiz alguns testes, passei por uma bateria de perguntas, paguei uma alta taxa de adesão e gastei todas minhas economias. Um dia fui aceito na ordem dos aprendizes da seita. Passaram-se dois anos para que eu fosse elevado a um novo círculo.

Evoluindo na Ordem, passei a participar de todas as reuniões, nas quais conheci gente influente, políticos, escritores, magnatas, jornalistas e empresários. A alta sociedade de Porto Alegre estava bem representada naquele covil. Durante as reuniões ou festas, somente o Grão-Mestre se mantinha oculto por trás de um capuz e realizava belos sermões. Apenas ao círculo mais alto era dado o privilégio de saber a identidade do sacerdote. Confesso que passei a me sentir poderoso ao lado daquela gente com fortuna e bem-sucedida em seus empreendimentos sociais, políticos e econômicos. Porém, sempre imaginei que suas ações mais sigilosas envolviam corrupção e morte. Mesmo suspeitando disso, trilhei um caminho sem volta.

Em uma das primeiras grandes reuniões que participei, fui apresentado ao presidente da empresa na qual trabalho. Ele me cumprimentou com sorrisos e um afeto desmedido, antes disso, eu sempre havia sido tratado como um cão vira-lata. O chefe não dava a mínima importância aos seus subalternos.

Em poucos meses, tornei-me um dos seus braços mais influentes na empresa. Porém, tive de começar a retribuir seus favores. É verdade que estou farto de fazer o trabalho sujo, mas é como se eu fosse um prisioneiro do seu poder. Liguei o CD do carro bem alto e deixei rolar um *heavy metal* pancada. O momento necessitava de algo visceral para concluir meu ofício. Admito que sou melhor nesse trabalho paralelo do que nas minhas funções burocráticas. Não nasci para o ofício do escritório. Meu serviço na empresa, há tempos, tornou-se pura fachada.

Parei na calçada. Meu chefe me esperava, entrou no carro e sentou no banco traseiro. O fedor do cigarro infestou o estofado da Blazer. Ele disse o endereço para onde nós iríamos, eu não conhecia a rua. Pelo espelho retrovisor, observava seu rosto gorducho de bigode, a testa franzida e a cabeça careca. Com a voz sinistra de sempre, indicou as ruas que deveríamos entrar.

Paramos em frente de uma bela casa na zona sul. Sentíamos a brisa fresca vinda do Guaíba.

— Ela e o miserável estão lá dentro — disse o chefe.

Ele me entregou uma foto.

— Ah, sua esposa! — eu disse admirado.

— E o amante. Faça bem feito o serviço, seja sutil e não tenha pressa.

Do porta-luvas peguei minha pistola e instalei o silenciador em poucos segundos.

O chefe estava tranquilo. Com sua confiança inabalável, eu acreditava realizar um serviço exótico, mas nem por isso, de menor importância. A rua deserta, àquela hora, crianças na escola e os adultos trabalhando em suas ocupações vazias e burocráticas, facilitaria as ações a mim incumbidas. E a polícia, sem dúvida, não apareceria tão cedo por aquelas bandas, afinal nosso grupo tinha indivíduos espalhados por toda a cidade, controlando de maneira vil as pessoas como marionetes.

Meu celular tocou, o chefe olhou intrigado para o aparelho eletrônico:

— Atenda! — ele ordenou sem perder a tranquilidade.

— Meu marido está com você, José? – perguntou a voz familiar, a voz que conhecia meu nome.

— S-sim! — eu engasguei na hora de falar.

— Passe para ele, por favor!

Eu obedeci como a voz sedutora, cada vez mais familiar, mandou e entreguei o telefone para o chefe. Ele, sem entender, quase arrancou o celular da minha mão:

— Quem é?

A expressão do chefe se modificou. Tão logo ouviu as primeiras palavras, sua tranquilidade esmoreceu. Conforme continuou a escutar a mulher, sua boca se abriu em um esgar horroroso. Tentou abrir a porta do carro, mas estava trancada. Seus olhos quase saltaram das órbitas e ele não conseguiu dar um grito sequer. A última imagem gravada em minha retina, antes da explosão, foi o pavor dominando sua face incrédula.

Bum!

***

Trim! Um aparelho de telefone analógico vermelho e luminoso tocou em cima de uma mesinha de centro. Fui atender, afinal, aquilo era tudo que eu podia ver naquele ambiente escuro onde me encontrava. Dei dois passos, os ecos produzidos pela sola dos meus sapatos ecoaram pela densidade do infinito escuro.

— José? — a voz sedutora e rouca, do outro lado da linha, perguntou.

— S-sim! — gaguejei outra vez.

— Abra a porta que está à sua frente e venha conhecer pessoalmente seus temores mais profundos.

Coloquei o telefone fora do gancho em cima da mesinha. O contorno de uma porta iluminada por um facho de luz cor de laranja despontou nas trevas. Um trinco estava incrustado no centro do material de madeira. Caminhei pé por pé, sentindo minhas forças se desvanecerem. Eu tremia feito uma criança de quatro anos de idade com medo do Bicho-Papão, da Cuca ou do Velho do Saco. Tremendo da cabeça aos pés, girei o trinco quente, o trinco tão quente como um pedaço de carvão incandescente.

Do outro lado da porta, vestido com seu manto e capuz, apresentou-se na sua imponência o Grão-mestre. Ajoelhei-me à sua frente, em demonstração de respeito. A figura puxou o capuz e revelou seu rosto mais do que familiar. A mulher do chefe riu, maléfica, da minha cara de espanto e incredulidade.

— Não tenha medo, José! Você veio para o lar — repetiu-se a agora revelada voz sedutora e rouca de tantos sermões ritualísticos.

Seus olhos azuis tornaram-se chispas vermelhas e toda a sala foi impregnada por chamas e um odor terrível de enxofre. Pelo meu nariz, começou a escorrer pingos de cera. Gritei, enquanto eu tive cordas vocais. Meu corpo encolhido se derretia como a parafina de um toco de vela.

Publicado pela primeira vez em *Olhares Escritos. Rio de Janeiro: Ed. Guarajás, 2005, p. 28-32.*

O MAL NÃO TEM ROSTO

1. Crime na praça

Quando cheguei ao local das mortes, o pessoal da 1ª DP já tinha isolado a área. A imprensa dizia que um cordão de segurança era perda de tempo, pois àquela hora não havia pedestres circulando na Rua da Praia, principalmente na escuridão da praça. Mas o que queríamos evitar, com certeza, era o olho enxerido de algum repórter metido a besta.

Acredito que a imprensa deve servir de instrumento, é claro, sem que suspeitem ser nossos fantoches. A página policial do dia seguinte tem de representar a história que nós queremos contar. Por isso, os flashes das câmeras devem permanecer em um ponto distante da cena do crime.

Abri caminho entre dois jornalistas, ambos empenhados em obter informações com os policiais de serviço.

— Oi, chefe!

— E daí, Asdrúbal! Descobriu alguma evidência nova? — perguntei ao policial agachado ao lado dos presuntos.

— Sim. Um deles era michê aqui na praça. Foi o Pixotinho, o engraxate, que reconheceu o corpo.

— E o outro?

Asdrúbal engatou um sorriso torto e piscou o olho:

— Professor de filosofia da faculdade federal.

Agachei-me ao lado dos corpos e liguei o facho da lanterna. Os dois bonecos eram homens brancos de cabelos negros e vestiam roupas simples. O mais novo carregava uma mochila, a qual tinha sido revistada pelo meu esperto Asdrúbal que encontrara algumas roupas sujas, nada de especial, não fossem calcinhas e um vibrador.

— Um professor de filosofia, hein! Quem poderia suspeitar? — perguntava em tom de gozação o atento Asdrúbal. — Devia ter muito o que conversar com o garoto...

Asdrúbal me entregou dentro de um saco plástico dois cartuchos deflagrados e um revólver calibre 32.

— E a grana dos bonecos permanecia na carteira?

— Na do filósofo, contei mais de cem reais e, na do michê, quase trezentos.

— Sempre tem alguém pra marchar com uns trocados. Algo suspeito na volta?

Asdrúbal ficou em silêncio, por um instante demorou a responder:

— Vi algumas pegadas que podem indicar mais um boneco na parada. O chão está embarrado.

— Você as fotografou?

— Eu tirei as fotos, claro!

Meu esperto pupilo tinha trabalhado bem aquela noite. Agora era a minha vez. Pousei a luz da lanterna sobre algo brilhante perto do pescoço do professor de filosofia. Com minha luva de couro na mão esquerda, peguei do chão um colar de ouro com um crucifixo. Um rubi ornava cada ponta da cruz banhada a ouro. Nas costas do objeto, havia uma inscrição ininteligível. Guardei a peça em um saquinho transparente de plástico que sempre carregava comigo.

— O que diremos à imprensa, chefe?

— O básico. Acreditamos na hipótese de homicídio seguido de suicídio. Afinal, não encontramos nada que caracterize um assalto, não é mesmo?

— E quanto à hipótese de vingança?

— Se os curiosos perguntarem, insista que as vítimas não foram assaltadas. Conte que a posição dos corpos e da arma sustenta a hipótese anterior. É tudo o que você sabe, Ok? Isso encerra a questão! Nada de comentários sobre o terceiro tipo de pegada, isso é nosso trunfo, informação confidencial!

Levantei.

— Me entregue a máquina digital — ordenei ao meu esperto Asdrúbal, que assim o fez sem titubear.

— Para onde vai, chefe? Se não leva a mal...

— Vou levar a arma para o perito. Quero saber de quem são as digitais nesse berro. E, antes de dormir, vou dar uma olhada nas fotos das pegadas.

Passei pelo Marcos, um dos repórteres da página policial do maior jornal da cidade. O velhaco sempre tenta me entrevistar, mas em geral consigo driblá-lo e passar a bola para o competente Asdrúbal. Ele fica encarregado de contar a historinha...

A imprensa obteve uma pequena nota para divulgar no dia seguinte, e os leitores de ideias férteis, material para exercitar a imaginação. Por enquanto, tudo o que eu tinha era um crucifixo singular sob o meu poder, a arma do crime e fotos digitais de pegadas suspeitas ao redor do michê e do professor de filosofia. Com certeza, um bom material para início de investigação. Se houvesse um assassino, eu gostaria de colocar a mão nele em breve.

Deixei a arma para ser analisada pelo Péricles, da perícia. Em seguida, fui trabalhar no meu apartamento. Nada me perturbava quando eu queria desvendar um caso, nem o barulho dos carros na rua, nem a pia repleta de louças, nem o saco cheio de roupas para lavar, nem a minha ex-esposa quando ligava para cobrar a pensão, nem as garrafas de vodca vazias espalhadas pelo chão, tampouco as baganas de cigarro entupindo os cinzeiros. Durante o serviço, bebi uma latinha gelada de cerveja e devorei um sanduíche triplo. Com vagareza, o computador copiou as fotos do crime que estavam na máquina. Por sinal, as fotografias estavam fora de foco, dificultando minha análise. Comparei as pegadas do provável assassino com arquivos de solas de sapatos, tênis e sandálias. Ao final da madrugada, ao menos eu já sabia que tipo de calçado o sujeito usava. No entanto, ainda não sabia dizer se essa informação poderia ser útil. Só o tempo diria. A grande pista que me restava era aquela cruz. Cada vez que eu a segurava sem a proteção do plástico, sentia uma estranha sensação de frio na ponta dos dedos. Guardei o objeto novamente no invólucro de plástico depois de sentir um arrepio que percorreu minha espinha. Uma brisa leve entrava sorrateira pela janela aberta. Resolvi dormir antes que o dia amanhecesse. Descansei como se fosse um homem de pedra.

2. O PADRE E O CARDEAL

— Padre! Está aqui o jornal de hoje — disse o zelador entregando o jornal dobrado.

Em um gesto de agradecimento mudo, balançou a cabeça. Retornando aos afazeres diários, o zelador não disse mais nada. Fazia uma semana que trabalhava na revisão de toda a rede elétrica da edificação. Os passos dos dois ecoaram pela igreja, que àquela hora da manhã ainda estava de portas fechadas. Cada um deles seguiu por direções opostas.

Confinado na sacristia, o padre passou a ler as notícias. Sabia de cor as páginas da seção policial. Gostava de estar informado sobre os delitos que eram cometidos entre o seu rebanho. Sempre havia um lobo para devorar um cordeiro. Por isso, ele estava presente naquele mundo, ele estava ali para ajudar, para aconselhar os puros de coração a extirpar o mal da sociedade.

Roubos, sequestros, suicídios e assassinatos eram frequentes na coluna de Marcos Andorinha. Grifado em negrito, avistou o nome de um antigo conhecido. Ficou perplexo ao saber do assassinato de Arílson Vargas, professor de filosofia e renomado pesquisador de línguas arcaicas. Uma nuvem negra se interpôs entre a luz fraca do sol e o vitral com a imagem de Cristo. A expressão do padre durante um breve momento foi escondida pelas sombras. Aquela notícia estragou por completo o início do seu dia. Rezou pela alma do homem naquela manhã obscura.

Depois da missa realizada para uma dúzia de fiéis, os mesmos de sempre, esperava voltar para as páginas amareladas dos livros, atividade que apreciava. Mas não foi fácil se desvencilhar dos cumprimentos calorosos que alguns dos velhinhos fizeram ao seu sermão inspirado. O padre João falou sobre violência, paz e as artimanhas que o demônio engendra para se esconder sob a pele do cordeiro. O suor escorria em sua face depois do grave discurso.

Quando se encaminhava para a entrada principal, notou um homem de capote cinza e chapéu pantaneiro. Não conseguia definir o rosto do desconhecido, pois, às costas dele, a luz do sol inundava com intensidade a igreja. O homem se aproximou de João enquanto os velhinhos iam embora.

— Olá, padre! — o sujeito estendeu a mão para cumprimentá-lo.

— Oi, filho! Você é novo em nossa paróquia?

— Eu não costumo frequentar a igreja. Sou um homem sem religião. Já vi muita coisa horrível para acreditar em Deus. E a igreja é um dos últimos lugares que gostaria de entrar.

— Acho que você está mal orientado sobre as coisas de Deus — disse o padre sem esconder a angústia que sentia com aquelas palavras secas. — Diga-me, em que posso ajudá-lo, filho?

— Sou policial. Moro aqui por perto e resolvi entrar na sua igreja por pura intuição.

— Mas que ótima intuição! Acho que você já começa a se encaminhar — um sorriso brotou na face do padre João.

— Tenho um crucifixo comigo e gostaria de saber o que significa a inscrição gravada nele — disse o estranho, tirando do bolso um objeto protegido por um plástico fino e transparente. — Você conhece esse alfabeto? — ergueu a sobrancelha direita e arregalou o olho com ar inquisitivo.

— Deixe-me ver. Talvez eu possa auxiliá-lo. É algum tipo de investigação?

— Positivo! Essas inscrições têm algum significado para o senhor, padre?

Ao mesmo tempo em que o delegado fazia essa pergunta, padre João pareceu ter levado um susto. Um susto tão grande que os olhos ficaram vidrados por mais de alguns segundos na peça. Quase gritando, respondeu como se houvesse visto uma assombração:

— Não, não, nunca vi nada parecido em minha vida!

O nervosismo na voz do sacerdote denunciava uma possível mentira em suas palavras tensas.

O investigador rapidamente recolheu o crucifixo da mão do sujeito.

— Tem certeza, padre, de que nunca viu essas iniciais antes? — o homem insistiu.

— Não, meu filho! É claro que não, por que eu mentiria para um policial?

— Essa é uma informação fundamental para o caso que estamos investigando — alertou o delegado colocando o crucifixo no bolso do capote cinza. — Você leu o jornal de hoje?

— Sim, eu sempre leio o jornal. Gosto de saber o que está acontecendo no mundo e na cidade.

— Pois então! Talvez tenha lido na coluna do Andorinha sobre o crime que aconteceu na praça da Rua da Praia.

— Sim, eu li. Lamentável! Horrível!

— Essa cruz pode solucionar o caso — revelou o delegado, olhando fixamente os olhos do padre. — Compreende a gravidade da situação? Se você souber de alguma coisa, me ligue. Vou deixar aqui o meu cartão — dizendo isso, virou as costas e saiu.

Enquanto o investigador se afastava, o padre lutava contra a própria memória para tentar fugir das lembranças de um passado que imaginava ter enterrado para sempre. No entanto, lembrou-se da época em que um importante cardeal estivera visitando a cidade. João era jovem. Pensava que tinha sido por acaso do destino que assumira os ofícios da catedral metropolitana. Mas não fora acaso algum. Queriam que ele fosse um instrumento, um escravo do mal. Naquele tempo, as igrejas ainda eram abarrotadas de fiéis. Com trinta anos de idade, as juntas funcionavam a pleno vapor e a força da fé parecia inabalável.

Conhecera o cardeal Olímpio de Souza. Bastava se lembrar desse nome para que seus ossos tremessem dentro da batina. O cardeal, durante a primeira conversa que tiveram, foi muito amável e cordial. Não havia motivos para João desconfiar da fé cristã embutida no homem. Porém, ele estava enganado. Apenas na terceira vez que se encontraram, notou em seus olhos uma espécie de olhar maníaco.

No quarto encontro, o cardeal fez uma proposta ardilosa e maldita. Revelou todas as suas intenções para o padre João, que as escutou praticamente sem respirar, sem piscar uma única vez e sem movimentar um músculo do corpo ou da face petrificada. Olímpio de Souza queria recrutas para articular planos podres dentro da Santa Igreja Católica, planos fundados em uma ideia de antirreligião cristã, planos de reavivar deuses demoníacos de cidades antigas, soterradas pela voracidade do tempo e das intempéries naturais. João, a partir daquele momento, teve certeza absoluta de que o padre anterior havia sido assassinado. Empunhando o crucifixo de prata, presente de sua mãe quando ainda criança, refutou todas as propostas saídas da língua daquela víbora em forma de gente. Ordenou que o cardeal parasse de cuspir blasfêmias.

No dia seguinte, após fugir da catedral, soube que havia sido transferido para uma igreja menor. Achou estranho nunca ser perseguido pela autoridade do cardeal e ainda continuar praticando missas sem sofrer pressão alguma do inimigo de Deus.

Uma sensação mantinha-se viva depois daquele encontro sinistro com Olímpio de Souza. Uma impressão que o deixava perturbado. Parecia que milhares de olhos temíveis e curiosos o observavam ocultos nas sombras. Embora quisesse entregar o cardeal para as autoridades eclesiásticas, faltava-lhe coragem para enfrentar o medo que crescia em seu coração a cada vez que se lembrava daquela noite. Na ausência da coragem, reconhecia seu maior erro. Um erro impossível de modificar, pois nunca conseguiria se rebelar contra aquele mal que vigiava seus passos. O medo era impossível de enfrentar...

A fé do padre João costuma falhar quando as sombras da noite se assomam nos cantos da igreja. Cantos em que imagina monstros, criaturas malignas prontas para capturá-lo. Um terror contínuo vive testando sua sanidade. O homem de Deus agarra firme a cruz de prata que a mãe lhe deu, para que possa esquecer... esquecer as propostas medonhas e demoníacas do cardeal Olímpio.

Todas as lembranças ruins voltaram como se fosse uma tempestade pronta para inundar a sua fé abalada. Essa tempestade tinha corpo, tinha nome, era uma entidade malévola... um monstro... a besta cujo nome não se atrevia a pronunciar... a besta que lhe visitava de vez em quando os sonhos... o "Poderoso das Profundezas". Quando viu o nome do demônio gravado na cruz, fraquejaram seus joelhos ao lembrar-se da fisionomia grotesca do mal: uma criatura de mil faces e milhões de olhos repugnantes e bocas deformadas, com dentes afiados que nem espadas, prontas para dilacerar a carne dos incautos.

O padre João podia lembrar, como se fosse hoje, o espectro da entidade quase indescritível que protegia o cardeal, pupilo das trevas. Dessa visão, ele nunca esqueceria, jamais! Rasgou em pedacinhos o cartão do delegado e os colocou na lixeira que ficava no canto da igreja. As imagens aos poucos cessaram, abandonando suas lembranças perturbadas.

3. Graxa no sapato

Depois de interrogar o padre, fui para o centro da cidade. Por diversas vezes durante o trabalho, observei as inscrições na cruz. Havia necessidade de fazer uma investigação mais completa sobre o objeto. Não sobrava qualquer dúvida de que aquele padre escondia alguma informação.

Foi por pura coincidência que no fim da tarde topei com o Pixotinho:

— Aí, patrão, vai uma graxa?

Sentei em um banco de praça desbotado pela ação corrosiva do tempo. Chuva, sol e vento acabam aos poucos com qualquer coisa no mundo.

— E então, guri, o que você viu naquele crime de ontem?

— Já contei tudo para o gorducho da polícia!

— Desembucha a história de novo — disse isso e atirei cinco reais na caixa de graxa do guri.

— Cê que manda, patrão! — o guri abriu a boca num sorriso amarelado e cheio de cáries. — Posso contar tudo mesmo, não vai me levá em cana?

— Tem minha palavra.

— Então, foi assim...

4. Assassino

Um resquício de barro seco no couro e nas bordas da sola das botas do assassino ainda poderia ser visto por um observador atento. Na sala de reuniões, três figuras esperavam o homem de estatura média. Mantos escuros conferiam ao grupo o aspecto de estátuas de ébano inabaláveis. Seus semblantes estáticos e brancos como se fossem neve imitavam o marfim.

Os incensos, no recinto envolto pela penumbra, exalavam um perfume inebriante. O pavio e a parafina de velas negras queimavam. As chamas das velas derramavam uma luz bruxuleante e sobre as sombras. O original expressionista de Edvard Munch, *O Grito*, imprimia um toque de requinte e terror ao grupo que o aguardava.

Puxou uma cadeira Luís XVI e acomodou-se no lugar de direito:

— Tudo ocorreu conforme o planejado. O filósofo já está aninhado nos braços dos anjos caídos.

— Não esperávamos outra coisa — disse uma mulher de voz rouca.

— O homem sabia demais! — comentou um homem encapuzado, tamborilando sobre a mesa redonda com os anéis de ouro dos dedos.

— Foi melhor assim. Já recuperamos todos os documentos que, de alguma forma, pudessem nos incriminar — disse o assassino.

— Onde está sua cruz? — perguntou a mulher de voz rouca e cavernosa.

O homem colocou a mão no pescoço e não encontrou nada.

— Não! — ele gritou apavorado. — Onde está?

O assassino se ajoelhou sobre o tapete da Dinastia Ming.

— O colar deve ter rompido. É isso... o colar se rompeu... — olhou para os três que não esboçavam reação alguma.

— É melhor encontrar a proteção antes que Ele venha buscá-lo! — afirmou sem emoção alguma a mulher da irritante voz rouca.

O assassino desesperado colocou as mãos na cabeça:

— E agora?

Deixou a sala. No corredor, seus passos solitários ecoavam. Ao descer a escadaria da catedral, percebeu que a pulsação do seu coração tornava-se acelerada. Por uma porta de ferro antiga e enferrujada, abandonou a igreja. Precisava encontrar o amuleto a qualquer custo.

A Rua do Arvoredo mantinha seu ar sombrio de todas as noites, porém a presença do assassino tornava a escuridão muito mais vasta e asfixiante. Uma gargalhada estrondosa surgiu do nada. Teria vindo de onde? Quis saber o homem. Um canto gregoriano invadiu seus tímpanos, seguido do ribombar de sinos gigantescos. Sangue escorria dos ouvidos, o assassino desorientado colocava as palmas das mãos sobre os ferimentos e tentava raciocinar. A insanidade lhe preenchendo cada poro do corpo suado exigia a cruz.

Ao realizar o pacto com o demônio, sabia que ninguém escapava de suas garras quando os pedidos fossem realizados. Há muito tempo, seu prazo na terra expirara. Porém, quando as pessoas tornam-se magistradas no oculto, descobrem formas de enganar o mal. A cruz foi um poderoso objeto mágico forjado pela ordem secreta da qual o assassino faz parte. Por isso, precisava encontrá-la a qualquer custo, mesmo que tivesse de voltar ao local do crime. Ou seja, aquela cruz nada mais era do que um subterfúgio para enganar o "Poderoso das Profundezas". Com ela no pescoço, estaria livre de ser chamado ao inferno tão depressa.

Na pracinha das árvores centenárias pela qual passava, as sombras ganhavam formas de rostos disformes. As caretas cresciam e se multiplicavam em uma espécie de quadro bizarro. Uma luz se acendeu no outro lado da rua, em uma casa há muito tempo abandonada. Pela janela, o assassino viu um homem sinistro empunhando um cutelo. Com a ferramenta, cortava pedaços de corpos humanos. Uma mulher sorria ao seu lado a cada corte que ele fazia nas vítimas e a seguir provava daquela carne crua e vermelha. Os canibais fantasmas da Rua do Arvoredo zombavam do homem invadido pelo frêmito da loucura.

— Deixem-me em paz! Ainda não estou no inferno — ele berrava, usando toda a força das cordas vocais e dos pulmões.

Mas ele sabia... sabia que nunca mais teria paz, desde o momento que realizara o pacto; sua alma um dia seria do demônio. O "Poderoso das Profundezas" arranhava o asfalto debaixo das solas do seu sapato.

Nesse instante, veloz feito o cutelo do canibal baixando sobre ossos e carne decomposta, seu rosto é atingido por dois olhos luminosos que o cegaram definitivamente. Uma picape esmagou os ossos do quadril e das pernas, os pulmões estouraram com o impacto e o pescoço quebrou com uma fragilidade incomum. Estaria morto? Perguntou a si mesmo, esparramado em uma esquina, sem que escapasse um único som da própria voz. A morte não era nada a partir dali, o sofrimento começava agora. Um fedor indescritível surgiu de uma ranhura no asfalto da Rua do Arvoredo. Com a alma em frangalhos, o assassino se levantou com dificuldade. Não tinha para onde ir, não adiantava correr... apenas poderia esperar. Logo uma dor infinita viria recolher as sobras. Das trevas e do magma fervente, uma criatura gordurosa de milhares de olhos e rosto indefinível o pegou com garras feito tesouras, levando sua alma para o fundo... bem pro fundo... um lugar de onde não havia volta.

O motorista desceu da picape, o homem não respirava e o coração havia parado. Gritou por socorro, esperando pela ajuda de alguém. A face do atropelado estava quase irreconhecível: as órbitas oculares afundaram para dentro do crânio, a pele murchou e os lábios ficaram curtos revelando as gengivas e os dentes.

5. Perícia

Péricles estava comendo uma empada fria enquanto trabalhava.

— Tudo tranquilo por aí? — perguntei ao chegar.

— Mais sereno do que água em fundo de poço — falou sem parar de mastigar o lanche.

— Deu um bico na arma que eu te trouxe ontem?

— Já.

— E então, algo interessante pra me contar?

— Todo berro tem uma história.

Péricles abriu uma gaveta e pegou o revólver calibre 32 dentro de um plástico transparente.

— Sabe o que eu encontrei na belezinha?

— Digitais! — arrisquei.

— Não. Nenhuma digital — antes de continuar, fez uma careta séria, erguendo a sobrancelha esquerda. — Nenhuma digital, nem um pedacinho de grama, nada de barro, nem uma poeirinha sequer.

Fiquei olhando fixo para ele, esperando por uma conclusão da análise.

— Parece que depois do estouro acariciaram a belezinha até que ela ficasse bem polida para uma nova aventura. Mas sempre escapa alguma coisa...

O especialista colocou a arma sobre a mesa bagunçada repleta de relatórios e latas vazias de refrigerante.

— Tenho algo para te mostrar no microscópio. Coloca o olho aí — ele apontou para o equipamento velho.

Pela lente do aparelho, enxerguei muitas vezes aumentado um fiapo de pano azul.

— Pode ensacar as provas: a arma e o fio azul. Preciso ter uma conversa com um sujeito.

Péricles ergueu a sobrancelha direita com ar de interrogação. Não sabia o que se passava em minha cabeça.

6. Traidor

O celular vibrou no bolso da calça de Asdrúbal. Não fazia um minuto, tinha escutado toda a ladainha de pixotinho sobre o assassinato do filósofo e do michê.

— Meu rapaz, tudo bem? — uma voz rouca e distante falou com intimidade. A mesma intimidade que um titeriteiro tem com o seu boneco.

— Agora não podemos conversar. Ligue outra hora, por favor! — aquela voz de tantas ameaças anteriores intimidava o investigador.

— Não! Essa é a hora apropriada. O caso é nosso. Arquive! — ordenou a voz da déspota do outro lado da linha. — Você sabe que nós não somos de brincadeira! — desligou.

A ligação caiu abruptamente. Asdrúbal não tinha nada para dizer àquela voz. Somente poderia obedecer e nada mais. Enxugou o suor da testa com um paninho azul e se concentrou para manter a naturalidade, quando o delegado chegasse ao local do crime.

7. Eles

Na delegacia, em minha sala, eu aguardava o esperto Asdrúbal. Ele entrou sorrindo e limpando os óculos escuros com uma flanelinha azul.

— O centro da cidade tá demais hoje, chefe. Basta sair um solzinho que a mulherada mostra o material.

— Senta aí, gorducho! — eu disse ríspido indicando a cadeira na frente da minha mesa.

— Qual é, chefe? Comeu azeitona com caroço? — sentou e recolheu o sorriso. Guardou os óculos e o paninho no bolso de dentro do casaco.

— É hora de abrir o jogo, *my friend*! — franzi a testa e pousei meus olhos como se fossem flechas nos olhos castanhos do não tão esperto Asdrúbal.

— Que jogo? — ele se fez de desentendido, mas o temor em sua voz era óbvio.

— Ontem conversei com algumas pessoas, e andei descobrindo fatos interessantes sobre o assassinato do filósofo e do michê.

— Maravilha! Que tipo de fatos, chefe? — Asdrúbal tentava manter a calma.

— Gostaria que você mesmo me dissesse, para não ser obrigado a te jogar no xadrez.

— Calma lá! Não estou te entendendo — o gordo fez menção de levantar.

— Fique sentado aí. Nem te mexe. Entendeu?

Asdrúbal me obedeceu.

— Já que você não fala, eu mesmo falarei. Primeiro, tentei analisar as fotos das pegadas do assassino, e, para a minha surpresa, você fotografou pedregulhos e grama com um foco perfeito. Porém, as pegadas, tudo o que me interessava, não consegui analisar direito. Tudo bem, as pessoas falham. Até topar com o Pixotinho, não tinha achado esse fato relevante, mas as coisas começaram a clarear rapidamente. Pelo guri, fiquei sabendo o que você poderia ter me dito. No entanto, você ficou calado como se não soubesse de nada.

— O filósofo estava esperando o assassino e não o michê — Asdrúbal criou coragem para participar do monólogo.

— Exatamente. Vendo por esse prisma, agora sabemos com certeza o que não era óbvio. Arílson Vargas conhecia o assassino. É provável que tivessem negócios pendentes para serem resolvidos. O michê, por azar, aproximou-se do professor para oferecer os seus serviços, conforme Pixotinho, ao mesmo tempo em que chegava o terceiro homem. O profissional do sexo não queria perder o cliente para alguém que não era da área...

Servi um copo cheio de vodca:

— Em minha opinião, a chegada do rapaz ajudou o assassino a concluir sua tarefa. O michê seria o bode expiatório perfeito. Segundo Pixotinho, o assassino deflagrou o primeiro disparo no garoto e o segundo no filósofo, com uma agilidade incrível. Dois tiros precisos que se alojaram nos crânios das vítimas. O sujeito sabia como manipular a arma.

Bebi todo o conteúdo do copo:

— O melhor de tudo, é que o engraxate já fez o retrato falado do assassino. Vou colocar as mãos nele — dei um soco na tampa da mesa, com o olhar fixo em Asdrúbal.

Virei o restinho de vodca no copo:

— Agora, o que quero saber é o seguinte: por que você se envolveu nessa trama de merda?

Ele ficou quieto.

Um fiapo de vodca escorreu pela minha boca ao tomar o último gole. Eu estava furioso com o nada esperto Asdrúbal:

— Você poliu a arma com a flanelinha azul dos óculos para encobrir possíveis digitais. Você é um idiota, com certeza o assassino estava de luvas. Não aprendeu nada durante esses anos de prática?

Asdrúbal suspirou:

— Tem razão, chefe. Eu sou um idiota! Mas, sob pressão, esquecemos de coisas evidentes. Isso não é um jogo, não é uma brincadeira de criança. Pode custar muitas vidas.

O gordo fechou as palmas das mãos e as apertou com força enquanto eu falava:

— A vida é um jogo sim. Precisamos aprender a ser os melhores.

— Não fale sobre o que você não pode compreender. A vontade de alguém muito poderoso acaba nos tornando escravos.

— É assim que você se sente, Asdrúbal, um escravo em pleno século XXI? —perguntei com sarcasmo.

Ele ficou quieto e as faces ruborizaram:

— Não tenho dúvidas de que sou isso mesmo. Minha família vale mais do que tudo. Não ousaria colocá-los em risco. Você já foi torturado?

Desta vez, quem ficou calado fui eu. Ele continuou:

— Existe alguém que comanda essa cidade. Pode ter certeza de que não é a prefeitura, a polícia ou pequenos políticos de bosta. É gente muito mais poderosa, gente que lida com o sobrenatural. Nem uma lei, nem uma instituição é páreo para eles.

— Eles quem, Asdrúbal?

— Eles! São vozes no telefone, sinais em nossas casas, pequenos desastres em nossas vidas. Uma voz rouca e maldita. É ela quem comanda todos.

— Se existe uma voz que podemos identificar, podemos capturá-los — falei com convicção.

— Não é tão fácil quanto você julga. Eles não têm rosto. Nós somos alvos fáceis, podemos ser vítimas das suas artimanhas a qualquer momento. Somos vigiados por olhos invisíveis, pois temos identidade. O mal não tem rosto, chefe, não podemos fazer nada contra eles. O nosso negócio é lidar com crimes comuns, não com tramoias que digam respeito ao sobrenatural.

— Chega dessa história de sobrenatural e de "Eles". O que você sabe sobre o caso?

— Nada. Sei apenas que devia ser esquecido, arquivado em pastas velhas e depois, talvez, queimado por um incêndio acidental — o gordo pegou um isqueiro e o acendeu. Eu e ele observamos durante alguns segundos a chama.

Asdrúbal desligou o isqueiro e sacudiu a cabeça sem esperança. De dentro da carteira no bolso da calça, tirou a insígnia de policial e a depositou sobre a mesa na minha frente. Levantou da cadeira.

— Aonde você pensa que vai?

— Vou embora, chefe. Vou me mandar com a minha família dessa cidade.

— Você não vai a lugar algum. Vai me ajudar a resolver esse caso.

— Estou me lixando para suas ordens.

Peguei as algemas na gaveta:

— Pare, Asdrúbal!

— Chefe, pela nossa amizade, não me impeça de partir. Agora que conversei com você, tenho certeza de que toda a minha família corre perigo.

Quando fiz menção de apontar a arma para o meu colega, fui atingido pela coronha da arma dele. Asdrúbal foi mais rápido do que eu. Caí no chão e permaneci inconsciente sobre o tapete velho da sala durante meia hora. Fui acordado por Hermes, um estagiário. Sangue seco estava colado em meus cabelos e uma dor de cabeça tilintava na testa.

Eu tinha de encontrar Asdrúbal antes que ele pudesse partir. Mobilizei uma viatura próxima ao apartamento da família do fugitivo. Os policias encontraram a esposa e os filhos de Asdrúbal almoçando tranquilamente. Dois policiais ficaram de tocaia vigiando o apartamento à espera dele. Esperaram em vão, pois Asdrúbal não voltou. Seu corpo foi encontrado na manhã seguinte boiando ao lado do bar flutuante do Gasômetro, no Guaíba.

A patrulha está me chamando para ver o corpo e analisar o delito. Sinceramente, não sei o que fazer. Não sei se deixo minha insígnia sobre a mesa, assim como fez Asdrúbal, ou se me arrisco a identificar "Eles". Abro uma garrafa de uísque. Já tenho um retrato falado, posso descobrir o autor do crime do filósofo e do michê. Talvez seja o mesmo que deu cabo do meu velho companheiro. Enquanto bebo o trago, entre meus dedos, manipulo aquela cruz gelada pensando em obter respostas para aqueles crimes ainda não solucionados.

Humanos, Monstros e Máquinas

1. Humanos

Mary bateu a aldrava três vezes. Esperou um pouco até ser atendida por Yegor. O russo, auxiliar de seu professor, acostumara-se com a chegada da garota sempre no mesmo horário. Ela carregava uma pilha de livros e, a tiracolo, uma sacola com cadernos de anotações, canetas e tinta. As cortinas do salão estavam abertas permitindo a entrada da luz tímida do sol. Mesmo no verão, Londres podia ser uma cidade cinzenta.

Yegor pegou alguns dos livros para ajudá-la. Antes que Mary pudesse começar a subir a escadaria que levava ao segundo piso da velha mansão, o russo a chamou para outra direção.

— Ele está na biblioteca. Venha comigo.

— Pelo visto deve estar mais animado! Fazia dias que não saía da cama. O que você acha? A saúde dele está melhor?

— Parece que sim, senhorita. Quando cheguei ao quarto para levar o desjejum, ele já estava acordado. Ele mesmo abriu as janelas para renovar o ar. As bochechas têm aspecto corado, mais vivo. Ainda assim, continuo preocupado... Ele é teimoso, gosta de trabalhar à noite. Devia descansar...

— Concordo. Mas o que podemos fazer se ele é viciado no que faz? Talvez esse seja o único motivo de ele ainda viver.

Prometeu guardava a entrada da biblioteca. Ao ver Mary, enroscou-se entre suas pernas, ronronando como se tivesse um motor perfeito funcionando na garganta. A garota se agachou colocando os livros no chão. Enquanto Yegor abria a porta, ela acariciava o pelo sedoso do bichano negro.

O professor sentado à requintada mesa de ébano abriu um sorriso quando viu a pupila.

— Finalmente você me traz algo para alegrar o dia, Yegor. Venha, Mary, venha.

Yegor levou os livros que carregava e depositou sobre a mesa. Mary passou ao lado do russo, que encostou a porta deixando-os a sós. Prometeu seguia a moça de perto.

— Vamos, coloque os outros livros aqui! — o professor apontou para a mesa.

Ela obedeceu. As obras eram tomos sobre matemática e engenharia.

— Você fez todos os exercícios?

— Quase todos, professor.

— Você teve alguma dificuldade nos cálculos?

— Não é isso... Eu...

Mary parecia envergonhada, não conseguia dizer o que tinha em mente.

— Diga, menina, eu responderei suas dúvidas. Não tenha receio.

— Vou ser sincera, professor... Estou cansada de fazer incontáveis exercícios e não testá-los na prática. Começo a achar que tudo o que estudei não valerá para coisa alguma.

— Não diga isso, minha filha. Tudo o que tenho ensinado fará diferença. Não é por acaso que exijo o melhor de você. O mundo vai mudar. E podemos mudá-lo para melhor, entende? Logo eu não vou estar mais aqui, você herdará minha produção científica.

— Como assim "não estará mais aqui"?

— Você sabe... Minha saúde não é de ferro.

— Todo o seu conhecimento, professor, deve valer para salvá-lo.

— Ainda não descobri o elixir da vida, Mary. No máximo, quem sabe, alguns artifícios para prolongá-la.

Prometeu pulou sobre a mesa procurando as mãos da garota. Ela o acariciou pensando nas palavras do professor. O homem olhou pelas janelas da biblioteca contemplando o jardim e o gramado verde.

O gato deu uma corridinha manhosa pela mesa, fugindo dos carinhos da garota, e saltou numa das estantes da biblioteca. Acomodou-se entre livros da maneira mais confortável que pôde, colocou a cabecinha sobre as pernas dianteiras, fechou os olhos e depois deu um suspiro nada artificial.

— Vamos ao laboratório, Mary. Está na hora de praticar o que você aprendeu na teoria.

— Sério? O laboratório?

— Sim. Chegou a hora. Você vai me ajudar com o seu talento. Vamos à prática...

O professor empurrou uma estante da biblioteca revelando, atrás dela, uma porta de ferro. Puxou uma tranca e convidou Mary para descer a longa escadaria com ele. Em um porão, ficava o laboratório. Somente ele e o russo tinham acesso ao local. Mary sabia que nenhum outro aluno tivera esse privilégio antes. Ela realmente era a escolhida para aprender os segredos de Frankenstein.

Depois de abrir uma pesada porta, ele clicou em um interruptor acendendo uma lâmpada elétrica. Em seguida, outras se acenderam em sequência, iluminando uma sala enorme. Mary já ouvira falar de inventores, como Humphry Davy, que estudavam a possibilidade de produzir lâmpadas daquele tipo. Realmente o professor Frankenstein era um gênio, estava à frente de seu próprio tempo. Ela observou ferramentas e peças de metal espalhadas em cima de diversas mesas. Engenhocas, de formato aparentemente sem sentido, estavam dispostas por todos os cantos. Arquivos de ferro ficavam encostados nas paredes. Produtos químicos e combustíveis permaneciam em vidros sobre prateleiras.

— Você não vem? — perguntou o professor ao perceber que Mary ficara estática do lado de fora.

— Isso é um paraíso para qualquer engenheiro. A coroa inglesa sabe desse lugar?

— Não me envolvo com políticos, Mary! Aprenda essa lição também. Eles não valem nada. Se o rei louco, George, ou seu filho ganancioso, o poderoso regente, souberem do meu laboratório, vão confiscar tudo o que tenho aqui. Você gostaria que isso acontecesse?

— Claro que não. Mas a coroa poderia investir mais em pesquisa.

— Você acredita que uma coroa que pilhou inúmeras nações tenha interesse em pesquisa séria e consciente? Não é por acaso que a colônia americana se livrou de nós! Tudo o que eles produzem só faz poluir nossas terras e explorar o povo. Os nobres aproveitam a vida, os pobres servem. A poluição das fábricas é nosso pior inimigo. Vivemos em uma cidade cinza, Mary. O que eu quero é produzir energia limpa. E, se possível, tornar as diferenças econômicas menos cruéis. Veja, meu trabalho não deve se aproximar em nenhum momento dos calhordas que comandam a nação – era possível perceber a paixão com que Frankenstein discursava.

— Professor, entendo que tenha mágoa da coroa, mas é melhor que sejam nossos reis a nos comandar do que líderes de algum país estrangeiro. Não acha?

— A ciência e o bom senso deveriam governar, não os homens. Quer entrar ou vai ficar aí fora perdendo tempo em defender a nobreza?

— Desculpe, professor. É difícil não defendê-los quando nós mesmos temos privilégios nessa sociedade e conhecemos pessoas que sentam suas nobres nádegas sobre cadeiras costuradas com fios de ouro.

— Você me diverte, querida Mary. Adoro quando usa expressões do tipo nádegas. Você é uma moça diferente. Moderna, sem dúvida — Frankenstein riu. — Para encerrar esse assunto e não deixar nenhuma dúvida, saiba que aproveito o dinheiro que tenho para ajudar os outros. Nunca disse isso para você, não gosto de ficar me gabando de uma ou outra ação. Tenha certeza de que está aqui não só pelo intelecto que tem dentro dessa bela cabecinha, mas também por acreditar que possui um coração fraterno. E fará das minhas invenções bom uso, em prol da coletividade.

Ela ruborizou e ficou calada por um instante, antes de dizer:

— Você não se arrependerá, professor. Pode confiar em mim.

— Eu sei, Mary, eu sei. Vamos ao que interessa: trabalho.

— Por onde iniciamos, professor? Fiquei fascinada pelo lugar. Tem tanta coisa interessante aqui.

Mary finalmente se moveu para o interior do laboratório, um mundo particular de intensa pesquisa, e fechou a porta atrás de si. A ciência fascinava, era tudo para aqueles dois.

Quando o relógio marcou quatro da tarde, Mary pediu licença ao professor. Precisava sair mais cedo naquele dia. Mesmo estando eufórica com a permissão de conhecer o laboratório, não podia ficar mais. A família fora convidada para assistir a um sarau de poesia. Fazia algumas semanas que esperava ansiosa por esse momento. Trabalho era prioridade em sua vida, porém, não perderia a chance de escutar um poeta famoso. O professor vivia dizendo: *as artes engrandecem, menina, as artes inspiram*. Se fosse somente para tomar chá com as amigas, em vez de escutar seus ensinamentos, seria repreendida severamente pelo tutor, correndo risco de ser expulsa de lá. Mas esse não era o caso. Mary, além de estudiosa, tratava-se de uma garota caseira.

Deixou a mansão em um veículo que a aguardava. O empregado de sua família fez um aceno amigável, segurando a ponta da cartola. Mary retribuiu com um sorriso. Depois de entrar, sentou-se sobre o confortável banco de couro.

Se alguém pudesse vê-la, perceberia encantamento e satisfação nas expressões de seu rosto. Quando chegou à casa, sua mãe adotiva a esperava em uma poltrona e a repreendeu, depois de bebericar seu chá:

— Você quer nos atrasar, Mary Godwin? — escutar o sobrenome era sinal de que a mulher queria que ela se apressasse. — Seu pai está impaciente. Já fumou dúzias de charutos. Não posso nem entrar na biblioteca com tanta fumaça que ele sopra!

— Eu me arrumo rapidinho... Hoje conheci o laboratório do professor. Não podia sair tão cedo de lá.

— Depois conversamos sobre seus estudos. Vá se ajeitar, menina.

Correu para o quarto. Em pouco tempo, perfumou o corpo e vestiu uma roupa adequada para o evento, com o auxílio da criada. Tão logo ficou pronta, foi para o saguão se reunir com os outros. Esperavam-na o pai, a madrasta e a irmã, Claire Clairmont.

De carro, rumaram à mansão de um dos amigos da família. Margearam o rio Tâmisa passando pela imponente catedral de Saint Paul até chegar à propriedade dos anfitriões que ficava próxima ao parlamento. Lá se realizaria o sarau. Somente a nata inglesa e alguns poucos estrangeiros assistiriam ao renomado Lorde e poeta. A noite estava linda, estrelada, com a lua cheia dominando o céu. Mary lamentava que Londres tivesse ruas tão sujas, pessoas sendo exploradas nas fábricas, um rio poluído e gente passando fome. Lembrava-se do sentido das palavras do professor Frankenstein, o mundo estava prestes a mudar drasticamente e não queria que fosse para pior.

O portão da propriedade estava aberto. Dois guardas particulares vigiavam a entrada, solicitando que os convidados se identificassem. O chofer parou o carro. A mudança era muito recente. Mary ainda sentia falta dos cavalos... Apesar de não ter mais os animais de tração, o visual do veículo não passava de uma adaptação das antigas carruagens.

Somente a traseira ficara maior, pois tinha de comportar o motor a vapor. E para o motorista, em vez de rédeas, fora instalado um volante para guiar o transporte.

Um dos vigias, carregando um fuzil, solicitou que o pai de Mary colocasse a ponta do dedo indicador sobre um aparelho. Em seguida, ele olhou em um visor liberando a entrada da família. Dirigiram-se ao estacionamento, onde ficavam outras carruagens motorizadas.

Mary nunca vira um aparelho como aquele usado pelo segurança. Devia ser nova tecnologia, usada somente pelo governo e pelo alto escalão da nobreza. Naquela mesma tarde em que entrara no laboratório do professor, conhecera um aparelho maior e mais sofisticado, um computador com tela. Tal máquina tinha a capacidade de deduzir matematicamente equações e guardar informações em arquivos. No visor, era possível ver os dados armazenados. Sem dúvida, esse dia ficaria marcado em sua memória. A garota, em seus dezesseis anos, começava a presenciar mudanças tão rápidas em seu mundo que quase não podia acreditar nas coisas que via. Zepelins velozes movidos a vapor cruzavam os céus, submarinos patrulhavam as águas da Grã-Bretanha, trens super-rápidos ligavam os territórios civilizados europeus. Às vezes precisava se beliscar para ter certeza de que estava acordada e não sonhando.

Entraram na mansão do conde Edward. O salão estava cheio. Mais de oitenta convidados se aglomeravam em cadeiras e sofás dispostos pelo recinto. As luminárias não estavam todas acesas, isso dava um ar de penumbra ao ambiente. As pessoas bebiam licores e vinhos. Carne assada, frutos do mar, salgados exóticos e doces ficavam à disposição em mesas ou eram servidos por criados para quem quisesse saboreá-los. No fundo do salão, havia músicos tocando a conhecida obra de Vivaldi *As quatro estações*. Os sons dos violinos, do violoncelo e de um cravo, amplificados e distorcidos por caixas de som, misturavam-se às vozes dos convivas.

— Por que está rindo, Mary? — perguntou Claire por pura curiosidade.

— Estou rindo? Nem percebi. Acho que estou contente, só isso. Fazia tempo que não vínhamos nos divertir em uma festa.

Claire retribuiu o sorriso:

— Que bom, vamos aproveitar a noite. Lorde Byron é um poeta incomparável.

O pai de Mary se aproximou dos amigos e do anfitrião. Recebeu elogios quanto à sua aparência de boa saúde e por ter uma família tão bonita. Mary, depois que cumprimentou os amigos do pai, cruzou com o olhar de um homem. O sujeito estava em pé ao lado do palco em que os músicos se apresentavam. Vestia-se de forma elegante, tinha os cabelos castanhos um pouco acima dos ombros, estatura alta e pele branca, impressionava pela postura séria. Mary percebeu que ele a observava dos pés à cabeça. Sentiu o rosto corar, como se brasas o consumissem, antes de desviar o olhar.

Quando decidiu procurar por aquele sujeito, já era tarde, o desconhecido sumira. O anfitrião pediu licença ao pai de Mary, pois era hora de chamar a estrela da noite, o excêntrico Byron. Subiu no palco assim que os músicos terminaram um dos movimentos do Opus 8.

— Meus bons amigos, peço a atenção de todos!

Logo os visitantes ficaram em silêncio, respeitando a chamada do conde.

— É chegada a hora. Nosso convidado de honra começará o recital. Venha, Lorde Byron, venha até nós.

O público de pé bateu palmas e chamou por ele.

Das cortinas atrás do palco surgiu Byron, figura altiva, de tez branca como a neve, olhos profundos, embriagados e vermelhos, lábios rubros e finos, nariz bem formado, sobrancelhas densas e escuras, cabelos curtos, levemente cacheados e de fios negros, aparência jovem, esguio e belo, uma estátua grega de feitura única.

Chegou com andar lento e trôpego, entre o coxo e o bêbado. Melancólico sentou-se sobre uma cadeira de estofado azul e aveludado. Fez um gesto com a mão livre indicando que todos se acomodassem em seus assentos. Na outra mão, carregava um crânio em forma de taça. Esperou pelo silêncio total antes de se manifestar. Quando todos se calaram, sorveu o líquido, emborcando o cálice exótico. Com a manga do casaco, limpou o filete da bebida que, teimoso, escorria pelo canto da boca. Pela cor avermelhada, intensa e viva, podia-se supor que bebia vinho.

Recitou um poema:

Nem o fragor da avalanche,
nem a corrente, nem a montanha,

nem o glaciar, nem a floresta,
nem a nuvem aliviaram
por um só instante o peso
que sinto no coração
permitindo-me sufocar
a infeliz consciência
da minha identidade na majestade
no poder e na glória
de tudo quanto me rodeia.

Com isso, começou seu show excêntrico. O tom inicial foi pesado. Logo vieram temáticas mais lúgubres e também de afronta ao público que o assistia. Suas palavras eram de desafio e de contestação. Por vezes, os ouvintes se agitavam, ora concentrados, ora simplesmente esperando por cada suspiro de fel do poeta. Entre estrofes, não foram poucos os burburinhos que se ouviram chamando-o de louco, diabo coxo, bêbado e devasso. Contudo, alguns o proclamavam gênio.

— E, então, o que está achando? — uma moça, com acentuado sotaque estrangeiro, murmurou a pergunta ao ouvido de Mary.

A desconhecida havia sentado a seu lado em uma das tantas cadeiras que estavam dispostas em fileiras diante de Byron.

Mary demorou um pouco para responder, parecia encantada pela poesia.

— Hum? Ah, é maravilhoso. Mas pelo visto, nem todos o compreendem...

— Palavras construídas com paixão e ironia são para poucos.

Depois desse comentário, calaram-se até o final do recital. Assim que Byron terminou, o público se levantou das cadeiras dirigindo-se às mesas. Formaram-se novos grupos para discutir o recital. Enquanto os convidados preenchiam seus cálices com bebidas doces e alcoólicas, o poeta era cercado por algumas pessoas. O anfitrião, por sua vez, reconvocava os músicos para que continuassem a animar a festa. Antes que Mary pudesse se reunir com a família e os velhos amigos de seu pai, sentiu uma mão tocar na sua. Era a mulher com quem conversara minutos antes.

— Venha, minha jovem amiga. Vou apresentá-la para meus camaradas.

Mary, sem conseguir dizer não, foi arrastada. Sua família seguiu para outro ponto do salão, ao mesmo tempo em que era puxada para o lado oposto. Quando deu por si, estava diante de Byron.

— Belas palavras, meu amor! — a mulher soltou a mão de Mary e beijou levemente os lábios do poeta.

— E quem é esta que traz com você? — Byron deixava clara a arrogância na maneira de perguntar.

— É Mary Godwin!

— Como sabe meu nome? — perguntou Mary.

— Como não saberia? Você é filha do filósofo político mais sagaz que conhecemos. Por aqui sabemos de tudo, Mary.

— Então, você é filha de Godwin! É um prazer conhecê-la. Dê-nos o prazer de sua companhia esta noite. Beba conosco. Esse é meu amigo Percy Shelley, o poeta rebelde. Grande escritor e verdadeiro camarada.

Byron colocara a mão sobre o ombro do homem que estava ao seu lado. Era o mesmo sujeito que Mary cruzara olhares antes do recital.

— Exagerado como sempre... — disse Shelley.

— A estrada dos exageros nos conduz à terra dos prazeres. Não foi de lá que viemos e para lá que desejamos retornar? — Byron gargalhou.

Shelley riu, quase sem jeito, diante de Mary. Depois disso, estendeu a mão. Pegou a mão delicada da moça e a beijou em forma de cumprimento. Ela corou. Sentia o sangue ferver dos pés à cabeça.

— É um prazer conhecê-la, senhorita.

Com esforço, ela tentava esconder o rubor. Retribuiu a saudação com um sorriso tímido.

Ao lado esquerdo de Byron estava outro indivíduo que ele apresentou como sendo seu médico particular. O homem era sombrio, feição pouco amigável e se vestia com roupas deselegantes.

— John Polidori a seu dispor — fez um movimento de subserviência abaixando o queixo, enquanto tocava com a ponta dos dedos a mão de Mary. Ela achou os gestos daquele homem sobremaneira afetados. Parecia pouco natural. Não teve boa impressão dele. Seus pensamentos sobre Polidori foram interrompidos...

— Antes que você me ache uma mal-educada, preciso me apresentar. Sou Teresa Macri — a moça sorriu e beijou a garota no rosto.

Logo em seguida, Polidori disse dirigindo-se a Mary:

— Apesar de Lorde Byron não mencionar, também sou escritor.

— Siga meu conselho, John: dedique-se à medicina — disse Byron venenoso.

Teresa e Shelley riram.

— No futuro, suas poesias serão lidas somente porque fui seu médico. Você verá! A posteridade não será injusta comigo, apesar de vocês serem uns desalmados — Polidori apontava um dedo acusador para os amigos.

Antes que aquela conversa tomasse rumos mais drásticos, aproximou-se do grupo um serviçal que trazia uma bandeja de prata repleta de bebidas.

Teresa pegou duas taças e deu uma para Mary.

— Eu não bebo...

— A vida é uma só. Aproveite! — disse Shelley agarrando uma taça.

— Você tem razão — Mary pegou e sorveu o conteúdo de um gole só.

O grupo riu.

— Vá com calma — brincou Byron.

Mary tinha poucos conhecidos, era hora de se enturmar com alguém. Ter poetas como amigos, alguém que não fosse o pai ou a irmã para conversar, isso seria ótimo. Teresa a conquistara de primeira, parecia arrojada e decidida. Só não gostara mesmo do médico e não tinha certeza exata do porquê.

As pessoas começaram a dançar no salão. Depois de mais algumas taças e frases soltas, Byron foi levado pelas mãos, cintura e pés habilidosos de Teresa. Mesmo com o problema que tinha nas pernas, o Lorde arriscava se movimentar num arremedo de dançarino bêbado.

— Deseja dançar, Mary? — perguntou Polidori.

Ela ficou meio sem jeito, não queria dançar com o médico. Porém, dizer não poderia soar como um insulto. Mary olhou para Shelley. Era como se seu olhar pedisse permissão e, ao mesmo tempo, revelasse que desejava dançar com ele. Antes que pudesse responder sim para Polidori, ouviu-o dizer:

— Se quer dançar com Shelley, diga logo! Esse maldito sempre produz os melhores textos e seduz as mulheres mais interessantes! — Polidori girou nos calcanhares e os deixou demonstrando evidente raiva. — Farei coisas mais grandiosas do que qualquer um. Vocês vão se arrepender!

— Ele é sempre assim? — Mary ria sem entender a atitude do médico.

— Veja pelo lado bom. Ele disse uma verdade!

— Qual?

— Você está no seleto grupo das mulheres interessantes.

— Isso é pouco. Não se trata de nenhum privilégio.

— E se eu dissesse que, entre as interessantes, você é a mais bela?

— Se você dissesse, mas não disse.

— Percebo que está também entre as mais inteligentes e espirituosas.

Shelley estendeu a mão para ela:

— Vamos dançar?

Os dois dançaram como se já o tivessem feito outras vezes. Mary podia sentir a respiração de Shelley cada vez mais próxima de seu rosto. A bebida que haviam tomado e os rodopios pelo salão deixavam-na um pouco tonta. Ela sentiu os dedos do escritor se entrelaçando em seus cabelos. A boca próxima do pescoço... Mary e Shelley abrigaram-se na penumbra de um canto do salão. Lábios se encontraram em um beijo úmido e quente. No dia seguinte, depois que passara a bebedeira, Mary saberia que havia cometido uma loucura. Mas não naquela hora. Naquele momento, seus sentidos estavam à flor da pele. E se sua madrasta ou seu pai a tivessem visto? E se comentários daquele beijo se alastrassem pela alta sociedade londrina? Tentou apagar aquelas questões de sua cabeça. O receio não a impediu de se entregar. Por sorte, as luzes estavam baixas e os outros convidados pareciam se preocupar apenas com o próprio umbigo. O individualismo estava cada vez mais presente na sociedade que conhecia. Mesmo assim, existiam pessoas que gostavam de falar sobre a vida alheia. Mary não podia arriscar que seu nome fosse exposto de maneira negativa. Mesmo sem vontade de ir embora, desvencilhou-se dos braços de Shelley. A essa hora, provavelmente, Claire estaria à sua procura. Por enquanto, não contaria seu *affaire* nem mesmo para a irmã.

— Adorei sua companhia, Percy. Mas acho melhor procurar minha família antes que eles nos descubram.

— Não vá. Podemos apenas conversar.

— Preciso. Espero te ver de novo.

— Eu te encontro.

Mary deixou Shelley. Quando topou com Claire, seu pai e sua

madrasta, descobriu que bebiam com amigos sem se importar onde ela estava. Logo depois, a família foi embora. Voltando para casa, ainda no carro, Mary não conseguia parar de pensar em Shelley. E sonhar com a companhia dele.

2. Monstros

Três dias depois do sarau, Mary retornava ao laboratório. Havia cumprido mais tarefas de estudo que o professor lhe designara. Porém, não conseguia parar de pensar em Percy Shelley. Aguardava ansiosa por algum contato, uma carta, uma mensagem, alguma coisa. Mas o sujeito não se manifestava. Será que havia se esquecido dela, assim tão rápido?

Ao lado da mansão, além do carro do professor, havia outro veículo. Devia estar recebendo alguma visita. Como de praxe, acionou a aldrava para esperar o atendimento do russo. Quando fez isso, percebeu que a porta estava apenas encostada. Empurrou-a com cuidado. Achou estranho encontrar acesso livre à casa. De pronto, ficou preocupada com o fragilizado doutor. Sua saúde definitivamente não era das melhores. Correu escadaria acima para o quarto dele. Encontrou a porta aberta, a cama em ordem. Desceu até a biblioteca. Ao chegar lá, teve de conter um grito, impedindo-o com a palma da mão sobre a boca.

Em uma poça de sangue, em cima do tapete, um corpo sem vida estava caído de lado. Ela o reconheceu apesar dos olhos saltados, da boca inchada e roxa. Havia um enorme buraco na cabeça de Yegor. Logo percebeu a falta do cérebro. O cheiro de sangue fresco deixou Mary, por alguns segundos, nauseada e sem saber o que fazer. A estante secreta da biblioteca estava afastada, e a porta de ferro que conduzia ao laboratório, aberta. A garota começou a escutar passos vindos da escadaria escura. Um rosto se revelou na luz da manhã que banhava o ambiente.

— Percy? — perguntou assombrada.

— Mary! — ele exclamou surpreso.

— Assassino! O que fez com o doutor? — ela berrou histérica.

— Não fiz nada, Mary. Acredite em mim! Não me julgue precipitadamente. — Meu único erro foi entrar sem convite. Quando cheguei, a porta estava aberta!

— Não minta. Por que está aqui? — ela apontava acusadoramente.

— Não estou mentindo. Vim aqui para ver você.

Ela ficou quieta. Em seguida disse, tentando se acalmar:

— Explique-se, Shelley! — Mary colocou as mãos na cintura, mantendo uma pose rígida.

— Eu não podia ir até sua casa. Seus pais, decerto, não permitiriam que eu a visse. Mas fiquei sabendo do seu professor... Então, vim até aqui para poder encontrá-la. Fazer uma surpresa... Sou curioso... Como a porta estava aberta, entrei. Chamei pelo doutor. Ele não apareceu, nem mesmo um empregado. Então, comecei a caminhar pela casa. Até que me deparei com esse pobre infeliz! Pelas vestes interioranas, deduzi que não devia ser o professor. Quando vi essa escadaria atrás da estante da biblioteca, não resisti, fui adiante...

— Onde está o professor? — Mary relaxara o corpo. Estava convencida de que Shelley não mentia. Talvez fosse o coração falando mais alto. O fato é que cedera à sua história.

— Não sei. Acabo de sair do laboratório. Ele não está lá.

— Então vamos procurá-lo pelo resto da casa.

— Tenho uma teoria — Shelley apoiou-se no tampo da mesa, como se quisesse raciocinar com maior clareza. — Acho que sequestraram o professor. O laboratório está todo revirado.

— Será? Então quer dizer que ele pode estar vivo!

— Talvez. Ele tinha algum experimento secreto para esconder?

— Por que quer saber? — perguntou Mary, com uma pequena desconfiança.

— Entendo que fique receosa em me responder alguma coisa. Você nem me conhece direito — suspirou.

Ela ficou calada, enquanto ele continuava seu raciocínio:

— Muita gente gostaria de colocar as mãos nos objetos que vi lá embaixo. Poderia dizer que quase tudo é desconhecido do governo. Percebi máquinas nunca catalogadas. Deve ou devia haver algo muito especial lá embaixo, pois o bandido que raptou o professor, pressupondo, é claro, que ele tenha sido sequestrado, parece que ignorou todo o resto. É por isso que perguntei sobre ele esconder algum experimento secreto.

Shelley se aproximou de Mary deixando claro seu semblante de inquietação:

— Confesso que isso não é o que mais me aterroriza. Agora tenho preocupação com a sua integridade física, sua segurança, Mary. Se o maldito que pegou o seu tutor não descobrir o que quer dele, certamente voltará suas esperanças para você, a aluna querida! Não tenho dúvida de que esse vilão voltará para pegá-la. Isso eu não permitirei!

Se a situação não fosse aquela, Mary daria um beijo em Shelley. Mas entre eles havia um corpo morto, sem cérebro.

— Vamos comunicar à polícia. Será o melhor a fazer! Eles encontrarão o professor — sugeriu Mary.

— A polícia é lenta. Uma tartaruga é mais rápida do que toda a corporação. Temos de nos orientar solicitando ajuda da fonte correta.

— Você não pode estar falando sério. Precisamos chamá-los!

— Faremos isso no momento apropriado, se for necessário. Não agora. Devemos evitar nos complicar com a lei. A primeira procura será realizada por nós antes que o pior aconteça com Frankenstein. Se contarmos à polícia que você me encontrou sozinho com o morto, tenho receio de que queiram me encarcerar até que o criminoso verdadeiro seja encontrado. A justiça nem sempre enxerga os fatos como realmente o são.

— Será que seriam mesmo capazes de colocá-lo na prisão?

— Não é óbvio? Você me encontrou sozinho na cena do crime. Inclusive me acusou de assassinato...

— Foi... Somente um impulso. Passou... Meu sexto sentido não me deixa enganar... Sei que você não faria isso.

— A polícia não pensará o mesmo.

— E por onde iniciaremos? — aquela situação inusitada começava a excitar os sentidos aventureiros de Mary. — Você, por acaso, além de escritor é investigador?

— Não sou detetive. Mas, como você bem lembrou, sou escritor. Isso terá de servir... A criatividade não nos abandonará. Primeiro, vamos pedir ajuda a Byron. Com ele ao nosso lado, quando comunicarmos às autoridades, estarei livre do cárcere enquanto ocorrem as investigações.

— Então vamos buscá-lo para ir à delegacia.

— Sim. Vamos até a casa dele. Mas aviso: vamos ter de esperar. Ele não costuma sair de casa em dias de sol. Durante o dia, sai somente se o céu estiver cinza. O Lorde é um amante convicto da noite e da madrugada.

— Ele é excêntrico, isso sim!

— Garanto que um pouco mais do que isso. Hoje você o conhecerá melhor. E quando souber da verdadeira natureza de Byron, fique tranquila. Estando comigo, você está com Deus.

— Não entendo!

— Uma coisa de cada vez, Mary... Vamos ao encontro do poeta. Antes de partir, devemos fechar a passagem para o laboratório. Não queremos que outras pessoas desvendem os segredos do doutor.

Eles trancaram a porta de ferro e depois empurraram a estante da biblioteca, ocultando a entrada secreta. Quando estavam para sair da mansão do professor, Prometeu surgiu debaixo de uma mesinha de canto e se enroscou nos pés de Mary. Ronronou para ela. A garota o pegou nos braços e acariciou sua cabecinha peluda:

— Vou cuidar de você até encontrarmos o professor, meu queridinho!

Deixaram a casa e entraram no veículo motorizado de Percy. O escritor gostava de acelerar, mesmo que não fosse necessário chegar com urgência a algum destino. Seu veículo quase voava pelas ruas de Londres, de tão rápido que dirigia. O motorista da família de Mary nunca havia passado da velocidade limite. A garota, mesmo com o cinto de segurança, agarrava-se ao banco do carona. Depois de quase quinze minutos, que pareciam intermináveis, ela disse:

— Você quer que a polícia nos pare, Percy? Vá mais devagar! Eu e nosso amigo felino já estamos ficando com o estômago embrulhado.

— Sinto muito, Mary — ele diminuiu a pressão no acelerador enquanto olhava para ela.

— Olhe para a frente, Percy.

— Desculpe, gosto de olhar para você — voltou a prestar atenção na estrada mostrando um sorriso bonito no rosto.

Mary também sorriu, parando de apertar o banco.

— Fiquei sabendo que você não tem namorado, é verdade?

— Que pergunta mais indiscreta para se fazer para uma moça de família! — ao mesmo tempo em que o tom de voz de Mary era bravo, reservava um pouco de ironia. — E, além do mais, como ficou sabendo? Está me espionando?

— Um passarinho me contou — Shelley riu.

— Gostaria de conhecer esse seu espião de penas. Assim poderia perguntar para ele se você ainda está casado.

— Hum, pelo visto, você já soube alguma coisa da minha vida. A separação jurídica está a caminho. Não amo mais minha ex-mulher. Tenho outra musa em vista.

— Ah, é? Posso saber quem é a candidata?

Shelley parou o carro.

— Chegamos — a resposta para aquela pergunta Mary não teria naquele momento.

O portão de ferro foi aberto por um funcionário. Percy colocou o veículo novamente em movimento e estacionou bem em frente à entrada da mansão do Lorde.

— Pelo visto, você tem acesso livre por aqui. O porteiro o deixou passar sem fazer uma perguntinha sequer.

— Byron é um verdadeiro amigo. Nos admiramos de maneira mútua. Somos da mesma estirpe de poetas, mesmo que alguém diga o contrário.

— Estou curiosa para conhecer suas poesias.

— Teremos tempo para isso. Vou sussurrar nos seus ouvidos...

Mary ruborizou, não estava acostumada com alguém tão direto.

Os dois desceram do carro. A garota levava Prometeu no colo. Percy tirou uma grande chave de bronze do interior de seu casaco. Com ela, abriu a porta principal, penetrando na penumbra intensa da mansão.

— Tem certeza de que tem alguém morando aqui? — perguntou Mary.

Shelley não respondeu. Cortinas pesadas tapavam janelas. Não entrava um único risco de luz solar no saguão. Antes de fechar a porta, o escritor acendeu as velas de um castiçal com fósforos.

— Você não prefere abrir as cortinas?

— Byron não gosta de sol.

— Definitivamente um excêntrico, não tenho mais dúvidas.

— Excêntrico não. Simplesmente poeta! — depois dessa afirmação, Shelley fez um movimento com a mão, indicando que Mary o acompanhasse. Levou-a até um sofá diante de uma lareira.

— Mary, peço que me aguarde. Vou buscar Byron. Não saia daqui, certo?

— Você parece preocupado — ela colocou a mão sobre o ombro dele.

— Apenas não saia daqui — o escritor tocou a mão da garota com suavidade. — Já volto.

Shelley acendeu as velas de um outro castiçal que ficava em cima de uma mesinha de centro.

— Assim você não ficará no escuro.

Depois disso, embrenhou-se em um corredor e desapareceu pela porta de algum recinto.

Mary sentou-se no sofá, com o gato ainda em seus braços. Não entendia por que havia ficado só. Preferia ter acompanhado Percy. Porém, a boa educação que recebera dizia que não devia contestar os hábitos de um anfitrião. Se Byron só podia ser chamado por Percy, se Byron gostava de velas espalhadas pela casa, se Byron não gostava do sol, paciência, ela o respeitaria em seu território. Por isso, ficou ali, sozinha, como se fosse uma estátua à espera de Percy Shelley. Enquanto isso, imaginava como teria ocorrido a morte do russo e o provável sequestro do professor Frankenstein. Tinha esperanças concretas de que Byron pudesse ajudá-los. Prometeu fugiu do afago de Mary distanciando-se até um tapete macio próximo à lareira. Deitou-se, pronto para dormir, sobre o pelego.

Depois de algum tempo, Mary, ali parada, sentiu uma presença no ambiente. Um calafrio percorreu seu corpo, deixando-a tensa. Virou o rosto lentamente e viu, no outro extremo do sofá, uma mulher. Parecia um verdadeiro fantasma. Usava um longo vestido vermelho que combinava com seus lábios escuros e olhos injetados. Paralisada por aquela presença, não conseguiu fugir, nem gritar. A mulher chegara tão de mansinho que Mary fora incapaz de escutar qualquer passo.

A estranha disse:

— Foi meu irmão que a trouxe para mim? — um sorrisinho de volúpia se desenhava nos lábios arroxeados.

Antes que Mary pudesse perceber, num passe de mágica, como se uma parte do tempo tivesse sido apagada de sua memória, a estranha estava sentada a seu lado. Uma das coxas colada à sua e o braço esquerdo sobre suas costas. Percebeu que as narinas da mulher se movimentavam como se fosse um animal carnívoro detectando o aroma da vítima. Percebeu a lareira acender sozinha. Chamas e labaredas começaram, como num feitiço, a queimar a lenha.

Em um novo sorriso, agora mais sarcástico e diabólico, a estranha deixou que presas brancas e pontiagudas se revelassem. O sangue de Mary gelou nas veias. Estática, sem conseguir se mover, como se estivesse presa a algum tipo de encantamento, aguardou pelo pior. Os lábios da mulher beijaram o lóbulo da orelha e desceram lentamente até o pescoço. Mary não saberia descrever suas verdadeiras emoções naquele momento. Ao mesmo tempo em que sentia medo, também percorria em seu corpo uma sensação inebriante de prazer.

Percebeu que aqueles lábios experientes a abandonaram depois de escutar uma voz. Não sabia bem o que tinha ouvido. Mas, então, escutou pela segunda vez a mesma frase, desta vez tendo certeza do conteúdo verbal:

— Afaste-se dela!

— Shelley, sempre você estragando prazeres! — esbravejou a estranha.

Mary esfregou os olhos como se estivesse saindo de um transe.

— Ela não é para você, minha irmã! — disse Byron.

Somente agora, Mary dava-se conta de que outros estavam na sala. Shelley havia retornado com Byron e Teresa.

— Ela é tão bela. Deve ter o sangue doce e quente — a mulher afastou-se de Mary, ajeitando o vestido.

— É nossa convidada — falou Byron.

Shelley se aproximou de Mary agachando-se à sua frente. Colocou as mãos da garota entre as dele.

— Você está bem?

— Sim... Só estou um pouco tonta. Não sei direito o que aconteceu.

— Eu sei muito bem o que aconteceu... — Shelley olhou com ódio para a irmã de Byron.

— Ah, entendi. Ela é sua, Shelley. Não precisa me olhar assim. Não tocarei no seu brinquedinho.

— Ela não é um brinquedo! — ele vociferou.

— Todas as mulheres que passaram pelas suas mãos foram objetos.

— Parem de discutir os dois — disse Byron de braços dados com Teresa.

Mary não dizia nada. Não sabia que tipo de picuinha havia entre a estranha e Shelley. Para piorar, nem mesmo sabia o que era aquela mulher. Certamente não era uma pessoa comum. Assemelhava-se muito aos fantasmas descritos por escritores da literatura gótica.

— Não adianta discutir mesmo, meu caro irmão. Sei que, em todas as disputas de ideias travadas por nós, Shelley ganha o seu apoio. Não dá para entender. Sempre que eu e você estamos sozinhos, as coisas são diferentes. Você me dá razão, você me coloca num pedestal. Acho que seria melhor ser como era antes. Só nos dois.

Mary podia perceber a fúria no olhar da estranha. As pupilas eram como duas tochas acesas crepitando num poço escuro. Byron falou:

— Não diga isso, Augusta. Precisamos de nossos amigos. Teresa nos proporcionou ser o que somos...

— E quanto a Shelley, por que não se decide logo? — Augusta enfrentou o irmão.

— Se Shelley quer continuar sendo um mortal, eu e Teresa permitiremos. A humanidade dele é uma espécie de âncora para nós. Ele nos mantém menos monstros.

— Não seja tolo! — berrou Augusta perdendo o controle. — Ser o que somos é uma dádiva e não uma monstruosidade como você diz.

— Podemos continuar nossa disputa filosófica outra hora, Augusta. Eu e Teresa queremos ajudar Shelley com um problema. Junte-se a nós!

— Esbaldem-se os dois com a fraqueza humana de Shelley. Tenho outros afazeres — dizendo isso, foi embora da sala, sumindo por um dos tantos corredores da mansão.

Shelley sentou-se ao lado de Mary.

— Desculpe-me por tudo isso, Mary. Não esperava que Augusta fosse ser tão intempestiva desta vez.

— Ela é geniosa — disse Byron tentando enganar a si mesmo.

— Olá, Mary! — cumprimentou Teresa se aproximando.

— Por favor, alguém me explique o que aconteceu aqui. Sua irmã, Byron, é algo que nunca vi... É... É um fantasma?

— Não. Não é um fantasma. Ela é um vampiro, igual a Teresa e eu.

Mary havia lido relatos sobre criaturas da noite que sugavam sangue. Histórias oriundas do leste europeu. Mas até aí, escutar o relato de algumas lendas não era o mesmo que topar com alguma delas no mundo real. Não sabia se seria capaz de suportar aquela revelação.

— Percy, talvez seja melhor eu ir embora — disse Mary.

— Compreendo, você está assustada. E com razão. Eu também fiquei quando soube a verdade. Acredite em mim, eles são meus amigos. Você estará mais protegida conosco do que sozinha a partir de agora. Certamente, o sequestrador do seu professor logo virá atrás de você. Antes que isso aconteça, inverteremos o jogo. Ele será a caça, nós os caçadores.

Mary confiou mais uma vez em Percy. Apertou as mãos do sujeito demonstrando aceitação:

— Estou sob seus cuidados. Como faremos para encontrar o professor? Estamos aqui para isso — Mary disse com firmeza, tentando fazer daquela situação um momento normal.

— Você é uma garota forte, Mary. Admiro isso em você. Vamos encontrar Frankenstein. Já adiantei um resumo dos acontecimentos para Byron. Ele tem uma pista.

— Não devemos mais perder tempo — disse Byron.

— Ainda é dia... — Shelley lembrou.

— Será final de tarde, quando chegarmos ao suspeito. Além do mais, temos um carro novo, totalmente seguro. Venham!

3. MÁQUINAS

Mary pegou Prometeu, que dormira ao lado da lareira, e acompanhou Shelley, Byron e Teresa até a garagem. O lugar era úmido e guardava em seu interior diversas carruagens.

— Aqui — Byron indicou um automóvel pintado de vermelho.

Era o veículo mais extravagante que Mary já vira. A parte interna não podia ser vista, pois as janelas estavam pintadas de preto. A frente do carro ficava exposta revelando um belo estofado de couro cinza, onde sentava o motorista e um carona. Diante deles, ficava descoberto o motor.

— Eu e Teresa vamos protegidos — disse Byron ao mesmo tempo em que abria a porta do veículo. — A chave está na ignição, Shelley. Quando estivermos seguros, nos avise — o casal entrou deixando os outros dois de fora.

— Não se preocupe — disse Shelley.

Percy foi até a entrada da garagem e abriu uma porta de metal para permitir a saída do veículo. Voltou, sentando-se ao lado de Mary, que estava acomodada no banco do carona com Prometeu enroscado em seu colo.

Antes que ele ligasse o motor, ela perguntou:

— O que ele quis dizer com "vamos protegidos"?

— O sol pode causar graves queimaduras e até mesmo a morte de um vampiro. Ele e Teresa estão se arriscando em sair durante o dia para nos ajudar...

— Pelo visto, eles têm você em alta.

— É verdade. Mas você também descobrirá que existem motivos pessoais para Byron nos acompanhar. Isso, é claro, se o sujeito que ele suspeita do sequestro for o verdadeiro vilão...

— E de quem ele suspeita?

— Vamos aguardar os novos acontecimentos. Prefiro não acusar o réu sem provas.

Shelley ligou o carro interrompendo a conversa.

Transitaram por diversas ruas de Londres. O sol ainda podia ser visto, mas não tardaria a se pôr. O barulho do motor era intenso, algo que não contribuía para uma conversa audível entre Mary e Shelley. O escritor diminuiu a velocidade quando se aproximou de um pórtico. Tratava-se da entrada do maior hospital da cidade, que ficava um pouco afastado do centro urbano. Seguiu por um caminho que levava aos fundos da edificação. Saiu da estradinha dirigindo sobre um extenso campo de gramado alto até se aproximar de um bosque. Embrenhou-se entre as árvores e estacionou diante de uma fábrica abandonada.

O lugar era úmido e as sombras das árvores deixavam o ambiente escuro. Somente uns rabiscos de luz solar teimavam em atravessar entre as folhagens e os galhos. Quando Shelley desligou o motor, Mary falou:

— Encontraremos o sequestrador aqui, nesse lugar abandonado?

— Se o nosso suspeito for o vilão, sim, ele estará aqui. E, não se engane, Mary... Esse lugar não está abandonado. As coisas quase sempre não são o que aparentam ser!

Shelley desceu do veículo. Foi até a entrada da fábrica e empurrou a pesada porta de ferro, que abriu parcialmente. Depois disso, retornou dizendo:

— Podem sair. Ainda é dia, tenham cuidado!

Teresa abriu a porta e, antes de deixar o carro, olhou bem para o terreno. Percebia alguns pontos de luz invadindo a sombra formada pelo bosque. Desceu. Calculava os passos para fugir daqueles fios de luz pálidos que vinham do alto. Byron veio logo atrás dela. Shelley os conduzia. Mary vinha por último com Prometeu em seus braços. O gato havia se transformado em uma espécie de talismã. Uma lembrança constante de que estava ali para salvar o tutor e devolver o felino para o verdadeiro dono.

Shelley ingressou primeiro na fábrica, seguido por Teresa. Byron vinha logo atrás. Antes que pudesse entrar, suas pernas tortas lhe pregaram uma peça. O vampiro tropeçou em um degrau que conduzia até a porta. Ao se desequilibrar, por um breve momento, não conseguiu fugir de um risco de luz do sol. A luminosidade, quando tocou em seu rosto, fez com que a pele derretesse. Ele soltou um grito, que mais parecia um urro, e foi puxado por Teresa para dentro, para a segurança da fábrica escura. Mary reprimiu a expressão de asco ao ver a desfiguração parcial de Byron revelar a brancura do osso. A pele se desintegrara como cinza e voara solta no ar. Os olhos do poeta se injetaram de vermelho e os caninos longos, antes escondidos, afloraram da arcada dentária superior revelando toda a selvageria de sua natureza sobrenatural.

Mary não entrou. Estática, paralisada de medo, ficou do lado de fora da fábrica.

— Venha, Mary. Não é hora para se assustar. Byron ficará bem. A beleza e a juventude dele serão readquiridas em breve.

— A que custo? — perguntou Mary.

— Os custos sempre são altos. Mas não serão cobrados de você. Venha... — Shelley estendeu a mão.

Mary pegou a mão do escritor. Ela não sabia dizer por que Percy a seduzia tão facilmente. Ainda não conseguia admitir o óbvio, estava apaixonada. Depois de entrar, a porta foi fechada por Teresa.

Na fábrica, o piso estava empoeirado, teias de aranha espalhadas pelos cantos, morcegos postados sobre traves de ferro próximas ao telhado, ferrugem nos metais da estrutura, uma ou outra máquina velha e abandonada. Algumas janelas altas tinham os vidros quebrados. O que restava da luminosidade do sol não atingia os visitantes. Mas era suficiente para poder visualizar o lugar.

— Por aqui — disse Byron, com a voz alterada, como se a luz tivesse atingido e prejudicado também, de alguma maneira, suas cordas vocais.

Ele foi à frente aproximando-se de uma pequena máquina com aparência desgastada. Empurrou a velharia, sem precisar demasiado uso de força. O objeto de metal se deslocou revelando um buraco. Foi possível ver uma escadaria e, num dos lados da parede, fios elétricos. Byron começou a descer e acionou um interruptor que ligou lâmpadas estrategicamente posicionadas ao longo dos fios. Mary soube, a partir daquele momento, que outros sujeitos podiam dominar tecnologias semelhantes às que o professor Frankenstein desenvolvia.

O poeta e sua amante não precisavam daquela luminosidade para enxergar. Vampiros adquiriam, desde sua criação, a habilidade da visão no escuro. Mesmo assim, Byron fez a gentileza de iluminar o ambiente para que os humanos pudessem ver onde pisavam. A quantidade de lâmpadas elétricas deixava óbvio para Mary o fato de que o suspeito também precisava de luz artificial para se orientar.

Desceram por aquele corredor comprido até atingir uma sala. Byron acionou novo interruptor. Os dois humanos puderam ver o que os vampiros já podiam visualizar ao natural: uma biblioteca, uma cama com lençóis escuros, uma escrivaninha e uma caixa branca ligada a um gerador.

— Para que serve essa caixa? — perguntou Mary.

— Conservar os alimentos. É a única máquina refrigeradora que conheço — disse Byron. — Sigam-me! Encontraremos nosso anfitrião, provavelmente, na sala ao lado.

Antes que Byron pudesse abrir uma porta no final do recinto, Mary, que seguia o líder no final do grupo, não conteve a curiosidade e levantou a tampa da máquina branca. Ela tinha considerável conhecimento de anatomia. Suas sobrancelhas se arquearam de horror. Viu rins, fígados e corações humanos congelados. Com o susto que levou, deixou a tampa cair sobre a caixa alertando os colegas do que tinha feito.

— O que foi? — perguntou Shelley, enquanto se virava para Mary.

— Órgãos humanos, Percy... São órgãos humanos conservados na caixa.

— Eu já podia imaginar. É do que nosso suspeito se alimenta.

— Que tipo de monstro ele é?

— Um dos piores... Nos últimos tempos, ele andava controlado... Não sei agora — Byron respondeu por Shelley demonstrando evidente preocupação.

Byron abriu a porta feita com material à prova de som. Lá dentro, funcionavam máquinas a todo o vapor. Canos de evacuação da fumaça cravavam-se no teto. Despejavam poluição no bosque e na cidade acima.

— Meus amigos, que surpresa esta visita! — avançou John Polidori ao encontro deles, deixando uma tarefa inacabada sobre uma mesa de metal enferrujado.

Abraçou de maneira cordial o amigo Byron. Assim que o soltou disse:

— Meu Lorde, que prazer tê-lo aqui! Vieram em ótima hora. Quero mostrar para vocês minha criação máxima! Vão adorar. Ainda mais sabendo que foi inspirada no maior poeta de todos os tempos, o grandioso Byron, que agora está aqui, para o meu deleite. Uma honra. Sem dúvida, uma honra para mim.

— Não viemos aqui para assistir a seus shows, Polidori. Viemos procurar por Frankenstein. Ele está com você? — perguntou sem rodeios Byron.

— Meu Lorde, o que aconteceu com seu rosto? Por favor, venha se alimentar. Beba o sangue de meu prisioneiro e volte a ser belo em menos de um minuto.

— Deixe de me paparicar um instante, John. Responda à pergunta que fiz.

John Polidori olhou para o grupo e apontou para Mary. Disse, como se estivesse louco, pronto para avançar sobre ela:

— O que foi que essa garotinha disse para vocês, meu Lorde? Que mentiras ela contou? Eu precisava de Frankenstein para atingir certos objetivos. Foi por isso que o convidei educadamente para me contar alguns segredos. Ele não colaborou, então tive de trazê-lo à força! Como descobri o que preciso, se quiser se alimentar dele, fique à vontade, está vivo e com o sangue quente nas veias.

— Onde ele está? — perguntou Mary soltando Prometeu no chão e cerrando os punhos. A qualquer momento, ela socaria a cara gorducha e asquerosa de Polidori.

— Calma, mocinha. Você poderá tê-lo de volta se quiser.

Polidori caminhou até uma das paredes laterais, com passinhos saltitantes de alegria, e puxou uma alavanca. Engrenagens foram acionadas abrindo um buraco retangular no chão, de onde subiu uma plataforma. Sobre ela, havia uma cadeira de ferro que aprisionava Frankenstein. O professor estava desacordado, com as roupas desmanteladas e visíveis hematomas na pele. Ao seu lado, havia uma máquina que imitava o corpo de um ser humano. Trava-se de um androide. Mary lembrava-se das palavras recentes do professor, quando conhecera o laboratório, como se fosse hoje: *logo, meus androides caminharão sobre Londres.*

No entanto, aquele protótipo era muito mais rudimentar do que os modelos que Frankenstein trabalhava nos porões de sua mansão. O tamanho do androide de Polidori era gigante, se comparado a um humano, e sem a mesma suavidade ou elegância. Tinha dois metros e meio de altura. O professor, por sua vez, estava trabalhando em unidades que demonstravam toda sua arte. Os modelos imitavam a pele humana, os membros, o corpo em geral, os olhos e os cabelos próximos à perfeição. Mary deduziu, com astúcia, que aquela estrutura de metal semelhante ao homem era a *criação máxima* que Polidori se referira havia pouco.

O médico cientista colocou os óculos que estavam guardados em um bolso de sua camisa. Eram diferentes de todos os outros que Mary havia visto. Possuíam lentes escuras, negras e aros de metal dourados. O sujeito puxou outra alavanca ao lado da primeira. Nesse momento, uma luz intensa percorreu os cabos de energia que ligavam uma máquina geradora até o androide de Polidori. A estrutura metálica parecia capaz de fornecer eletricidade ilimitada.

Então uma densa descarga elétrica ocorreu, mais forte do que as anteriores, como se fosse um relâmpago. Em seguida, o local todo tremeu com um estrondo que mais se assemelhava a um trovão em noite de tempestade. O androide chacoalhou com toda a energia que recebia. Dava a impressão de que a máquina geradora estouraria: seus termostatos indicavam funcionamento máximo. Vapor escapava por entre as conexões de metal. O laboratório de Polidori ficou superaquecido em poucos segundos. Nenhum dos visitantes soube o que fazer, a não ser proteger os olhos da luz emitida pelos cabos. Quando o médico retornou a alavanca para o ponto inicial, as lâmpadas do recinto ainda piscavam.

Os visitantes esfregavam os olhos na tentativa de voltar a enxergar de forma plena.

— Vejam, vejam, ele vive! — berrava Polidori num misto de loucura e entusiasmo. — Com um exército deles, não vou precisar mais me esconder. Vou dominar Londres, dominar a Europa e depois o Novo Mundo — agora ele gargalhava. — Contemple, meu Lorde. Os monstros não precisarão mais viver nos subterrâneos. A humanidade vai nos servir. Assim devia ser desde o início.

Finalmente, Byron se manifestou, depois de começar a enxergar melhor:

— Quem disse que isso nos ajudará, Polidori? Viver nas sombras, infiltrados entre os humanos, nos mantêm vivos há milênios. Por que mudar?

— Mudar é se adaptar, meu Lorde! Veja... — o médico foi até o androide de metal e o soltou dos cabos de energia. — Acorde, Rutheven! Acorde para o mundo.

Polidori repetiu, sem cessar, a frase:

— Acorde, Rutheven!

O androide abriu os olhos. Frankenstein, nesse instante, também acordou. Escutava os brados enlouquecidos do sequestrador. O professor, ao perceber o que acontecia, demonstrando lucidez de espírito, disse com rispidez dirigindo-se à criação de Polidori:

— Sei que você pode me ouvir, Yegor! Seu cérebro movimenta a máquina! Não dê ouvidos ao seu assassino!

Ao ouvir as palavras de Frankenstein, os olhos artificiais do androide brilharam. Ele fitou o professor e depois observou John Polidori. No ato, o médico percebeu sua fúria.

— Não escute esse desequilibrado. Eu sou seu mestre — vociferou Polidori recuando.

As engrenagens das pernas do androide chiaram ao se movimentar, como se tesouras riscassem o metal. O homem-máquina começou a se aproximar com vagar na direção de John.

— Meu Lorde, meu Lorde, me proteja — Polidori, sem cerimônia, agarrou-se ao braço de Byron. — Rutheven é um tributo a você. Não deixe que me pegue. Ele poderá ser nossa vingança contra a humanidade.

— Professor, contenha a máquina, por favor! — Byron fez um pedido para Frankenstein.

— Depois de tudo o que esse miserável fez? Ele assassinou Yegor e me torturou buscando respostas! Que sofra!

— Matar Polidori não ajudará em nada. Deixe-me explicar. Ele é... Ele é um demônio. Um espírito possessor. Se acabar com ele, não tenho dúvida de que voltará em breve. É melhor que fique aprisionado nesse corpo. Tomarei conta dele. Tem a palavra de um Lorde.

Enquanto isso, Rutheven se aproximava, lento como se estivesse esperando por algum comando, um desfecho inusitado ou, talvez, simplesmente por alguma ideia própria...

— Sei. Lorde Byron, o poeta embriagado. O poeta que caminha durante a noite. Como posso confiar em você somente pelo fato de que é um Lorde?

— Eu confio nele, professor! — interveio Mary, até então calada.

O professor, diante de tudo o que estava ocorrendo, ainda não havia percebido a presença de sua pupila. Manteve a lucidez e pronunciou uma sentença rápida:

— Yegor, por favor, ajude-me a sair daqui — o professor mexia-se na cadeira, sem conseguir soltar as fortes ataduras de couro. — Pouparemos o bandido, ao menos por ora.

O androide permaneceu calado por um instante, observava o recinto e todos os presentes. Parecia raciocinar sobre a situação que vivia. Talvez estivesse buscando suas antigas lembranças do tempo em que fora humano. Primeiro, mexeu as arcadas metálicas como se fosse pronunciar algo. Ouviu-se um chiado. Depois, palavras:

— Yegor está morto, professor. A partir de hoje sou Rutheven. Não sirvo mais ninguém.

A máquina meio-homem abriu espaço entre o grupo dirigindo-se para a única porta que via. Não foi barrado por nenhum dos presentes. Nem mesmo Polidori esboçou impedi-lo. Byron o segurava pelo ombro. O fato é que o médico tinha mais medo do vampiro do que da coisa mecânica.

Rutheven abandonou o local sem dizer adeus ou dar satisfações. Mary correu até o professor e começou a soltá-lo. Logo em seguida, Shelley se aproximou para ajudá-la.

— Querida Mary, o que faz com estes loucos? — perguntou Frankenstein enquanto era libertado.

— Eles são meus amigos... Sem eles eu não estaria aqui. Além do mais, professor, quem não tem um pouco de loucura em seu âmago nesses tempos de progresso?

Frankenstein não respondeu. Sabia que Mary tinha razão na pergunta que formulara. Agora estava mais preocupado em acertar as contas com o sequestrador, quando estivesse livre, do que dar uma resposta à pupila. Porém, isso não seria mais possível, ao menos desta vez. Para a surpresa do professor, de Mary e de Shelley, haviam sumido Byron, Teresa e Polidori.

— Como puderam fugir tão rápido? — perguntou o professor. — Malditos!

Shelley sabia: alguns vampiros podiam evaporar feito fumaça, enquanto outros possuíam velocidade extrema. Polidori também tinha seus segredos para escapar de enrascadas. Sem dúvida, qualquer um deles podia ser bem mais rápido do que um simples mortal.

Antes que Frankenstein pudesse praguejar mais vezes após a fuga da trupe de Byron, Prometeu se aproximou de seu dono. O gato esfregou o pelo em suas pernas e miou.

— Meu amigo! — o professor o pegou no colo. Parecia ter esquecido as dores da tortura e também a raiva que sentia de seu agressor.

— Precisava trazê-lo comigo, professor. Não o deixaria sozinho...

— Devia tê-lo deixado em casa, Mary. Ele é muito valioso para correr riscos.

— Mas... E se ele tivesse fugido, ido embora? Com Yegor morto e você desaparecido, não havia ninguém para alimentá-lo.

— Ele não precisa se alimentar, minha menina — o professor acariciava a cabecinha de Prometeu. — Já é hora de lhe contar. Essa criaturinha aqui é minha mais incrível criação. Ele é perfeito. Não é grosseiro como Rutheven, nem possui as artificialidades de qualquer coisa que eu tenha engendrado. Pelo macio, olhos verdadeiros, ronronar natural, passos manhosos, respiração autêntica... Tudo imita um gato real. Ele é fantástico em todos os sentidos. Creio até mesmo que tenha uma alma. Veja, seus olhos têm expressão! Nessa criaturinha estão todas as respostas para as perguntas que ainda não respondi por completo. Assim como o Prometeu mitológico roubou o fogo do Olimpo para nos conceder a razão e a inteligência, o nosso pequeno Prometeu nos concederá o conhecimento, a chave para gerar androides perfeitos. Humanos que em nada vão lembrar máquinas. Nós poderemos conceder a vida para o inanimado, como se fôssemos deuses. Mas não uma existência horrenda como a de Rutheven, e sim uma vida bela que valerá a pena ser vivida.

Shelley e Mary ficaram quietos. Realmente Prometeu era perfeito... Mas a genialidade de Frankenstein gerava um pouco de receio, pois falava com tal convicção que nada parecia capaz de detê-lo naquela ideia de criar máquinas à imagem dos homens. Logo ficariam sem saber a diferença entre um e outro, raciocinava Mary. Ela também se perguntou se ainda poderiam identificar com certeza quem eram os homens, os monstros ou as máquinas a partir daquele dia.

— Alguém me leva de volta para casa? — perguntou Frankenstein.

— Teremos de pegar um serviço de carruagem — disse Shelley. — Provavelmente, Byron e os outros tenham saído no veículo em que chegamos.

— Já vamos tarde — disse Frankenstein rumo à única saída.

Deixaram a fábrica abandonada. Não viram no bosque o carro de Byron. Era fácil supor que o poeta, Teresa e Polidori haviam partido no veículo. Shelley, Mary e Frankenstein caminharam pelo campo até atingir o terreno do hospital. Saíram pelo pórtico de entrada. Na rua, Shelley acenou para uma carruagem, na qual entrou o professor levando nos braços Prometeu, o gato mecânico. Frankenstein despediu-se de Mary agradecendo sua ajuda e pediu que voltasse o quanto antes ao laboratório para seguir com seus estudos. Disse para Percy Shelley que o visitasse, as portas de sua casa estariam abertas para ele.

Depois que o professor partiu, Shelley acenou para outra carruagem que estacionou ao lado dele e de Mary. O escritor disse:

— Bem, Mary, nossa aventura acaba aqui...

— Você quer dizer *nossa primeira aventura*... Gosto de você!

Mary abraçou Shelley e o beijou. O beijo durou alguns minutos até que o motorista tocou a buzina. Os dois despertaram daquele momento que poderia durar para sempre.

— Nos vemos de novo? — perguntou Shelley com incerteza.

— O que você acha? — ela sorriu um sorriso de uma beleza única que o encantava.

Mary entrou na carruagem sabendo que, a partir daquele dia, os rumos de sua vida tinham mudado.

POSFÁCIO

Olá, leitores e leitoras. Muito obrigado por terem aberto as páginas desta segunda edição de *Mausoléu* e terem chegado até aqui. Foi em 2013 que lancei a primeira versão do livro na minha Argonautas Editora, na qual eu era sócio do amigo Cesar Alcázar. Nesta nova edição, nove anos depois, realizei algumas pequenas alterações nos textos originais e em alguns dos títulos dos contos. Mas garanto que foi pouca coisa que mexi. A capa continua a mesma, sendo uma produção do artista Fred Macêdo e com colorização de Róbson Albuquerque. Vale dizer que os dois me acompanham até hoje na produção de outras capas de livros que organizo e que também escrevi, tais como *Treze*, *Comboio de espectros* e *Mensageiros do limiar*. O projeto gráfico segue inspirado na primeira edição, produzida por Roberta Scheffer, contudo tem novas nuances inseridas por Luciana Minuzzi. Mantivemos o prefácio escrito por Cesar Silva. Mas agora temos um posfácio, este que você está lendo, no qual contarei um pouco sobre as minhas inspirações, referências, bastidores e curiosidades sobre a criação das histórias para este livro.

Escrevi a primeira versão do conto "Mausoléu", que abre este tomo, quando tinha 17 anos. Eu era muito fã do Black Sabbath e posteriormente da carreira solo do Ozzy Osbourne, tanto que fiz questão de mencionar o título da música "No More Tears" na história. Na época, eu tocava baixo e me dedicava para "tirar" aquele riff estrondoso. O título do conto, porém, "apareceu" logo depois da leitura do livro *A tumba e outras histórias*, antologia que reunia diversos contos de H. P. Lovecraft na Coleção Mestres do Horror e da Fantasia. Desde lá costumo ler sobre os mitos de Cthulhu e os horrores lovecraftianos.

O segundo conto, "Museu do terror", inaugurou uma série de histórias do mesmo personagem, conhecido somente pela alcunha de "Proprietário do Museu do Terror". O texto foi impresso pela primeira vez em 2009, na antologia *Pacto de monstros*, da editora Multifoco. Na primeira edição do *Mausoléu*, eu publiquei, além do "Museu do terror", o conto "Relíquia", em que o personagem, proprietário do museu, aparece invadindo uma história de Edgar Alan Poe. Depois disso, o personagem sem nome protagonizou mais dois contos. Um deles, "Os desejos de Morris", explora os poderes da "Pata do macaco" — conto de W. W. Jacobs — e foi publicado em 2015, no livro *Treze*, e o outro, "A criatura do travesseiro", escrito em homenagem ao "Travesseiro de penas", de Horacio Quiroga. Nos idos da primeira década do milênio, eu também tinha um blog chamado Museu do Terror e nele publicava de forma independente alguns contos meus e divulgava livros de outros escritores brasileiros.

"A pena do corvo", conto seguinte, é uma homenagem ao gênio inquieto e criativo de Edgar Allan Poe. Foi publicado pela primeira vez em 2012 pela Argonautas Editora, no livro *Autores fantásticos*. Caso alguém encontre esse livro em algum sebo, lerá tributos de escritores brasileiros para os seus autores preferidos da literatura fantástica. Em 2019, liberei "A pena do corvo" para que fosse narrado por Marcelo Fávaro no canal Conto um conto, episódio 186.

Na sequência, o conto "Asas nefastas" foi publicado em um livro digital chamado *O mal bate à sua porta*, obra organizada por Christian David. Mais uma vez evoco o mestre Edgar Allan Poe, tanto na metáfora do corvo e suas asas agourentas quanto na ideia de um duplo maléfico presente em William Wilson. Contudo, dessa vez criei uma narrativa que mescla fantasia e um horror de cunho social.

"O totem do gato preto", conto seguinte, dediquei para Bastet, uma gatinha muita querida com quem minha esposa e eu tivemos a oportunidade de conviver durante dois anos. Infelizmente ela morreu bem novinha. Ela era uma siamesa vira-lata — não compramos animais, apenas adotamos. Seu nome era Bastet para lembrar a deusa egípcia e, embora ela tenha partido cedo, sempre tivemos a impressão de que ela nos protege com uma espécie de poder sobrenatural. Sempre que nos lembramos dela, é como se tivéssemos a presença de um espírito da natureza nos protegendo.

"Espírito do totem" foi o primeiro conto de lobisomens que eu publiquei. Eu quiz fazer uma história que se passasse no Brasil, criando uma mitologia própria. Então, meus lobisomens não eram lobos europeus, mas sim lobos-guarás e isso me permitiu integrar esses monstros ao universo indígena e fazer deles heróis, uma resistência contra os invasores portugueses que se completa com o conto "Massacre na caravela".

Em 2009, o meu conto "Emplumado" foi publicado em uma antologia sobre vampiros organizada por Ademir Pascale: *Draculea – O livro secreto dos vampiros*. Antes disso, somente dois contos meus tinham sido impressos, "Fauna brasileira" e "O serviço". Contudo, mesmo que não tenha sido meu primeiro conto publicado, considero "Emplumado" um marco para o meu trabalho, pois foi a partir deste conto que eu decidi que seria escritor profissional, que desejava publicar regularmente e receber pelo meu trabalho. Publicar de maneira constante se tornou realidade ao longo dos anos seguintes. Não obstante, as coisas se mostraram mais complexas quanto ao assunto da parte financeira e preciso de uma batalha diária para garimpar recursos que me permitam sobreviver da prática da escrita. Mas, como costumo dizer para os amigos, vamos em frente. Ainda sobre "Emplumado", vale mencionar que não surgiu por acaso: sou fã de *Drácula*, de Bram Stoker. Na narrativa em questão, tentei criar um vampiro diferente do vampiro do mestre. As características físicas dos vampiros desse conto se aproximam às das corujas e não às de outras criaturas ou morcegos. "Prole aprisionada", que vem a seguir, é uma continuação de "Emplumado" e explora um pouco mais a experiência de caçador de monstros do protagonista.

Em "Vampiros escravocratas", continuo trabalhando com sugadores de sangue e associo sua voracidade a uma sociedade degenerada. A ideia aqui é mostrar como os defensores e praticantes da escravização são monstruosos. Também faço um cruzamento entre ficção científica e horror nessa história para descrever um mundo apocalíptico.

Já em "Antigos", escrevo um conto de ficção científica pós-apocalíptica inspirado por *Planeta dos macacos* (1968). No filme tínhamos a misteriosa "Zona Proibida" e no meu conto encontramos o cenário "Cidade proibida". O final genial e surpreendente da película também me inspirou na busca de uma grande surpresa para o leitor no clímax do conto.

"Moscas, ratos e baratas" é um pequeno conto sobre guerra e como soldados são explorados para lutar por governos totalitários. Além disso, minha intenção é mostrar como as guerras deterioram os seres humanos por dentro, enlouquecendo-os e tornando-os vazios.

Em "Onda atômica", temos mais um conto apocalíptico. Nesse cenário degradado, o protagonista é o último remanescente da espécie humana contando histórias para seus parentes mutantes.

Minha esposa e eu gostamos de viajar. Durante nossas viagens, ela é a fotógrafa oficial. Um dia ela me disse, olhando para uma das fotografias que tinha feito: "Já pensou se a gente encontrasse nas nossas fotos, em lugares diferentes, a mesma pessoa desconhecida? Por que tu não escreves um conto fantástico sobre sósias? Sobre pessoas iguais em diversos lugares do mundo?". *Adoro esses desafios espontâneos*, pensei. Daí surgiu o conto de ficção científica "Sonda", o qual decidi associar à figura de Vincent Van Gogh, um dos tantos artistas cujo trabalho acho incrível. Só mais uma curiosidade sobre o conto: é interessante como as pessoas podem associar o protagonista de uma história ao autor. Uma vez, ouvi de uma pessoa que leu o conto algo mais ou menos deste tipo: "Nunca pensei que você fosse capaz de apontar um revólver pra alguém". Eu respondi: "O meu personagem não sou eu". A conversa foi mais longe, mas deixo para vocês a reflexão: em que medida o autor corresponde às representações dos personagens que cria? Minha intenção com a escrita, posso afirmar, é um exercício de pensar ou agir como alguém que não sou eu mesmo. Mas, como isso é uma tarefa bem difícil, às vezes podemos não ser bem-sucedidos.

"Somos", por sua vez, é uma ficção científica lisérgica. Gosto muito da ideia central desse conto, em que um ser híbrido, meio orgânico meio artificial, preserva a memória do Universo.

Em "Fantasmas do tempo", a inspiração é óbvia: *A máquina do tempo*, de H. G. Wells. No entanto, a viagem no tempo nesse conto não precisa de uma máquina, mas sim do cérebro humano e de uma substância chamada de "passagem". Como pano de fundo, ocorre uma investigação do protagonista para desvendar um crime. No conto também surge a discussão de como uma instituição religiosa poderia se utilizar de uma nova tecnologia e assimilar seus benefícios em prol de uma teocracia.

Em "Teoria e prática", escrevo a história de um formando em uma "profissão" inusitada e macabra. O conto foi lido pelo escritor Tabajara Ruas, um dos principais romancistas aqui do Rio Grande do Sul, que entrou em contato comigo — através de outro amigo: Christopher Kastensmidt — para que começássemos a trabalhar juntos em um roteiro de um filme de terror. Eu, Tabajara, Christopher e Cesar Alcázar escrevemos um roteiro intitulado *Edifício Bomfim*, planejando transformá-lo em um longa composto por três histórias. Uma de nossas referências era o filme *I Tre volti della paura*. Quem sabe algum dia vocês, leitores, assistam o formando atuando em um filme.

"Horror no espelho" e "Sem controle" são contos de uma página. Embora diferente de "O intruso", de Lovecraft, "Horror no espelho" foi inspirado no conto do autor de Providence. Em "Horror no espelho", o protagonista é o próprio monstro, é a representação da natureza cruel da humanidade. No segundo, um único vampiro é capaz de sugar toda a espécie humana. Os dois contos são tentativas de escrever histórias ágeis, rápidas e muito curtas que sejam capazes de, em poucas palavras, ilustrar uma cena interessante para o leitor.

Antes de ser publicado no *Mausoléu*, o conto "Sem lembranças daquele inverno" teve sua primeira publicação no livro *Sagas 1 – Espada e magia*, da Argonautas Editora. A série Sagas teve cinco livros e foi muito importante para minha carreira tanto de escritor quanto de editor. Na época, por volta de 2009, eu e Cesar Alcázar queríamos fazer uma publicação ao estilo dos livros de bolso dos anos cinquenta, sessenta e setenta nos Estados Unidos, tais como as publicações da Ace, da Lancer e da Sphere Books, com capas que pudessem lembrar o traço de artistas consagrados, como Frank Frazetta. No número 1, o artista contratado fez uma releitura de uma das capas do Frazetta que representava Conan, personagem de Robert E. Howard, para caracterizar o personagem do Cesar, conhecido pela alcunha de "O Cão Negro". Em "Sem lembranças daquele inverno", meu personagem era um ladrão que acaba sendo usado por uma feiticeira como instrumento de sua vingança. Vale notar que o protagonista é um sujeito arrogante que não tem nada de heroico. Vive de aventuras para alimentar o seu próprio ego. A história se passa nas Terras de Lyu, um cenário que criei para ambientar algumas aventuras de uma personagem espadachim chamada Hylana. Que, por sinal, apareceu antes do protagonista dessa história, nomeado Atreil. Outra curiosidade é o nome deste personagem. Quando eu era criança, gostei muito de *A história sem fim*. Nela havia o guerreiro Atreyu. A semelhança entre uma história e outra termina aí mesmo, no nome do personagem. Contudo, ainda assim é uma homenagem, pois tenho uma boa lembrança do filme.

Em "Os dragões das Terras de Lyu", minha intenção era contar um pouco sobre a mitologia desse cenário, destacando algumas informações sobre "A Guerra Prismática". Nele aparecem o feiticeiro Ansalon e Hylana, que protagonizam outras histórias nas Terras de Lyu. Em *Mensageiros do limiar*, outro dos meus livros, é possível encontrar "Hylana e o orbe do feiticeiro", a primeira história que escrevi sobre esse universo, originalmente publicada quando eu tinha um blog, por volta do ano de 2005. Na época do blog, eu postava uma vez por semana episódios das aventuras de Hylana. O blog serviu como uma ótima experiência para receber os primeiros comentários sobre o que eu estava produzindo e, o mais importante, fiz diversas amizades literárias, desde novos autores até leitores.

Em "Dama do escuro", escrevi uma história de um necromante que acaba tendo seu feitiço voltado contra ele mesmo. Tenho outras histórias dos Territórios Sombrios "arquivadas" — talvez em algum momento elas ganhem as páginas de uma nova antologia.

Em um dia ensolarado de final de semana, indo de carro para a praia de Torres, "aluguei" meus companheiros de viagem para que escutassem meu novo conto. Li "Desfile" para eles. Minha esposa estava dirigindo, Cesar Alcázar e Denise Maciel vinham no banco de trás. Eles foram ótimos ouvintes e comentaram sobre o conto, emitindo várias opiniões e sugestões. As observações deles fizeram com que eu pensasse em um novo final para o original. Uma obra que me inspirou para escrever "Desfile" foi *As sete faces do dr. Lao*, de Charles G. Finney, escrita em

1935. Numa das passagens do romance, o dr. Lao vem conduzindo a primeira carroça do seu circo, sendo seguido por outras duas. Na segunda, podia ser visto um cachorro verde e, na terceira, um homem com um capuz de chifres de bode. A cena criada por Finney me ajudou a descrever o meu próprio desfile bizarro.

Teve uma época da minha vida — adolescência e início da fase adulta — em que eu pretendia ser músico. Tocava baixo e gostava de rock, era daqueles que sabia a formação completa das bandas. Adorava escutar vinil a todo volume. Ah! Aproveito este espaço para pedir desculpa aos vizinhos. Eu exagerava, me perdoem! Pois bem, minha paixão pela música precisava ter um conto de horror com uma banda e o protagonista tinha de ser o baixista. Enfim, uma parte da cantoria do Raulzito resume bem meu conto: "O diabo usa capote, é rock, é toque, é forte! Diabo. Foi ele mesmo quem me deu o toque! Enquanto Freud explica as coisas o diabo fica dando os toque..."

Tanto o conto "O escolhido" como "Missa diabólica" têm Satã como o monstro da vez e foram inspirados na música *Black Sabbath*, da banda de mesmo nome: "O que é isso que se levanta à minha frente? Um vulto preto que aponta para mim. Viro rapidamente e começo a correr. Descobri que eu sou o escolhido. Oh, não!".

"Rito necromante: criar zumbi" tem mortos-vivos que retornam em busca de cérebros, assim como os zumbis esfomeados de *A volta dos mortos-vivos*, um dos primeiros filmes que vi no vídeo cassete lá de casa.

Escrevi "Réu" algum tempo depois de "Mausoléu", quando tinha uns 19 anos, se não me falha a memória. Logo que ingressei na faculdade de Letras na Federal do Rio Grande do Sul — na qual não me formei devido a irresponsabilidades da minha juventude —, passei um roteiro adaptado do conto para o meu amigo Rafael Martins da Costa, que desenhou a história. Produzimos um fanzine, reproduzindo uma centena de cópias, que, acreditem, vendemos para os colegas de universidade, intitulado *Mausoléu* — já pensando em publicar, no número 2, o conto que vocês leram no início deste livro. O número 1 foi o primeiro e o último. Apesar de não darmos prosseguimento ao projeto, sem dúvida nos divertimos produzindo aquele trabalho. "Réu" surgiu depois de uma leitura de *A Divina Comédia*, de Dante Alighieri, e o conto "Passagem", que vem em seguida, também.

Eu sempre gostei muito de jogar e colecionar livros de *Role Playing Game*. O conto "Campo de Marte", além de homenagear esse tipo de jogo, também é uma referência a uma praia de Santa Catarina que tive oportunidade de visitar mais de uma vez. Na narrativa, eu evoco a mitologia grega e faço uma referência ao meu conto "Mausoléu" ao citar o Poderoso das Profundezas, monstruoso demônio de características lovecraftianas que aparece no início deste livro.

"Bisão do Sol Poente" foi publicado pela primeira vez no livro *Sagas 2 – Estranho Oeste*. Escrever uma história de *weird western* é mais uma homenagem para o escritor Robert E. Howard, que foi um dos primeiros a explorar esse gênero do sobrenatural associado ao cenário do Velho Oeste. Além disso, o próprio nome do personagem é inspirado no nome de um personagem de Howard: Solomon Kane. Outros contos de Kane Blackmoon foram publicados depois desse. Leitores pediram por mais aventuras do personagem e o editor Artur Vecchi encomendou um romance *fix-up* de Kane. Por isso, acabei escrevendo mais histórias e publicando um livro único do personagem: *O Estranho Oeste de Kane Blackmoon*, pela AVEC Editora.

Escrevi "O litro de diamantes" depois de uma viagem ao interior da Bahia. O guia nos contava histórias muito interessantes de assombrações (livusias) e de garrafas amaldiçoadas contendo gemas preciosas. A cultura do sertão é muito rica em diversos aspectos, entre os quais podemos incluir as temáticas relacionadas ao sobrenatural. Fico na torcida de que cada vez mais autores e autoras do Nordeste, conhecedores das narrativas locais, publiquem e divulguem a sua cultura, contribuindo para a literatura fantástica brasileira.

"O serviço" foi o segundo conto que eu publiquei em um livro impresso. É do ano de 2005. Um pouco antes disso, eu tinha aulas de escrita criativa com Tailor Diniz, autor de literatura policial. Contudo, "O serviço" não é uma narrativa policial, mas sim um conto fantástico que deixa o leitor na dúvida do que é real e do que é pesadelo. Inseri aí uma ordem secreta que vai abrindo caminho para o conto seguinte, "O mal não tem rosto", este sim um conto policial com inserções de horror sobrenatural. Fiz este cruzamento muito em função de curtir o livro de William Hjortsberg, *Coração Satânico*. Nesse conto, cito mais uma vez o Poderoso das Profundezas, com o objetivo de que esse demônio antidiluviano seja uma

espécie de conexão entre algumas das minhas histórias, tal como faziam autores do ciclo lovecraftiano com os mitos de Cthulhu.

O conto "Humanos, monstros e máquinas" surgiu como uma encomenda para um livro que estava sendo organizado pelo amigo Romeu Martins. Era para uma antologia *steampunk* que seria lançada por uma editora que acabou perecendo no caminho. Assim, o conto foi publicado no *Mausoléu*, fechando o livro. Nele, fiz uma homenagem para a fantástica Mary Shelley — *Frankenstein* é um dos meus livros favoritos — e também aos seus contemporâneos Lord Byron, Percy Shelley e John Polidori.

Enfim, caros leitores e leitoras. Agradeço de coração, como se estivéssemos diante de um ritual macabro, por terem adquirido o livro. Espero que tenham gostado da leitura e como costuma dizer o Anfitrião para quem já leu meus tomos horripilantes e de aventuras sombrias: "Durma na pedra fria do Mausoléu e tenha pesadelos eternos".

Um abraço tentacular para todas e todos.

DUDA FALCÃO
PORTO ALEGRE, 2022.

CONHEÇA OS OUTROS LIVROS DO MEU HORRENDO MESTRE.
O ANFITRIÃO APRESENTA
MENSAGEIROS DO LIMIAR
DUDA FALCÃO
AVEC EDITORA

SAIBA MAIS EM:
O ANFITRIÃO APRESENTA
COMBOIO DE ESPECTROS
DUDA FALCÃO
O ANFITRIÃO APRESENTA
TREZE
DUDA FALCÃO
AVECEDITORA.COM.BR
DUDAESCRITOR.WORDPRESS.COM

AVEC EDITORA
WWW.AVECEDITORA.COM.BR